김점칠 1935년 4월 1일생

이 책에 실린 연구성과는 한국학술진흥재단(KRF-2005-078-HI.0001)의

지원으로 이루어졌습니다.

김점칠 金点七

1935년 4월 1일생

정형호

20세기민중생활사연구단

눈빛

정형호 鄭亨鎬

중앙대학교 대학원 국어국문학과에서 「한국 가면극의 유형과 전승원리 연구」로
문학박사 학위를 받았다. 탈놀이를 통해 기층민중들의 현실적 한과 이를 긍정적으로
전환하는 신명풀이의 양상을 중심으로 연구를 수행하고 있다. 최근 전통 놀이문화,
구술생애사와 민속학의 관련성으로 연구영역을 넓히고 있다.
현재 20세기민중생활사연구단 연구교수로 있으며, 중앙대 민속학과에서 강의를 하고,
문화재청 문화재전문위원(무형문화재 분야)으로 있다. 주요 논저로 『양주별산대놀이』
『강령탈춤』, 한국민중구술열전 9 『정원복 1923년 3월 17일』 『우리 민속학의 이해』
「양주별산대놀이의 전승집단과 지역공동체문화」 「고구려 놀이문화의 유형과 특징」
「가면극의 팔먹중과 불교의 팔부중의 관련성 고찰」 「20세기 용산 지역의
도시화 과정 속에서 동제당의 전승과 변모 양상」 등이 있다.

한국민중구술열전 25
김점칠 1935년 4월 1일생

편찬 총괄 — 박현수

초판 1쇄 발행일 — 2007년 9월 29일
발행인 — 이규상
발행처 — 눈빛출판사
        서울시 마포구 상암동 1653번지
        DMC 이안 상암2단지 506호
        전화 336-2167 팩스 324-8273
등록번호 — 제1-839호
등록일 — 1988년 11월 16일
편집 — 정계화·고성희·박보경·최지영
출력 — DTP하우스
인쇄 — 예림인쇄
제책 — 일광문화사
값 7,500원

Published by Noonbit Publishing Co.
Seoul, Korea
ISBN 978-89-7409-735-6

20세기민중생활사연구단과 '한국민중구술열전'

박현수

어느 시대에나 사람들은 자기 시대가 급변하는 시대라고 생각하였다. 그러나 20세기의 변화는 그러한 급변의 시대와 달라서 한 사람이 나고 자라서 늙는 동안에 자연의 변화를 느낄 수 있을 정도의 절대적인 변화였다. 이토록 현기증 나는 사회·문화 변화의 속도는 우리들로 하여금 '20세기민중생활사연구단'의 깃발을 내세우고 그 아래 모이게 하였다. 나날이 사라져 가는 가까운 옛날의 일상을 서둘러 기록하고 해석하여 민중생활사를 중심으로 새로운 역사를 구축하기 위한 자료를 집성하기 위함이었다. 소멸과 망각의 위기에 대처하여 지난 백 년의 민중생활 자료를 살려내고 이를 전산화하여 누구나 이용할 수 있게 하자는 것이었다. 우리 이웃의 일상생활을 중심으로 새로운 역사를 구성하면 역사는 민주화되고 한국 인문학은 새로운 바탕 위에서 새롭게 출발할 수 있을 것이 아닌가. 2002년에 조직된 우리 연구단의 목적은 여기에 있다.

우리가 걸어온 가까운 옛날을 잃어버린다면 우리는 그보다 조금 더 오래된 옛날과 분리되어 버린다. 풍경은 근경에서 원경으로 연속되어 전개되어야 완벽한 풍경이 되듯이 시간의 풍경도 원근법을 갖추어야 한다. 시간의 깊이가 보이지 않는 풍경은 촬영장 세트처럼 우리를 어지럽게 만든다. 가까운 옛날의 역사를 상실하면 의식의 필름도 끊기는 것이다.

가까운 시대의 역사 중에서도 친숙한 생활의 역사가 제 위치를 차지해야 한다. 가까운 시대와 이웃의 생활사를 원근법에 맞춰 살려내는 것은 역사에 기록을 남기지 못한, 역사 없는 사람들의 역사를 복권시켜 역사를 민주화하는 일이다.

문헌자료를 최고의 사료로 평가하는 역사학은 그 자료의 성격과 한계 때문에 가까운 이웃의 일상적 생활사에 접근하기 어렵다. 한국 고고학은 산업화와 개발을 위한 치다꺼리에 바빠 그런 이웃의 과거에 관심을 보이지 못하였다. 이제 새로운 주제에 대한 총체적 접근을 위해서는 새로운 자료들에 착안해야 한다.

기성 학문체계를 바탕으로 하는 학문의 울타리는 이러한 접근에 도움을 주기 어렵다. 그 울타리를 허물고 20세기민중생활사연구단에 모여든 백여 명의 연구자들은 이제껏 소외되어 온 역사학의 이른바 보조사료(補助史料)들을 재평가하여 중시하게 되었다. 거대한 경관으로부터 조그만 부엌 살림살이나 어린이 장난감에 이르는 생활의 물증(物證), 앨범에 간직된 개인적 사진, 각종 서류, 이제껏 사료로써 이용되지 못한 문학작품 또 기록영화나 극영화 자료 등이 유기적으로 동원되어야 한다.

특히 중요한 것은 형태가 없는 이야기들이다. 한 사람의 가슴과 머릿속의 이야기도 몇 권의 책으로 엮을 만큼 귀중하고 풍부하다. 그러나 아무도 들어줄 사람 없고, 아무에게도 들려주지 못하고 세상을 뜨게 되는 것이 보통 사람들의 이야기다. 민중의 이야기는 역사 없는 사람들의 역사를 구성하는 기본 자료일뿐 아니라 가장 풍부한 자료인 것이다.

흔히 역사 없는 사람이 살아온 이야기는 '생애사(生涯史)'라 불러 역사에 이름을 남길 만한 사람의 '전기(傳記)'와 구별한다. 문자 기록이 적거나 없는 집단의 역사는 에트노히스토리(ethnohistory)라 하여 문헌자료를 바탕으로 하는 '진짜' 역사, 히스토리와 구별한다. 이런 자기 문화 중심주의를 지양하지 않고서 한 걸음 나아간 역사 서술을 기대한다는 것은 어불성설이다. 문자 자료가 없는 사람들의 구술을 바탕으로 전기를 기록하는 작업은 구술자와 연구자의 대화다. 역사 서술의 주체와 객체를 통합하거나 아니면 적어도 접근시키는 일은 새로운 역사의 기본 조건이다.

역사는 항상 새로 써야 한다지만 역사를 한 번 쓰고 버릴 일회용품으로 생각하는 것은 역사허무주의에 다름 아니다. 희랍어 '히스토리아'는 원래 이야기를 뜻하다가 나중에 과거지사(過去之事)까지 뜻하게 되었다. 독일어 '게쉬히테'는 원래 과거지사를 가리키다가 나중에 이야기도 뜻하게 되었다. 같은 말로 표현되더라도 과거지사 자체와 이에 대한 이야기나 담론(談論)은 구별되어야 한다.

그렇다면 무엇이 중요할까. 고대 중국에서도 '술이부작(述而不作)'이라 하여 지어낸 이야기보다 사실 기록을 중시하였다. 사라져 가는 20세기 민중생활의 역사에 대하여 그럴 듯한 담론을 전개하는 것보다 생활의 역사에 관한 사실을 찾아내어 이를 기록해내는 일이 절실함은 당연하다. 마지막 잎새처럼 아슬아슬하게 남아 있는 민중의 일상 모습을 기록하는 일은 지금 아니면 도저히 할 수 없다. 그것은 이 시대의 시민인 우리가 하지 않으면 안 되는 일이다. 이는 역사를 남기지 못한 채 세계적으로 가장 어려운 시대를 살았던 사람들에 대한 최소한의 예절이며, 자라날 후손에게 뿌리를 보여주는 최소한의 배려다.

이러한 작업은 그 작업 과정 자체가 중요한 구실을 한다. 자기의 일생을 이야기하여 시대를 증언하는 사람과 이 이야기를 듣고 받아내는 연구자가 마주앉는 것은 개인의 역사를 사회의 역사 속으로 또 사회의 역사를 개인의 역사에 편입시키는 일이다. 이러한 과정에서 이야기를 펼치는 노인들은 커다란 심리적 만족을 숨기지 않는다.

본 연구단은 새로운 자료들을 '디지털' 방식으로 정리하면서 전통적 방식으로 사진전을 열고 사진집을 인쇄하여 간행해 오고 있다. 2005년 여름에는 이십여 명의 구술자료로 '20세기 한국민중의 구술자서전'이라는 큰 제목 아래 6권의 책을 엮어 낸 바 있다. 이어서 한 사람의 이야기를 한 권의 책으로 펴내는 '한국민중구술열전'을 계속하여 간행해 오고 있다. 앞으로 계속 간행해야 될 이 총서를 무엇이라고 불러야 될지 활발한 논의 끝에 '한국민중구술열전'이라는 총서명이 결정되었다. 후보 제목으로 올랐던 것에는 '우리 곁의 위인' '민중이 이야기하는 어제와 오늘' '이웃이 이야기하는 우리 시대' '이웃들은 어떻게 살아왔는가' '위인전' '대비(對比)열전' '대비구술열전' '진짜 위인전' '평범한 사람을 찬양하자' 등이 있었다. 이들 모두가 본 연구단의 지향점과 이 총서의 실체를 잘 보여준다.

이제껏 눈길을 제대로 받지 못한 가까운 이웃과 옛날의 생활 모습을 총체적으로 기록, 해석하고 또 온 국민이 이용할 자료집성을 구축함으로써 빈사의 한국 인문학을 구출하겠다는 연구단의 야심찬 계획은 이제 외로운 작업이라 할 수 없다. 한국학술진흥재단의 적극적 지원을 얻게 되었기 때문이다. 이 재단을 통하여 우리는 국민의 지원을 받고 있는 것이다. 우리의 작업을 도와주는 모든 이웃에게 감사의 말씀을 드리지 않을 수 없다. 〈20세기민중생활사연구단장·영남대학교 문화인류학과 교수〉

"평생 양장점을 해
한때 돈가방 아들 소리 들었으니
이젠 없어도 원이 없지"

차례

서문

정형호

김점칠(남, 73세)은 1935년에 김천시 문당동에서 팔남매의 일곱번째로 출생했다. 부친은 3대독자 대농이었으나, 일본을 드나들고 첩을 두며 재산을 탕진한 후에, 우상인과 소 중개인을 하여, 가까스로 자식들 키웠다. 그는 김천 금릉초등학교, 김천농림중학교를 거쳐 전쟁중에는 가난으로 형님을 쫓아다니며 탱크 해체를 하고, 나무장사를 하여 고등학교 등록금을 벌어, 21살에 김천농업고등학교를 졸업한다.

군대에서 장교 입관 직전에 있지도 않은 폐병 진단이 나와, 나중에 공병대와 정보처 사병으로 복무한다. 군대를 다녀온 후에 잠시 여주에서 민주당 도의원의 선거운동을 했으나 5·16군사혁명으로 취업의 꿈을 접게 된다.

고향에 돌아와 공무원 시험에 합격하여 김천시청에 들어간다. 그곳에서 도축장 검사, 지방 유흥세 수납, 공보실에서 시정 홍보를 하였다. 시청 근무중에 김천시 아포면 출신의 여덟 살 연하의 성기순과 결혼하여, 딸과 아들 둘을 낳는다. 시청 건설과로 옮기자 일이 마음에 들지 않아 34세에 시청에 사표를 낸다. 여름철 한때 나이롱 장사를 하다가, 남자로서 드물게 양장 기술을 배워 양장점을 내게 된다. 그러나 경험 부족으로 큰 빚을 지고, 빚을 다 갚지 못한 상태에서 김천을 야반도주한다.

두 달간의 여주 피신 이후에, 수원 우시장 뒤의 가정집에서 장미의상

13

실 간판을 걸고 다시 시작한다. 3년간 고생하여 수원 종로로 진출하여 핑크의상실 간판을 걸고 점차 기반을 닦는다. 그러다가 송탄 미군부대 인근으로 옮겼으나, 전혀 장사가 되지 않아 실패를 맛본다. 이어 부천 대우실업 가발공장 인근의 사료공장을 개조하여 의상실을 차려, 여공들을 대상으로 한 여성의류 장사를 하여 점차 자리를 잡아가며 돈을 벌게 된다.

그동안 의상실은 부부가 같이 일을 했으나, 주요 재단은 남편인 김점칠이 담당하고, 여성 상대 일이나 회계는 부인이 맡았다. 자식 교육문제로 서울로 옮겼으나 80년대 이후에는 기성복의 등장으로 인해 점차 의상실은 쇠락을 길을 걷게 된다. 그래서 서대문구 충정로, 용산구 청파동 숙명여대 앞을 옮기며 의상실을 가까스로 운영한다.

몇 년 전에 아들의 증권 투자 실패로 인해 큰 위기에 처하자, 얼마 있는 재산을 모두 처분하여 도와준다. 이로 인해 한때 실의에 빠져 술로 지샌 적도 있다. 2년 전에 불교에 입문하여, 서초동 능인선원에 다니며 점차 마음의 안정을 찾는다. 이 년 전에 경기도 남양주시 덕소로 옮겨 한때 무기력하게 지내다가, 과거의 핑크의상실 간판을 다시 걸고, 작은 옷수선집을 하고 있다. 지금도 새벽 2시에 일어나 재단과 옷수선 일을 하며, 부인과 소박하게 살고 있다.

조사자는 구술자를 종로5가 광장시장의 노상 주막에서 제자의 소개로 만났다. 그는 나이에 비해 젊게 보이고, 호탕한 성격에 달변이면서도 순박함을 지녔다. 농촌에서 태어나 농사를 짓다가 고교 졸업 후에 한때 시청에 다니기도 했으며, 이후 40년간 양장점의 한길을 걸으면서 열심히 살아온 민중이다.

그는 반평생을 양장 일을 하면서 여성 패션의 변천사를 알고 있다. 따라서 판타롱, 나팔바지, 맘모, 골반바지, 따블 양복, 세라복, 주름치마, 후레아 치마, 그리고 여성의 미니스커트까지 시대적 변화상을 소상히 알고 있다. 옷감도 나이롱, 스카이텍스, 면과 마, 모직 등을 다양하게 취급하였다. 그리고 옷을 맞추러 오는 공장 여공들의 고달픈 삶과 허영기 있는 상류층 여성들의 삶도 증언하고 있다.

그는 개인적으로도 흥망을 거듭하면서 삶의 부침을 겪었으나, 아직도 매우 긍정적으로 살고 있으며, 여전히 현역에서 부지런히 일을 하면서 소박하게 살고 있다.

1. 어린 시절과 부모님

재봉틀 박음질을 하는 최근의 김점칠. 2007. 3. 27.

집안의 내력과 부모님

그동안 살아오신 일을 편하게 말씀해 주세요. 본이 어디세요?

김해 김씨 안경공파인데, 어느 날 뿌리 책을 사서 보니까 우리 파가 없어. 여섯 파가 있는데 그 사면파를 찾으니 없는 거야. 그래서 다시 찾으니 사면파 그 안에 들어가 있는 거야. 사면파에서 이쪽으로 뻗어 나갔어. 이런 데 대해서는 내가 또 왜 관심이 있었는가 하면은, 아부지가 학자가 아니지만은 한문을 많이 알아요. 우리 마을에서 명절 때 토정비결, 이런 거 전부 다 마을 사람들 꺼 봐 주고, 하여튼 일제시대에 일본서 살다 나오셨거든요. 그래 놓고 일본서 학교를 나왔고. 그래서 한문을 아버지가 [조금 아시죠]. 일본 어디 갔는지는 모르겠어요. 내 어릴 때 얘기니까. 내 세 살 때 일본서 사셨으니까. 내가 삼십오년생이니까, 그러면은 천구백삼십칠년도에 그렇게 갔나보죠. 그때 일본에서 뭘 했는지는 몰라요. 예, 일본서 몇 년 계셨었어요. 그러고서 우리 큰형이 일본서 중학을 다녔어요.

어느 중학교인지는 잘 모르시구요?

예, 그거는 몰라요. 어릴 때 일이라서. 그렇다는 거만 알았지. 일본 어데를 갔는지, 형님이 돌아가셨으니까. 있으면은 내가 물어보면 다 아는데. 그래서 인제 아버지가 글을 좀 알아요. 그래 가지고 인제 지가 학교도 갔지요. 우리 때는 국민학교도 안 나온 사람이 태반이에요. 우리 나이에는 일제시대잖아요? 올해 일흔셋이에요. 내가 어디 가면 오십팔년 개띠라 그러거든. 나이 많다 싶으면 막 아래위로 보니까. 농담이고, 어제도 술집 가서 [나이를 듣고서] 깜짝 놀라니까. 상대방은 조실부모하고 폭삭 늙어 가지고 나이보다 많아 보이더라고. 그러니까 인제 염색 싹 하고 다니지. 처음에 지하철표 줄 때는 신분증 안 가지고 다니면 주지를 않아요. 그래서 항상 가지고 다녔어요. 그러니까 이게 주위가 다 닳았다니까. 신분증을 보여줘도, 한 팔 년 전이니까 표 파는 사람이 계속 쳐다보고, "이상하다 이상하다" 그러고 있는 거예요. 내가 "아니 됐어, 표나 팔아. [웃음] 이상할 거 하나 없어. 일본말 해봐라. 내가 일본말 삼학년까지 배웠다. 일본말 얼마나 잘하는지 아냐?" 그랬지. 국민학교 삼학년 때 해방됐잖아요. 중학교 이학년 때 육이오 나고.

한학은 어렸을 때 좀 하셨어요?

한학은 안 했는데, 시에 다니면서 직장 사람이 한문을 모르면 안 돼요. 내가 공보실에 있으니까. 또 시보 같은 거를 발간을 해요. 그런 것도 해야 되니까 글도 어느 정도 쓸 줄 알아야 되거든. 그러니까 한문을 어느 정도 많이 알아야 돼요. 학교 댕길 때는 별로 몰랐지만. 아니 이런 쓸데없는 얘기를 하는 건지 모르겠다. [웃음] 언젠가 무슨 상근이라는 말이 나와요. 그런데 뿌리 근자가 생각이 안 나는 거예요. 그 쉬운 게, [웃음] 그래서 내가 고사성어를 다시 갖다 놓고 그걸 본다니까.

고향 얘기 좀 해주세요.

고향이 경북 김천시예요. 김천시 변두리는 농사짓는 촌이잖아요. 그라고 여기는 역하고 사 킬로뿐이 안 떨어졌어요. 산 밑에 있는 마을이에요. 김천시 문당동 칠백이십육번지. 팔남매 중에 그러니까 일곱번째로 태어났나? 내 동생 하나 있으니까. 그러니까 남자가 다섯이고, 여자가 세 명인데, 거기서 공부 배운 사람이 나하고 큰형밖에 없어요.

집에서 농사를 좀 지으셨어요?

아버님이 대농을 하셨어요. 그 당시에도 엄청 했어요. 일제시대 때 처음에 머슴이란 사람이 있었어요. 젊은 애도 하나 있었고, 머슴 둘 데리고 일했으니까. 아버지가 탕진해도 그때까지 아직까지는 덜 탕진이 되었으니까. 그러니까 어릴 때 뭐 몇 마지기 그런 거는 모르겠는데, 아버지는 일을 안 하고 일본에 계시니까, 그런께 아버지가 나를 낳고 세 살 되었을 때 나를 처음 봤다 했거든. 그러니까 나도 아버지 안 보실 때 낳으셨지. 그때 뭐 세 살 정도 되니까 아버지가 거기서 뭘 했는지, 그런 거는 지금도 몰라요. 나 철들고 학교 다닐 때는 일본에 안 계셨으니까. 물어보지도 안 했고, 뭐 생각지도 안 했고, 한 번도 아버지가 거기 가서 뭐 했는가 안 물어봤어요. 뭐 그거 궁금하지도 안 했고. 그러니께 우리 형님이 그 당시에 일본서 중학교를 졸업했어요. 우리 아버지가 삼대독자 외동인데, 그러니께는 한문공부를 하고 그랬나 봐요. 좀 생활이 괜찮았으니까. 아버지가 일본에 들락거리고 이런께 어머니가 일꾼들 데리고 농사를 짓고. 아버지가 일본서 계속 뭘 한 게 아니고, 들락날락 이랬던 거 같아요. 근데 아버지 성격이 좀, 아버지한테 이러면 안 되지만, 좀 못됐어요. 남한테 안 질라 하는 이런 기질로, 어머니는 천상 한국의 어머니상 그런데, 인제 아버지 쪽으로 닮은 사람들은 전부 다 못됐고, 성격이 남한테 안 질라 하고, 나는 어머니 쪽을 닮았어요. 어머니 쪽을 닮은 사람들은 성품이 다 순해요. 남한테 나쁜 짓도 못하고 이래요. 그러니까 반반 닮은 거 같아요. 어머니도 김천이에요. 김천에서 계령면이지. 외가가 계령면 횡기동인가? 거기에 금룡국민학교가 있어요. 국민학교를 다니는데 내가 공부를 잘했어요. 원칙으로는 금능인데, 쓸 때 또 금룡이라고 쓰대. 그 학교가 일제서부터 있던 거예요. 학교 들어간 것이 천구백사십이년도인가, 사십삼년도인가, 그건 확실히 모르겠는데. 하여튼, 삼학년 다니다가 해방이 되었는데.

천구백사십삼년에 입학하셨네요.

그러니까 여기서 가타가나 하고, 사학년부터 히라가나를 배우는데, 그래서 인제 가타가나는 잘하는데, 히라가나는 잘 모르겠더라고. 그러니까 일본 책을 사다 놓고 해도, 맨날 하다가 말고, 하다가 말고 그러고. 그때 우리 큰형님은 형무소, 지금은 교도소라 그러지. 옛날에 김천형무소 부장 했었어요. 그라고 그 밑의 둘째 형은 일본시대 때 끌려가 지금까지 행방불명이에요. 죽었는지 살았는지 몰라요.

그러니까 징용인가요?

네, 징용. 국민학교밖에 안 나오니까 어린 나이에 징용으로 끌려간 거죠. 그렇게 울 엄마는 명절 때마다 맨날 울고, 매일 그랬다고. 자식이 많은데도 그랬다고. 그래서 난 또 알긴 알아요. 그래도 그때 나 어릴 때 봤으니까. 그 다음에 형이 거기도 국민학교밖에 안 했고, 내 동생도 국민학교밖에 안 했고. 나는 형이 그런 직장에 다니니까 공부도 좀 했고, 이러니까 조금 시켰어요. 세 살 많은 우리 누나가 있어요. 공부를 나보다 더 잘했어요. 그래 가지고 김천여중을 하여튼 장학생으로 패스를 했어요. 그런데 아버지가 안 보냈어요. 네, 공부를 잘해서 입학을 장학생으로 했드만, 이제 장학생 돼 가지고 공부를 할 수 있었는데 그래도 안 보냈어요. 여자가 똑똑해요. 운동도 잘하고. 막 김천 시내 육상 대표고. [웃음] 학교 안 보내 준다고 이불 쓰고 누워 있었어요. 그러는 사람이에요. 누나가 아버지를 닮아 가지고 성격이 대단해요. 그래도 나보다 그러니까 미안하더라고. 어릴 때는 몰랐는데 나중에 좀 미안하더라구. 그래 갖고 공부를 못 시켰나 봐요.

우상인과 소중개상을 했던 고집 센 부친에 대한 기억

아버지는 항상 두루마기를 입고 다니셨어요?

아버지요? 아니에요. 지난번 사진에서 두루마기를 입은 거는 나 장가갈 때 입은 거지. 아버지, 어머니 사진이 두 개 있더라구요. 딱 떨어져 가지고 찍은 거. 전부 다 나 군대하고 학교 다닐 때 찍은 사진이지. 내가 아버지 사진을 한 번 보여줄라고 하니까. 그것을 어디서 봤는데. 일본 다니실 때 신사복 입고 찍은 게 있었어요. 사진이 아마 일본에 있을 때 찍은 사진일 거예요. 그때 아버지가 신사복 입은 게, 어머니는 한복 입었는데 사진이 있더라고. 아버지는 외출하실 때에 한복 입었어요. 보통 시장에 가거나 이럴 때는 흰색 두루마기를 입으시고 이럴 때는 갓은 안 쓰시고. 어디 출입할 때, 인제 결혼식 있다던가 할 때에 갓을 썼었고, 아버지가 옛날부터 그걸 뭐라, 우시장에 소 중개인을 했어요. 매 오일장마다 거기를 가시는 거예요. 그러면 맨날 술에 취해 가지고 왔어요. 그라고 소장수도 했었어요. 소를 김천장에서 사가지고, 뭐 예를 들어서 상주장으로 간다던가, 이러면 그 소 모는 사람을 돈 얼마 주고 또 오라 그러고, 이랬는데 내 동생이 커 가지고 아버지 소 심부름을 많이 했어요. 동생은 하나뿐이에요. 하나는 어릴 때 죽었고, 나보다 다섯 살 적은 동생이 국민학교 졸업하고 그 일을 시켰거든요. 아버지 꺼 농사를 맡길라고, 학교를 안 다녔거든요.

그러면 김천장에서 상주장하고 또 어디 다니신 거예요?

그 경상북도 장은 거진 다 다녔지. 이제 상주, 안동, 예천, 영주, 칠곡에 가고, 포항까지는 안 갔을 거야. 장날은 김천장이 오 일, 십 일이에요. 상주는 삼팔인가 그랬던 거 같은데. 다른 데 장날은 기억이 잘 안 나고, 난 학교 다니고 그랬으니까 별 관심 없었어요. 뭐, 아버지가 하는 일이니까.

집에는 외양간이 있었겠네요?

네, 있지요. 항상 두 마리 정도. 집에서 먹이는 게 아니고 사서 바로 파는 거예요. 그동안에 며칠 동안은 집에다가 두는 거지. 한 마리는 우리 집에 농사를 지어야 되니까, 한 마리는 고정적으로 우리 집에 있는 거고. 파는 소는 한 마리 가져오면, 하루나 며칠 지나면 나가는 거지.

그러면 소여물 같은 것도 항상 준비를 해야 되겠네요?

그럼요. 항상 소죽 끓이고. 항상 여물 써는 거, 작두라 하는 게 있잖아

김점칠의
부친과
모친.

요. 대개 두 사람이 하는데, 한 사람이 작두 천장에 끈을 매달아 가지고 들고 발로 작두를 밟고, 다른 한 사람은 짚을 넣어 주지요. 한 사람이 짚을 넣어 주잖아요. 그러면 딱 밟는 거라. 딱 밟으면 썰어 나가잖아요. 그러면 그 다음에 또 들면 썰어 넣어 주는 거예요. 그러니까 그걸 숙달되면 빨리빨리 하잖아요. 천천히 하면 아무나 하는데 숙달되면 막 금방금방 하잖아요. 넣는 게 잘못하면 손 날라가는 때도 있어요. 혼자 하는 거는 자기 손으로 써는 거야. 조금 하는 거는 혼자 썰어도 많은 걸 못 썰지. 보통 한 여물통에다가 한 무더기가를 썰어 넣잖아요.

그때에도 집에 일꾼이 있었나요?

그때는 없었어요. 그런 건 동생하고, 나도 하고, 형님 있고 다 할 수 있으니까. 그거는 아무나 해요. 여자도 할 수 있고, 형수가 함께 살았으니까 형수도 하고. 큰형님은 그때 직장에 다녔으니까, 형님은 일을 안 했지. 그런 거는 형수가 다했지.

소 중개일을 하기가 쉽지 않잖아요?

예, 쉽지도 않고, 많지도 않고 그래요. 우리 동네에 한 명. 그것도 조그마한 마을에는 아마 없을 거예요. 문당동이면 문당동 일, 이, 삼 가가 있어가 그중에 한 명이 있다던가 그래요. 김천시 우시장이 그거 중개하는 사람이 몇 사람 안 돼요.

저도 우시장을 조사해 봤는데 몇 사람 안 되더라고요.

그런데 그 동네 사람들이 소를 팔라면 우리 집에 와서 인제 얼마 받겠냐? 우리 아버지한테로 와서 물어요. 그걸 매매시키면 중개료를 받잖아요. 아는 사람한테 주로 가니까.

당시 소값은 기억이 안 나네. 내가 만진 게 아니라서. 한 번도 근방에
도 안 갔지. 장에는 한 번 따라가 아버지한테 얻어먹고. [웃음] 어쩌다 가
본 적이 있었지만은 작업하는 줄은 안 따라다녔어요. 우리 동생은 좀 알
랑가 모르겠어요. 아버지 보조를 따라가고 이래 했으니까.

아버님은 꼭두새벽에 나가는 직업 아니에요?

예, 새벽에 나가요. 우시장이 일찍 서잖아요. 새벽에 일찍 나가시니까
못 본 것 같아요. 그러니까 몇 시에 나갔는지, 그런 걸 관심을 별로 안 두
어 가지고 자세히는 모르겠네요. 오시는 거만 봐서 알죠. 오시는 거는 마
중을 가야 되니까. 나는 그때 중학교 다녔지 싶어요. 내가 어렸을 때는
안 한 거 같아요. 초등학교 다닐 때는 기억이 안 나요. 내가 철이 안 들어
서 몰라서 그랬는지. 그러니까 해방되고 나서 그랬던 거 같아요. 내가 국
민학교 삼학년 때 해방이 됐으니까. 사변 나기 전인가 그건 확실히 모르
겠는데. 하여튼 학교 다닐 때니까 아버지와 동생이 그걸 했지요. 그러니
까 형은 직장을 형무소를 다녔으니까. 아버지가 중개인은 오래 했어요.
하여튼 연세가 들 때까지 했어요. 시청에 다닐 때도 아마 끝까지 했지.
연세가 들고 나서 안 하신 거 같아요. 거기서 돈 나오는 거 가지고 우리가
살았던 거 같아요. 뭐, 내 생각엔 형님은 월급 타 와야, 집에 크게 보태 주
지도 않은 거 같고. 그래도 수입이 괜찮길래 어느 정도 돈을 잘 만졌지.
중개인만 하는 게 아니니까, 소를 팔고 사고 하니까. 가만히 생각해 보니,
등록금 그런 거는 형님이 준 거 같아요. 그 다음에 용돈 같은 거, 집안의
일상생활 쓰는 이런 거는 전부 아버지가 갖다주고, 우리 큰형님은 돈을
몰라요.

연세 드셔서 계속 소 중개인을 하신 거예요?

예, 했는데 그게 그때만 해도 오십은 할아버지잖아요? 옛날이니까. 사십만 해도 할아버지 소리 듣는데. 그러니까 오십까지는 안 했는지. 그라고 연세가 있고.

부친과 모친의 상이한 성격과 자식이 본받은 부모 성격

아버지가 술을 좋아하서 가지고 사람들한테 신임을 못 받아요. 적이 많아요. 아버지가 성격이 못되어 가지고. 아주 성격이 안 질라 하고. 나 같은 사람은 양보를 하고, 내가 손해를 봐도 그냥 다니는데. 예를 들면 우리 아버지가 집을 지어도, 요만큼만 들어와 가지고 해도, 아유 그거 나 같은 성질은 가져가면 뺏기지만은, 나는 그만 너 가져가라 마는 성격이에요. 어머니가 그러셨어요. 그러니까 부천에서 우리 옆의 사람이 담을 한 장을 떼어 놓고 지어야 되는데, 그걸 안 하고 해서, 아이구, 내 땅 다 너 가지라 하고 말았어요. 같이 싸우면 내가 더 괴로울 거 같아서. 그걸 떼어 놓고 지어야 되는데 옆집에서 그걸 지었다고. 난 그걸 모르지. 건축법을 모르니까. 누가 그랬어, 그걸 가서 따지라 하는데. 이미 집 다 지어 놨는데 따지면 싸움밖에 더하겠냐고. 내 땅도 아니고 지 땅도 아닌 거, 그걸 올렸으니까 그거는 건축 공사하는 사람이 잘못인 거지. 공사를 해준께. 아유, 우리 땅에 침범 안 했으면 다행이지. 그 사람이나 우리나 그 중간을 떼어 놔야 돼요. 저 땅에서 반으로 들어가 가지고 담을 쌓고, 우리도 반 들어가서 담을 쌓아야지. 예를 들면 통로 하나가 나오잖아요. 시내 상가들 가 보면 요만큼씩 공간이 있잖아요. 그런데 내가 상대 안 하고 말았어요. 그 사람한테 가서 왜 그리 지었냐 하는 소리도 안 했어요. 아무 말도 안 하고 지냈어요. 아버지는 난리 나지. 당장 칼부림 나지, 칼부림 나요. 끝까지 양보 안 하면 끝까지 안 돼요. 뭐 일주일이고 결판을 지어야지. 그러니까 사람들이 우리 아버지를 겁을 내지.

그 성격을 누가 닮았어요?

자식 중에 반은 그 성격을 닮아 가지고 나왔어요. 대충 둘째 누님, 그 다음의 누님, 제일 큰형님, 내 동생이 그리 닮은 거 같애요. 주변 사람들이 피곤하지. 제일 큰누님하고, 그 징용 가서 행방불명된 형님하고, 양화점 했다는 형님하고, 나하고 그리는 다 엄마 쪽을 닮았어요. 다 양보하고, 순하고, 막 베풀고. 성격이 주위 사람들이 따르고 이래. 아버지 닮은 사람들은 한 발자국도 양보 안 할라 그래요.

그래도 부모님이 잘 만나셔서 조화를 이루며 사신 거네요?

그리 만났어. 아버지 같은 어머니를 만났으면 다 무너지지. 어머니가 맨날 참으니까. 서로 상대를 안 하지. 이렇게 점잖은 마누라를 어떻게 하겠어요? 그렇다고 아주 무식한 사람도 아니고. 아버지는 일본 땅 그거 네 마지기인가 어디 있어 가지고, 그거 차지한다고 다닌 거 같아요. 누구 적산인지는 몰라도. 그런 거를 아버지가 대표로 하고, 똑똑하니까 대표를 할 꺼 아니라요. 속에 든 게 있으니까. 그래 가지고 인제 변호사가 맨날 우리 집에 와서 밥 잡수고 가고 그랬거든. 난 그때는 변호사인지 뭔지도 몰랐지. 지금 생각해 보니 변호사예요.

술 드시면은 성격이 더 난폭하세요?

술 안 들면 그렇게 안 그래요. 술 안 들어도 사람이 안 질라 하고, 정확하고, 그런 거는 있는데. 그렇게 싸울라 하고 그런 건 없었어요. 그런데

술이 들어가면 아주 그게 더 발동해 가지고 그리 한 거지. 그러니까 다른 사람들은 싸움이 안 되니까 상대를 안 하지. 인간이 맨날 비슷한 성격인 사람끼리 싸우는 거지.

지지 않는다는 건 뭐예요? 말로써 싸우는 건가요?

아니요. 싸움으로 하고, 우리 아버지는 말로도 안 하고, 예, 힘으로 해요. 막 씨름도 하고 힘도 쎄요. 그 동네에 들돌이라고 하는 독이 있었어요. 예, 정자나무 밑에 반질반질한 독이 동글동글하니 공 모양으로 생긴 게. 크기가 한 아름 정도 될 거예요. 우리 같은 사람은 들도 못해요. 서서 해보니까 나는 못 들겠더라고. [웃음] 돌이 우째서 그런지 약간 동글동글하고 바닥이 반질반질하니, 그런 걸 주워다가 정자나무 끝에다가 놓은 거예요. 마을 청년들이 나와서 그거를 힘자랑을 하는 거지. 그런데 그 당시에 우리 동네에 아무도 못 들었는데, 우리 아버지가 그거를 들었다고 하거든. 난 들은 걸 본 것도 아니지만은. 아버지가 체구는 안 커요. 키가 적은 데, 어머니가 키가 크지. 그런데도 힘이 그렇게 쎘지. 아버지가 뼈대가 없이 아주 운동하는 사람만큼 힘이 세어요. 그래서 내가 힘센 걸 알아요. 심심하면 저녁에 정자나무에 나가서 놀고, 여름에 청년들이 서로 돌 들고 했는데. 아무도 못 든다 하는데 아버지가 돌들을 들었다니까. 돌아가실 때에 고향에 사셨어요.

두레 처음 들어갈 때 혹시 그거 한 번씩 들어 보고 그러지 않아요?

두레할 때? 아, 일꾼 쓸 때. 그거까지는 모르겠어요. 그런 소리 못 들어 봤어요. 그러지는 안 했는거 같고. 뭐 그거 들려 가지고 일 시키고 그런 건 아니고. 아버지는, 내가 생각허니께 구십 프로는 이길 성 싶어요. [웃읐 직접 싸움 나는 걸 내가 몇 번이고 말려 오고 한 적도 있지만은. 어머니고 온 식구가 다 가서 말리지. 그러다 보면 자식들 싸움까지 돼요. 형들이나 형제간들은 누가 나가서 싸워 가지고 이겼다 그런 소리는 못 들어 봤는데. 아버지가 많이 그랬어요. 그때 아버지가 젊지도 않은데도, 하여튼 그 동네 사람하고 맨날 싸움 같은 걸 많이 했어요. 안 질라 하다 보니까.

그 동네에서 인심을 얻지 못했겠네요?

아버지를 별로 좋아하는 사람이 없어요. 우리 어머니만 좋아하지. 그라고 또 우리 김씨는 몇 집 안 돼요. 거기가 서씨들 사는 촌이니까. 한 육십 프로, 칠십 프로는 서씨가 살고. 이천 서씨, 달성 서씨랑 둘인데 이천 서씨 집성촌이에요. 그러니까 우리는 조상들이 간 지 얼마 안 되었겠지. 그러니까 많이 퍼지지 않았지. 그 밑에 아버지가 사대독자니까 퍼지지를 못했지.

김씨는 그때 몇 가구나 되었어요?

우리 친척이 여섯 가구고, 우리 친척이 아닌 가구도 몇 가구 있었겠지. 같은 김씨라도 뭐 본이 다르고 그러면 친척이 안 되니까. 하여튼 한 칠십 프로는 서씨가 차지하고, 그 다음에 많은 게 한씨고, 백씨고, 그라고 나머지 우리와 같은 잡씨들이지. 서씨가 많아요. 서씨는 맨 형님 동생이고.

서씨를 함부로 건드려서는 안 되겠네요?

그런 것도 있지요. 왜냐면 그 사람들은 묘사를 지내면 한 백 명 모이는 거 같으면, 우리는 이십 명밖에 안 모이니까. 그러니까 시월달에 묘사 때 가면, 저들은 맨 아저씨, 조카 이랬지. 뭐 친구들 중에서도 서씨들이 독

차지하니까.

김천 고향 마을과 국민학교 퇴비장과 운동회

김천의 옛 모습이 많이 바뀌었지요?

김천도 요즘 많이 바뀌었을 거예요. 그전에 우리 시청에 다닐 적에는, 큰길에 시청이 조그만하게 있었는데. 시청도 다시 번듯하게 크게 짓고.

지금도 선산이 그쪽에 있어요?

예, 그쪽에 있어요. 벌초 때, 뭐 추석 때 가는 거지. 우리 마을은 아직까지 개발이 될 수가 없어요. 왜냐하면 산 밑에 동네가 들어서 있으니까 길이 없어요. 거까지 끝이니까. 동네 밑에까지 논, 밭 그런 것들은 땅값이 많이 비싸고, 뭐 훈련소니, 시민운동장이니, 뭐 대학교니 이런 것들이 들어서 가지고 굉장히 발전이 되었는데. 그 위는 길이 없어서 발전이 안 돼요. 거서 산을 뚫은 길이 두 군데 있는데, 우리 동네는 그걸 언젠가는 하는데, 언제 할지는 모르죠. 그게 뚫어지면 거기가 요지가 되는 거지. 그러니까 마을이 끝이 딱 막혔어요. 그러니까 버스가 들어와도 거기까지만 들어오고 마니까. 그 동네 하나만 보고 버스가 오니까, 버스가 자주 다니지도 않는 거지. 통과를 안 하니까. 하루 몇 번 이래 다니는 거지. 그 밑에까지는 다 발전이 돼 가지고, 그 운동장도 가깝고, 김천전문대학, 지금은 경찰대학이라 하데. 그것도 가깝고. 에, 뭐 공군 훈련소, 그런 게 다 들어가 있어요.

국민학교 때 소풍이나 운동회 얘기를 해주세요.

기억은 나는 데 잘 안 날라 하네. 소풍은 크게 기억이 안 나는 거 같고,

운동회는 인제 기억이 나는데. 옛날에는 국민학교가 가깝게 있는 게 아니니까. 예, 금릉면이니까 몇 동네야. 우리 하나, 둘, 셋, 넷, 다섯, 여섯, 일곱, 여덟, 아홉, 한 열 동네 되겠네요. 열 동네 애들이 그 학교를 다녀요. 학교를 중심으로 해 가지고 사방에 동네가 한 열 동네. 그러니까는 마을 잔치가 아니고, 동네 하나 있고 마을 하나 있고 요즘은 그러는데, 그때는 엄청 크지. 무슨 만국기 같은 거 달았지. 각 반 달리기가 첫째예요. 뭐 여섯 명이고, 여덟 명이 달려 가지고 일, 이, 삼등까지 공책, 연필 그런 거 주고, 그거는 기본이고. 또 청군 백군 해서 학년마다 잘하는 아들 뽑아다가 이래 릴레이 했고. 그때 일본말로 오자미라 하는데, 그거를 인제 바구니를 종이로 덮어서 싸 가지고, 그 안에다가 글씨를 써 가지고, 무슨 운동회 하고 써 넣어서 그거 터뜨리는 거. 오자미를 몇 개씩 해 가지고 그거 가지고 때려 가지고, 터뜨리는데 그건 저학년이 해요.

이것이 일제시대죠?

아니, 일제시대는 운동회 안 했어요. 일본 시절 때는 운동회를 안 했다니까요. 내가 어려서 몰라서 그런가? 그런 건지는 모르겠는데, 운동회 한 기억이 안 나요. 이거는 일본시대 때 지나서 한 거예요. 해방 후에 한 거예요. 해방 전에 운동한 거는 내가 어려서 그런지, 안 했는 거 같애요. 막 그때 태평양전쟁이 한참 일어날 때였기 때문에. 매일 퇴비를 갖고 갔다니까. 예, 전쟁 나기 전에 학교 운동장이 없었어요. 다 퇴비장이야. 퇴비를 풀어 해 가지고 학교 갈 때마다 사 킬로 되는 학교까지 가지고 가요. 그라면 그걸 처리해 가지고 거서 퇴비를 만드는 거예요. 자기 가져갈 만큼 가져가구. 퇴비는 풀을 베 가지고 그걸 썩히는 거예요. 그래 가지고 저 밭에 거름 넣는 게, 그때는 그것들이 굉장히 발전되었나 봐요. 우리나

금릉공립국민학교
졸업사진.
1949. 9.

라 사람들은 퇴비가 좋다 하는 걸 크게 못 느꼈었어요. 일본놈들이 그런
게 학교에 반은 퇴비장이니, 무슨 운동을 했겠어요? 그러니까 운동회도
안 했어요. [웃음] 퇴비는 일주일에 한 번이던가? 매일 가져가면 학생들
이 견뎌 나지 못하지.

  무슨 조회 같은 것도 있었을 거 아니에요?

  그거 다 있었죠. 아침마다 조회하고. 또 이런 게 있었어요. 우리나라로
말하면 제사 때 지방 쓰는 거 같은 거, 요런 거 하나 써 놓은 걸 학생들한
테 하나씩 나눠 줘요. 지금 뭐 말썽 나는 게 뭐라요? 방송으로 일본 총리
가 신사, 뭐 맨날 문제 나잖아요.

  신사참배요?

  예, 신사참배. 말하자면 그거 택이라요. 크게 말하면은 신사참배예요.
그걸 하나씩 나눠 줘 가지고 집집마다 방에다 갖다 놓고 그걸 해야 돼요.

  거기에 뭐라고 글씨가 쓰여 있습니까?

그게 그림도 없는 거 같고. 종이도 없는 거 같고 아무것도 없는 거 같아요. 그것만 나무로 했는데. 내 생각에는 아무것도 없었어요. 썼는 것도 없고 아무것도 없었어요. 하여튼 이거를 하나 줬는데, 벽에다가 나무로 만들어 놓은 데에 이래 놓으라 해요. 말하자면 그걸 공을 들이라고. 요만한 거를 벽에다가 못을 쳐 가지고 딱 걸었어요. 걸어 놓고 거기다 대고 공을 들이는 거라고. 그저 일본 천황한테다가 감사절을 하라 하는 거지. 그것들은 아침저녁으로 하라 했지만은, 나는 한 번도 안 하지. [웃음] 혹시 가정방문 해 가지고 안 달아 났다고 혼날까 봐, 걸어 두기만 하고, 한 번도 안 했어요. 그때만 해도 그거 하라고 한다고 하겠어요? 일본놈들이 하라는데 안 하지. 근데 뭐 요래 없도록 만들었어요. 요기다 뭘 갖다 두고. 그러면 학교서 이것들이 무슨 날 일 때마다 빵 이런 걸 줘요. 그러면 그걸 여기에 갖다 놓고 먹어라 했었어요. 지금 생각해 보니까 거기다 얹어 놓고 공을 들이고 먹으라고. 거기다 신사참배를 하고, 그걸 먹으라 하는 거 같아요. 그래 간단하게 하는 거지. 그래 가지고 우리나라 말로 말하면 추석 명절 이럴 때 한 번씩 주지. 조회 때도 뭔가 선서했는데, 고게 기억이 안 나네. 고거 갖다 놓는 거만 생각이 나. 선생님들이 뭐했는지? 하긴 했는데 이학년, 삼학년 어려서 그런가 생각이 잘 안 나네요.

운동회 때 기마전 같은 것도 있었어요?

어, 기마전 했죠. 그거 오륙학년이 하는데, 육학년이 하는 것 같다. 또 어느 선생님 데리고 와라. 뭐 무슨 나깔 하나 가져와라. 뭐 그거 있었어요. 어느 선생 들고 와라, 누구 아버지 들고 와라, 교장 데리고 와라 하면, 데리고 막 뛰어요. [웃음] 체육선생 들고 와라 하면, 체육선생 들고 오고 그랬어요. 응원단장 들고 와라 하면, 응원단장 들고 오고. [웃음] 그게 젤 재미있었어요. 그게 최고 하이라이트였죠. 그때 사람들이 뛰고 하는 게, 막 웃고, 그때 제일 재미있었어요.

그때 소풍이나 운동회 때도 사이다 먹었습니까?

있었어요. 칠성사이다가 아마 그때부터 있었는지? 하여튼 사이다는 있었어요. 음료수 그런 게 있기는 있었어요. 집에서 삶은 계란, 김밥, 빵 쪄 가지고 가고. 가루에다가 팥을 넣은, 이런 데 파는 단팥빵. 안에 팥을 넣어 가지고, 그때 소다라 해요, 소다를 넣어 가지고 막걸리 하고 불린 거예요. 부풀어 오르게, 그래 가지고 만들어 해 놨다 몇 시간 지나면 부풀어 오르게 하지. 그게 최고 간식이었지. 떡 같은 것도 잘 못해 먹었으니까. 밀가루도 그때는 흔하지 않았지. 그래도 밀농사를 지어 가지고 집집마다 여름에는 밀가루 그거 가지고 계속 국수해 먹고, 저녁에도 국수 해 가지고 먹고. 나머지는 나쁜 가루 빼내고, 굵게 썰어 가지고, 그래 가지고 그걸 경상도 말로 '펀제기'라 그러는데, 독이 이렇게 올라갔잖아요? 옆으로 퍼진 독이요. 거기다 해 가지고 여름에 놔둬요. 마당에 이렇게 하나 놔둬 가지고, 저녁에 놀러 나갔다 와 가지고, 그거 가지고 온 식구들이 먹고 싶으면 간식으로 퍼 먹는 거예요. 지금 말하면 칼국수지. 수제비는 금방 안 먹으면 퍼져서 안 되니까, 놔두고 먹기에는 그게 좋지요.

어릴 적 고향 마을의 놀이와 세시풍속

어렸을 때 놀았던 놀이에 대해 얘기 좀 해주세요.

어릴 때 무슨 놀이를 했지? 그때는 동네 못이 있었어요. 거기 못이 얼음이 얼면 지금으로는 그게 아이스하키인가 봐요. 양대로 편 갈라 가지고, 산에 가가지고 골프채 같은 걸로, 고런 나무를 찾아 놔 가지고, 그걸로 인제 공을 쳤지. 공은 짚으로 이래 동그랗게 만들어 가지고, [웃음] 그걸로 공을 하고. 이제 공을 놓고 편을 갈라요. 편을 어찌 갈라 놓느냐면 막대기를 한 열개를 쫙 걸어 놔요. 그러면 그걸 가지고 한 사람이 섞어 놓고, 자기 건 자기가 아니까, 한 사람이 이제 던져요. 오른쪽, 왼쪽으로. 그러면 이쪽에 한 편. 저쪽에 한 편 그리 편을 갈랐다니까. [웃음] 지금 생각해도 참 신기하네.

그거 혹시 장치기라고 하지 않았어요?

예, 장치기라 했어요. 어, 아시는구나? 장치기라 하면서 바닥에서는 안 하고, 얼음 위에서 했지. 지금 생각해 보니 그게 요새 하는 아이스하키. 주로 어릴 때 국민학교 다닐 때 많이 한 거 같아요. 중학교 때는 공부해서 그런지 크게 안 했던 거 같고. 어릴 때 많이 한 거 같애요. 한 국민학교 오륙학년 이래, 중학교 일학년. 하여튼 고런 나이에 했던 거 같애요. 그라면 형들하고도 섞여 가지고 하고, 뭐 나오는 사람끼리 편 갈라 가지고 하지. 그때 내기하고 그런 것도 안 했던 거 같애요. 뭐 있어야지. 지금 같으면 술 사 주기, 빵 사 주기 하잖아요? 그때는 그런 것도 없었고, 재미로 따 먹고 그런 거지. 그걸 많이 했고.

지게 작대기로는 안 하고 따로 만들었어요?

예, 지게 작대기는 하면 못해요. 긴 것이 끝이 'ㄱ' 자 형태로 되어 있지. 긴 막대기로 때리는 거지. 글쎄, 지금으로 말하면 하키고, 저 얼음에서 하니까 아이스하키인 거예요. 저수지 같은 얼음에서만 했어요. 동네 못이 겨울에는 항상 얼지. 그게 말하면은 농사짓는 데 사용하는 물이지.

맨땅 위에서는 안 했어요?

안 했어요. 맨땅 위에서는 그때 우리 경상도는 '맛대'라 하는데, 그거 많이 했어요. 골대 안 만들고 무조건 이쪽으로 가면 이기는 거야. 중간에 선을 그어 놓고, 골대 안 만들어 놓고, 양쪽에 다 오면 한 점이 되었어. 그렇게 금방 한 점 나오고 금방 한 점 나오고 그런 거지. 요새 같으면 골문을 만들어 놓고 그래 했을란지 모르겠지만. 그때는 그런 걸 안 했어요. 그냥 무조건 여기서 저까지 반대편에 닿아 버리면 한 점 나는 기지. 그라고 어릴 때, 저수지에 물을 일 년에 한 번 싹 빼내고 온 동민이 가서 고기 같은 거를 잡아 가지고 먹어요. 거기 물고기를 기르는 거지. 뱀같이 생겨 가지고, 뭐 그거를 뱀장어라 해요. 그런 거 하고, 붕어 뭐 주로 그런 거예요. 여름엔 아주 거기 수영장이지. 거서 뭐 미역 감지. [웃음] 바깥에서 야산 같은 데서 하는 놀이를 그걸 '맛대'라 그러는데. 체가 한 요 정도 길이에요. 굵기가 손가락 두 개 정도. 그래 가지고 인제 그거 가지고 손가락 하나 정도의 굵기로 한 뼘 정도 되는 게 하나 있어요. 거기 체 가지고 인제 때리는 거예요. 진을 만들어 놔요. 이걸 둥그럼 하게 하나 만들어 놔요. 거기서 편을 갈라요. 세 명이면 세 명, 여섯 명 이렇게 편을 갈라서 하는 거예요. 그러면 지금으로 말하면 야구 같은 거와 좀 흡사하겠네요. 그걸 인제 치는 거예요. 이래 가지고 탁 치는 거예요.

그게 자치기는 아니에요?

이걸 자치기라고 하나? 예, 자치기인가 봐요. 경상도에서는 '맛대'라 그랬는데. 인제 생각하니까 자치기네. 한 자 두 자 재는 거 보니까. 그래 가지고 인제 그걸 세 번 하나? 채로 한쪽 가에를 딱 때리면은 딱 올라가잖아요? 올라가면은 내려가기 전에 다시 때려야지요. 떨어진 것 만큼 길이를 재는 거지. 몇 미터다 몇 자다, 그걸 재는 거지. 멀리 가면 이게 뭐 얼마고. 하여튼, 그걸 이렇게 쳐 버리면 저쪽에 수비하는 사람들이 그걸 주서요. 그러니까 멀리 가면 멀리 갈수록 좋은 거예요. 그러니까 이제 야구 비슷한 거예요. 멀리 가면 홈런 이런 거예요. 멀리 가면 거기서 수비하는 사람들이 그걸 주서 가지고 여기 원을 그려 놨잖아요. 거기서 던져 가지고 여서 원에 들어가면은 죽는 거예요. 치는 사람이 아웃되는 거예요. 그러니까 야구하고 비슷하네. 처음에 때리면 그거를 수비가 주워 가지고 이리로 던진다니까. 던져 가지고 홈 안에 동그라미 안에 들어오면 죽어 버리는 거예요. 그거는 아웃 되는 거야. 멀리 가면 멀리 갈수록 저쪽에서 힘 좋은 사람이 던져도 이쪽으로 못 들어오니까, 그러면 많이 먹고 들어가는 거지. 몇 자를 먹고 들어가잖아요. 열 자면 열 자 먹고 들어가는 거지. 그라면 왔는 거를 한 번 때리게 되어 있어. 그러면 여기서 끝까지 재는 거야. 몇 자다 몇 자다 그러면 많이 나가는 게 이기는 거지. 그 놀이 재미있어요. 얼음에서 하는 거보다 더 재미있어요.

저 어릴 때는 자치기라고 했는데, 맛대라고 하는구나.
네, 맛대라 그래요. 지금 생각하니까 그때 경상도는 맛대라 그랬어요.

어렸을 때 혹시 정월대보름날 무슨 달맞이 했나요?
예. 했죠. 그게 젤 심하게 했죠. 우리는 싸움은 안 하고, 그 뭐라카나, 그 돌리는 거, 쥐불놀이야. 깡통 구멍 뚫어 가지고. 전쟁 전에는 어렸으니까 안 했겠지요. 이건 높은 산에 가서 하는데, 어리니까 안 갔겠지. 아무래도 전쟁 후지. 미군 깡통 구멍을 뚫어 가지고, 끈을 매어 가지고, 딱 불을 붙여서 돌린 거지. 산에 가서 달맞이도 해요. 온 동네 젊은 청년들이 인제 산에 높은 데에 가 가지고, 그거 하는 장소가 있어요. 구봉산 어느 정도 올라가다 보면 이래 마당같이 평평한 데, 한 중간쯤 약간 이래, 약간 동산 같은 게 있는 거예요. 거기에 온 동네 젊은 사람들이 가는 거예요. 주로 어린 애는 안 가고. 소나무를 베어 가지고 막 이리 지금 하는 것처럼 짚처럼 해 가지고 달 뜰 때쯤 불을 지르는 거예요.

그러니까 소나무를 베어서 쌓나요?

예. 쌓았어요. 이래이래 많이 쌓아 놨어요. 하여튼. 높이가 한 두 집 길이 정도, 우리 키 두 길 정도는 올라갔어요. 쌓는 게 그러니까 오래 타지. 잘못하면 불 나는데, 그래도 불은 안 났어요. 가로 세로 한 오 미터 되겠네. 그거도 하나만 한 게 아니라 두 개를 했어. 그걸 만드는 걸 달집 끄슬린다 했어요. 예. 달집 끄슬리러 가자 이래요. 그러면 해가 떨어질 시간에, 인제 미리 가는 게지. 미리 가 가지고 거기서 놀고 막 나무해다가 쌓아 놓아요. 나무는 청년들이 톱하고 해서 그 산에서 직접 베어 가지고 해요. 인제 나무 몇 개 해 가지고 톱으로 써는 거지. 주로 소나무를 잘라 가지고 했지요. 그 당시엔 산에 나무는 반반했었어요. 그래도 톱으로 나무해 가지고, 뭐 그래도 그런 거 할 정도는 있었어요. 산이 워낙 크고 한게.

그 나무에 불붙이기 전에 고사 같은 거는 안 지냈어요?

다른 데는 하는 거 같았는데, 우린 그런 거 없었어요. 그런 것도 안 하고, 뭐 소원성취해 가지고 붙이지도 않았고. 그냥 그것만 해 가지고, 달집 끄슬린다 해 가지고 좋다고 환호성을 치고 그랬어요. 그리고 농악은 했어요. 아주 나이 많은 사람들은 안 해도, 한 사십대 이런 사람들도 있지만, 그래도 주로 청년들이 많지. 그거 농악 하는 사람들이 다 청년이니까. 우리 동네 농악대가 있어요. 대회 나가 가지고 일등도 하고 그랬었어요. 그리고 그때는 지신밟기라고 한 달 내내 해요. 동네 집집마다 다니면서 풍악을 울리면서 기금을 거두는 거예요. 그걸 지신 밟는다 해요. 그러면 오늘은 제일 부잣집부터 시작해요. 예를 들어서 쌀 같은 거 많이 나오는 집부터 가서, 그걸 하면 쌀 받아 가지고 오고 그러지. 거기서 또 술하고 음식을 차려 주면 먹고, 또 고 다음 집에 가고. 한 사람이 인도하는 사람이 있어요. 앞장서 가지고 걸어 가지고, 동네 청년 기금으로 쓰는 거지. 그걸 한 달을 해. 설 지나고 일주일 있다가 보름 이후까지 한 달을 해요. 그러니까 이월까지 하는 거예요. 그리고 이월 초하루에 명절이 또 있어요. 그게 뭐였는지 이름이 생각이 안 나네. 이월 초하루에 하는 게, 보름 모양으로 있어요. 그때부터 일 시작한다고 노는 거예요. 그때는 머슴들, 일꾼들 이런 사람한테 대접을 잘해 줘요. 인제 그날부터 일 시작한다고, 일꾼들 있는 집에서는 보신도 시켜 주고 그라는 거예요. 이름이 백중은 아니고 있는데 모르겠네요. 생각이 안 나네. 음력으로 이월 초하룻날에 해요. 그냥 밥해 갖고, 뭐 떡국도 하고 이래. 예, 집집마다 떡을 다 해요. 보름에 떡을 안 하잖아요? 그럴 때는 떡을 다 해요. 그러니까 노는 거 다 놀고, 이월 그때부터 일 시작이라고. 인제 일꾼들한테 닭을 잡아 준다던가 이렇게 보신을 하는 거예요.

어려워서 잡곡밥을 먹고 먹자계로 배 채우던 시절

전쟁 후에 특히 어려웠어요?

예. 일제시대도 어려웠지만은, 육이오사변 나고 후에, 뭐 밥을 하루 종일 한 끼 먹고, 뭐 여름에는 쌀 구경을 못했어요. 하여튼 죽 같은 걸로 먹고. 대부분이 몇 집만 빼고 그 당시에는 거진 다 비슷하게 그랬어요. 죽은 보리로 못 끓이니까 쌀로 끓이지. 예를 들어서 밥할 거의 십분의 일, 오분의 일 정도의 쌀만 가져오면 온 식구가 죽으로 다 먹을 수 있으니까. 배는 꺼지지만은. 흉년이 지면 아우, 말도 못해요. 흉년이 지면 일 년 내 한 번도 쌀밥을 못 먹었지요. 잡곡밥·수수·조·기장 이런 거를 먹는데, 요즘은 지장인가 기장인가 그거 모르지? 우리 때는 지장이라고 했는데…. 감자, 고구마도 그때는 흔치 않았어요. 감자가 주로 많이 났어요. 호박, 그 큰 호박 많이 해 가지고 막 벗겨서, 그거 가지고 쪄서 먹고, 끓여 먹고, 뭐 하여튼 그리 많이 먹었어요. 쌀이 귀했으니까. 비가 안 오면, 이제 밑에 평야 이런 데서는 물이 흔한데, 우리 내는 다락 붙은 데라서, 고지대가 되어 가지고 비가 안 오면 모를 못 심어요. 이러면 잡곡을 하는 거예요. 모 심을 당시에 비가 안 오면 못하는 거예요. 벼 심는 땅에다가 잡곡을 심는 거예요. 그러니까 그거 가지고 먹고.

그러면 흉년은 많았어요?

많았어요. 몇 년마다 한 번은 흉년이 들었어요. 예, 그래서 나물 뜯어다가 먹죠. 그거는 철 때에 맞춰 나오는 게 있죠. 봄에 같으면은 냉이, 쑥 이런 게 있고, 가을에 나오는 거, 여름에 나오는 거 있고, 이름들이 다 있어요. 이런 데는 강원도 산 깊은 데가 아니라서, 산나물은 흔치 않았는데. 농민들이 고사리 꺾고 말도 못하지 뭐. 그래도 옛날 사람들은 지혜는 있긴 있어. 먹자계라는 계가 있어요. 예, 다 하는 거는 아니고, 워낙 동네가 큰께, 한 오십 집은 일 년 내 쌀 같은 거 조금씩 절약하여 매달아 가지고, 한 여름에 모심기 다 끝나고 나면 개를 잡아요. 그 당시만 해도 개고기를 못 먹는 사람은 닭을 해 가지고 먹어요.

먹자계라고 할 때는 그 계고, 여기서 잡는 개는?

아니, 짖는 개, 개고기 개예요. 그기 보신된다고. 그때 뭐 애완견 그런 거 없었으니까, 동네에서 잡아먹을라고 키운 뒷집 개를 사 가지고 잡아요. 시장에서 사는 것도 아니고. 그래 가지고 그걸 해 가지고 온 식구가 다 먹어요. 일 년에 한 번씩 여름에 다 먹는 거예요. 인제 먹는 계, 그래서 이름이 먹자계예요. 그러면 그때 하루 보신, 포식하는 거예요. 온 동민이 가마솥 몇 개 걸어 놓고 거서 해 가지고 먹고. 뭐 그때는 고기가 많이 나나? 한 마리 가지고 끓이니 맨 물이지 뭐. 그래도 그게 우째 맛있었던가? 나는 이 세상에 태어나서, 그거보다 더 맛있는 거는 먹어 본 적이 없어. 우리는 불교를 믿어 가지고 개고기를 안 먹었어요. 인제, 딸들하고 어머니하고는 개고기를 먹고 남자들은 안 먹어요. 딸들은 시집갔는 거라고, 출가외인이라고 아버지가 먹으라 하면 먹었고, 우리 남자들은 안 먹었어요. 인제 아들들하고, 아버지하고 우린 닭고기를 먹는 거예요. 닭고기 먹는 사람은 좀 손해가 많아요. [웃음] 그거 닭고기 먹는 사람은 몇 집 안 되니까. 그거는 열외로 치니께, 개고기 먹는 사람들만 잘 먹는 거예요.

아니, 딸은 개고기를 먹고 부정 타도 괜찮다는 거예요?

예. 딸은 출가외인이라서, 앞으로 시집갈 사람이니까 먹어도 되는데. 예, 불교를 믿는 사람들은 절대 안 되거든요. 그거는 부정 탄다고. 딸하고 어머니하고는 먹었어요. 남자들은 못 먹게 했어요. 아, 먹고 싶어도 못 먹지. 나는 어릴 때부터 처음부터 안 먹어 봐서, 먹고 싶은지도 모르지. 예, 부정 탄다고 못 먹게 하는 거예요. 우리는 닭고기를 먹어요.

누가 절에 열심히 나가셨나요?

절에 다니고 그러지는 않았어요. 주로 다니기는 그래도 어머니가 다녔는데, 아버지가 다닌 게 아니고, 어머니가 사월 초파일, 백중날인가 하여튼 일 년에 한 세 번 정도 농사 지은 쌀 같은 거 가지고 그 절에 꼭 가시더만. 제일 처음에 정미소 가서 벼 찧은 거를 어데다가 보관해 놔요. 맨날 그걸 가지고 가요. 맨 처음에 아무도 안 먹은 거, 먹기 전에 따로 보관해 놓고 나서, 밥을 해 먹는 거예요. 불교를 어머니가 많이 믿었는데, 그래도 아버지가 괜찮다 해서 어머니와 누님들이 개고기를 먹었어요.

희안하네. 여자들은 되고 남자들은 안 된다는 게….

예, 남자들은 안 되고, 한 번도 안 된다 그러셨어요. 그래서 개고기를 안 먹었어요. 먹으면 부정 탄다고. 예, 아무거나 먹는 거 아니라며 개고기를 먹으면 안 된다. 그래서 안 먹었어요.

김천농림중학교 시절

그때는 중학교가 육년제였어요. 우리 때는 고등학교제가 없었어요. 그런데 해방되고 얼마 안 되고 하니까, 그러니까 실업학교 우대를 해줬어요. 정부에서 머리 좋은 사람들을 실업으로 보내서, 인제 농업이고, 공업이고 활성화시킬라고. 그래 가지고 삼차까지 있는데, 일차 중학이 실업중학이에요. 이차가 인문중학이고. 일차가 제일 머리 좋아야 갈 수 있어요. 거진 머리가 좋아서, 거기 나온 애들이 전부 다 서울대학교 갔어요. 김천도 농림중학교 있었거든요. 김천중학교는 이차지. 그런데 알고 보면 김천중학교를 갔어야 하는데, 거기서 한 번 또 실패를 한 거야. 안 될까 봐 양쪽 다 지원을 했지. 그런데 농림중학교는 수험번호가 삼백십육번이고, 이차 중학교는 수험번호가 칠백이십오번이야. 그래서 인제 수험번호를 받아 가지고 학교로 왔어요.

아니, 수험번호까지 다 기억을 하시네요?

네, 그거 안 잊어버린다니까. 군번 이런 거는 지금도 다 안다니까. 그거 내가 다 알아요. 그래 가지고 내가 농림중학교 합격을 하니까, 좋아가지고 그리 가 버렸어요. 그런데 이제 몇 년 후에 고등학교제가 생겼어요. 그러니까 중학교가 없어지잖아요? 그러니까 인제 내가 막내 다음에 된 거예요. 우리 밑에서 중학교가 끝을 냈어요. 그런데 인제 우리는 고등학교 시험을 봐서 갔지요. 그런데 그때 고등학교도 안 가는, 오년제인가 사년제가 있었어요. 그러니까 우리 위의 선배들은 고등학교제 변경할 때 사학년 마치고 졸업을 시키는 거예요. 그래서 우리는 그런 혜택도 못 받고, 중학교 이학년 때 그리 되었으니까. 그러니까 우리 막내까지만 입학하고, 밑에만 입학하고 끝을 냈으니까. 다시 고등학교를 가야 되잖아요? 이제 고등학교제가 생겨서 중학교는 삼년제요. 인제 육년제 중학교를 갔다가 우리하고 그 밑에가 고등학교제가 생겨 가지고, 우리는 삼학년 졸업하고 고등학교를 올라갔고. 우리 바로 선배 그 학년들은 사학년 하라면 사학년 하고, 고등학교를 갈라면 가고, 그리 변경을 시켜 줬어요. 사학년에 졸업장을 받고 나간 사람도 있고. 그래 중학 과정을 마치고 고등학교를 갈라 그러는데 아버지가 못 가게 하는 거예요. 집이 곤란하다고. 그러니까 이제 막 아버지가 돌아다니고, 첩 이러면서 재산을 다 말아먹었어요. 이제 막 다 팔았어요.

일본에 가서서 뭐 하신 거예요?

글쎄, 그걸 모르겠어요. 뭘 했는지를. 난 그걸 한 번도 안 물어봤어요. 첩은 우리 마을 밑에다가 술집을 차려 줘 가지고 술장사를 했다 그래요. 술장사를 했는데 그런 것까지는 모르고. 근데 뭐 말하자면 작은엄마 댁이지. 그 사람이 수시로 우리 집에 오는 거야. 아버지 오셨을 때도 그러고. 그라면 우리 어머니가 다 받아 줘요. 보통 여자들 같으면 막 첩을 치우라 그러고, 밥도 안 주고, 욕하고 이래 할 텐데. 뭐 밥 다 해 먹이고 그래요. 그러니까 그 여자를 알아요. 작은마누라 얼굴을 다 기억을 해요. 그래 가지고 아버지가 책이 잡혀 가지고, 나이 들어 가지고 엄마한테 맨날 좋은 소리 못 듣고 그랬어요. 그런데 자식들은 그런 사람이 하나도 없었어요. 뭐, 형님들도 하나도 여자 문제가 복잡하거나 그런 게 없었어요. 우리 아버지 닮아 가지고 그런 사람 있을 수도 있는데. 그래서 중학교 이학년 때 육이오사변이 났어요. 육이오사변이 났는데, 처음에는 내가 수학을 잘했어요, 사변이 나 가지고 이학년 다니는데, 학교를 못 가게 하는 거예요. 그러니까 나를 살살 꼬셔 가지고 중학교만 나와도 뭐 할 수 있다 그러면서 못 가게 하는 거예요. 그러면 등록금을 안 대 주니까 못 가. 중학교도 사변 나고 그러는데, 무슨 학교를 가냐? 못 가게 했어요. 육이오사변 났으니까 학교고 뭐고 다 그래 되었잖아요? 그러니까 수복을 하고 난 뒤, 저 위로 올라갔잖아요? 인제 다시 또 학교가 개학을 했잖아요? 학교를 못 가게 해서 안 간 거예요. 중학교를 이학년 마치고, 그러니까 인제 내가 도저히 안 되겠어. 그때 어린 나이라도 중학교는 나와야지. 중학교 중퇴한다 하는 거는 말이 안 된다. 그래도 백오십 호 되는 이 동네서 그때 일류 중학교 간 사람이 세 명뿐이 없었는데, 안 되겠다 하고 내가 다시 억지로 막 해 가지고 다시 학교를 갔어요. 학교를 가니까 우와 한 두 달 빠

전쟁 직전의
김천농림중학교
시절.
1950. 5. 11.

진 사이에 방정식을 다 배웠단 말이야. 그래서 연립방정식을 지금도 못
푼다니깐.

[웃음] 방정식 못 풀어도 사시는 데 지장이 없어요.

아니, 그래도 괜히 그게 원통하더라고. 연립방정식을 못 배웠다는 거.
그래 가지고 중학교 졸업을 하니까는 또 고등학교를 못 다니게 했지. 중
학을 마치고 이러니까 동기생들이 나랑 같이 중학 나온 애들이 고등학생
이 되어 우리 동네에 놀러를 오잖아요? 그러니까 내가 막 쪽 팔리잖아.
그래서 안 되겠다. 이건 아니다, 이건 아니다 하고 준비를 했지.

동네에서 모심기와 노래를 잘해 인기가 있었음

두레 같은 것도 혹시 동네에 있었습니까?

우리 동네서는 그런 건 안 했어요. 아, 인제 오늘 우리 집에서 모심기
한다 하면 와서 하기는 하는데, 뭐 기[旗] 들고 가고 그런 거는 안 했어요.

품앗이는 있었어요. 예, 품앗이. 그러면 며칠날 어느 집에 모 심는다 하면, 뭐 동네가 크니까 이십 명, 삼십 명 모여서 돌아가면서 하는 거예요. 몇 집만 모여서 해도 되는데 그리 모여요. 오늘 우리 하는 거 같으면 내일은 다른 사람 집에 가서 하고, 어느 정도 그걸 날짜를 맞춰 가면서, 하는 거예요. 그러면 새참 먹고, 술 먹고, 그거 모심는 노래 부르고. 그 동네서 내가 모를 제일 잘 심었어요. 손이 재빨라 가지고 일등 했어요. 내가 두세 사람 몫은 해 냈지. 그때가 중학교 졸업하고 이 년 놀 때니까 열여덟, 열아홉 살 될 거예요. 다른 집에서 서로 부르려고 했지요.

그때 부르는 노래를 모심기 노래라고 그러나요?

그런데 거기서는 전라도처럼 모심기 노래라고 특별히 그런 거 하는 지방이 아니라서. 특별히 모심기 하는 그런 노래는 없었고, 주로 부르는 게 지금으로 말하면 경기도 민요인데, 그게 [웃음] 요새 뭐 경기도 민요 있잖아요? 예를 들어서 그런 거예요. "장작을 걸어 놔요, 쳐다보니 천장이요, 날다 보니 술상이야, 술상 옆에 앉은 기생, 꽃이거든 지지는 말고, 님이거든 늙지를 말고", 뭐 그런 거, 이런 가락으로 지어내서 하는 거예요. 예. 자기가 다 생각대로 하는 거예요. 인제, 뭐 "노세노세 젊어서 노세, 늙고 병들면 못 노나니" 주로 그런 노래를 했어요. 모 심을 때 유행가 그런 것도 했는데, 유행가는 잘 안 맞아요. 유행가는 모심으면서 하거나, 일하면서 할 때는 장단이 잘 안 맞는 거 같아. 그런께 주로 그런 옛날 노래를 하지요. 젊은 사람 중에는 그런 노래를 아는 사람이 그리 흔치 않았어요. 나이 많고 이런 여자들이 주로 많이 하고, 남자들도 나이 많고 노래 잘하는 사람들이 그런 거를 했지. 내 생각에는 그런께 젊은 사람 중에서 내가 그런 거 하는 사람 중에는 유일한 사람이었던 거 같아요.

음감이 좋으셔서 금방 배우셨겠어요?

예, 음성도 좋고, 이기 뭐라카나? 음편이라고 하나? 그래 가지고, 그 옛날부터 하는 노래는 지금도 많이 있어요. 내가 생각이 안 떠올라서 그렇지, 지금 잘 안 해 가지고 그렇지. 그래 이 사람이 하면 저 사람이 하고, 저 사람이 하면서 저 사람이 하고 그러지. 이게 다 하는 건 아니거든요. 노래에 취미 없는 사람도 있고, 음성이 안 좋아서 안 하는 사람도 있고. 예를 들어서 끝날 때까지 누구네 엄마, 누구네 아버지, 누구네 아들, 이렇게 몇몇 사람이 하는 거예요. 노래하는 사람들은 모를 안 심고도 좋은 거예요. 다른 사람들 허리 아픈 게 없어지도록 만들고, 즐겁게 만들어 주니까. 노래 부르면 아무래도 일을 덜 하게 되잖아요. 일을 하다가도 중간중간에 서야 하고, 그러다 자기 못하면 줄이 넘어가지. 그라면 옆에 사람이 먼저 같이 다 해주는 거예요. 그걸 다 심어야 줄이 넘어가니까. 그런께 빨리 하기 위해서는 줄을 딱 맞춰야 되거든요. 이제 똑같이 이 미터면 이 미터, 예를 들어서 자기 구역이 있는데, 자기 손자락만큼 이렇게 서서 하잖아요? 이라면 자꾸 힘들고 시간이 걸리니까, 많이 안 가서 하는 범위 내에서 자기 것만 꽂고 그라고 옆의 사람이 꽂고 그래야지. 고기 인제 일정하게 장단에 맞아야지 줄이 넘어가는데, 내 혼자 다했다고 옆 사람 안 하면은 줄이 안 넘어가잖아요. 시간이 경과하니까. 거기 전문가들이 호흡이 딱 맞아야 하는데, 그러니까 잘하는 사람을 끼고 올라 그러는 거예요. 인제 사람들 될 수 있으면 계속 걸어가면서 부르는 거예요. 될 수 있으면, 거서 한 다섯 사람 있으면 보통 사람들 열 사람 있는 거랑 시간이 같으니까. 그러니까 인제 잘 심는 사람을 못 삼는 사람 옆에 두고 그 사람을 거들어 주니까. 그런께 자연적으로 균형을 맞추기 위해서는 못 심는 김천농림중학교 재학 시절.
가운데가 구술자.
1951. 4. 8.

김천농림중학교 재학 시절.
앞줄 우측이 구술자.
1951. 4. 8.

사람이 될 수 있으면, 잘 심는 사람 옆으로 가게 되는 거예요. 그러니까 빨리빨리 위치를 해야지, 줄이 하나 넘어가고 하나 넘어가고 하니깐. 하나만 덜 심어도 줄이 안 넘어가잖아요.

한 번에 모심기하면은 여러 날을 했겠네요?

다 끝날 때까지 하지 뭐. 모심기할 때는 다 끝날 때까지 한 보름 정도 갈 거예요. 왜냐면 물이 지금처럼 흔할 때 같으면 딱 하고 마는데, 그때는 물이 흔치 않기 때문에. 이게 또 순서대로 그리 해야 되고, 비가 와야지 하고, 그리 되는 거예요. 그러니까 기간은 많이 걸려요. 그거 하는 데 심는 기간은 그리 오래 안 하지만은 거진 한 달 이리 걸려요.

한 마지기 심는 데 네 명을 잡아요. 한 마지기가 이백 평이거든요. 그

집에서 모친과
함께 일을
하면서.

고교 졸업 후 아포야동에서
소를 이용해 쟁기질을 하며.
1957.

걸 네 사람을 기준으로 해 가지고 하루 종일 하는 거를 계산해서 사람을
구해요.

그래서 품삯은 얼마씩?

그거 품삯은 모르죠. 그건 품삯 주는 게 아니고, 내가 그 집에 가서 해·
주면, 그 집이 우리 집 해주는 거예요. 이게 그리 안 하는 사람은 돈을 줘
야 돼. 우린 논이 그렇게 많지 않았거든요. 그 당시에 돈을 얼마 받았었
을 거 같애요? 돈을 받았었는지 쌀을 받았었는지 기억이 안 나네. 우리
논이 많지 않았거든요. 하여튼 그 당시에 뭔가 받았었을 거 같애요. 그때
품삯이 얼마인지는 모르겠네.

2. 전쟁의 혼란과 학창 시절

위, 김천농림고등학교 시절 절친한 십용사. 뒷줄 좌측 3번째가 구술자. 1956. 11. 19.
아래, 김천농림고등학교 재학 시절 교정에서 친구와 함께. 가운데가 구술자.

전쟁 초기의 혼란과 집안의 시련

해방과 육이오전쟁, 그때 보고 들은 얘기 좀 해주세요?

해방 때는 어려서 잘 모르고. 국민학교 삼학년 때니까. 육이오사변은 중학교 이학년 때. 그때는 보도연맹이라는 게 있었어요. 보도연맹을 가입해요. 그라면 그 마을에서 주로 제일 배운 사람들이, 뭐 동네에서 청년회 하는 그런 거같이, 뭐 학교도 나오고 많이 배운 사람들이, 무식한 사람들은 안 되고, 보도연맹이라고 조직이 있었어요. 이게 말하자면 빨갱이래요. 이북을 옹호하는 그 단체예요. 그기 보도연맹을 했는데, 전쟁이 나가지고 인제 그 사람들을 전국에서 전부다 색출해 가지고 막 죽이고 그랬어요. 막 형무소에 갖다 넣기도 하고, 그래 가지고 피해 댕기고 이랬어요. 그러고 나서 육이오가 터졌어요. 그런께 육이오사변 나고 나서, 그 사람들이 전부 치안대를 근무하게 되었어요. 그 사람들이 그 앞에 잡혀 가지고, 말하자면 지금 민주화 운동 하는 대학생들 뭐 그런 식이었어요. 인제 그 이북에서 빨갱이들이 내려왔잖아요. 그래서 인제 남은 사람들이 다시 치안을 했잖아요.

그쪽 김천에선 언제쯤 빨갱이가 들어왔어요?

아, 그러니까. 그것도 한여름이었어요. 한 칠월이나 팔월쯤에 되었겠네요. 이게 순식간에 밀고 내려왔으니까. 시간이 많이 안 걸렸어요. 하여튼 굉장히 더웠었어요. 물이 오래 바닥 나니까 상해 가지고 이랬으니까. 한여름이었어요. 그 치안대 사람들이 말하자면 경찰 파출소 이런 거예요. 이제 이북에서 내려와 가지고, 한 동네에 치안대장이 있어요. 그런데 거기 가입한 대장이 다 보도연맹에 가입하고, 그 동네서 배운 사람들이니까, 그 사람들이 거서 맘대로 막 한 거지 뭐. 예, 잘사는 사람들 이런 사람들을 막 뺏고, 갖다 가두고, 뭐 그런 식으로 했지. 글쎄 다 동네 사람들, 한 동네 사람들인데, 서로서로 인제 사상적으로 좀 그런 게 있잖아요? 좀 잘사는 사람들은 이북하고 하는 거를 싫어했고. 그때는 우찌 돼서 그런지, 좀 배운 사람들이 왜 이북 그런 거를 자꾸 선호했는지. 네. 거기서 배운 사람들 정도면 다 수준이 어느 정도 높지. 가난해 가지고 학교를 못 다녔으니까. 그때 우리보다 열 살 지기 더 많은 사람들이 주도권을 잡았을 때니까. 그러니까는 그때 내가 열여섯 살이니까. 스물다섯 살에서 서른 살 그런 사람들이 이제 좌지우지했으니까. 사건이라는 게 많은데. 하여튼 그때 우리 형님도 거기에 가담하고, 형이 아마 그때 치안대장이 되었나 그랬을 거예요. 우리 젤 큰형님이 일본서 배우고 왔으니까, 안 그랬겠어요? 그러니까 선생 하는 이런 사람들이 많았었어요. 근데 치안 그거 관련해서 몇몇 사람들은 나중에 잡혀가서 죽었고. 우리 형님도 수복했을 때 그때 징역 살았어요. 그래 가지고 큰형님은 형무소 못 다니고 징역 살았어요. 형님이 형무소 간수부장 했거든요. 그래 가지고 그걸 못 다니지. 우리 형님은 그때 보도연맹을 가입을 안 하셨어요.

그런데 어떻게 치안대장을 하게 되셨지?

그래도 그쪽으로 많이 쏠려가 있어요. 네, 가입은 안 해도, 다른 사람들은 다 피난을 가는데 우리는 피난을 안 갔거든요. 그 동에 있었거든요. 산에 가 가지고, 굴 밑에 가 가지고, 인제 어느 정도 그쪽으로 맘이 쏠려가 있어가 피난을 안 가고 그냥 있어나 봐요. 그래 가지고 그 다음에 한 일주일 뒤에 할 수 없어서 내려갔지요. 내려가는 것도 조금 내려가다 말았지. 뭐 한 백 리 정도 내려가다 말았어요. 그러다가 함 올라오고 반동을 하게 되었어요. 근디 그 동네서 말하자면 똑똑하고 뭐 그런께 그걸 시킨 거 같애요. 형님이 똑똑하고 영리해요. 상당히 머리가 좋아요. 그러니께 보도연맹을 가입을 했다 해도 모든 사람이 다 배운 사람은 아니니까. 국민학교 나와 가지고 가입한 사람도 있기는 있고 이러니까. 그리고 또 배운 사람들은, 사변 나기 전에, 사변 일어날 당시에, 정부에서 전부 다 몰아 가지고 갖다 가두고 죽이고 그랬거든요. 그러니까 인제 남은 사람들 중에서 그 동네서는 제일 똑똑하다고, 제일 머리가 좋다고 사람들이 말을 했어요.

형님이 얼마나 징역 사셨어요?

한 일 년 살았던가? 그걸 확실히 모르겠네. 형님이 제일 큰 형님이니까 나보다 딱 열 살 많아요. 그 위로 누님이 둘 있고, 큰 형님으로서는 제일 맏형이고, 그 밑에 형 둘.

형님 때문에 부모님들이 걱정 안 되셨어요?

그런 건 없었어요. 우리한테는 아무 지장이 없었어요. 네, 형님만 징역 살았지.

신체적으로 고통을 받았다거나 그런 거 없습니까?

뭐 그런 게 크게 없었나 봐요. 그러니까 내는 모르죠. 치안대장을 하면서 사람들에게 인심을 안 잃었어요. 동네서 하나도 손가락질 받고 그런 거 없었어요. 그래서인지 어쩐지 징역 살았는 거는 생각이 나는데, 막 심하게 고문을 받았던가 이런 거는 못 들어 봤어요. 그러니까 뭐 아주 가벼운 그런 걸로 들어갔나 보지. 그래 가지고 형님이 직장만 떨어졌지. 무슨 사상 그런 거로, 그리 못 다녔지. 못 다녔는데, 얼마 후에, 몇 년 후에 아버지가 그때 적산토지라고 있었어요. 일본 땅 그거를 뺏겼는데, 일본놈들 앞으로 명의가 넘어가 버렸던 땅을 되찾을라고, 인제 그 땅 넘어간 사람들끼리 단합을 해 가지고 하는데, 아버지가 책임자로 대구의 변호사를 접촉하게 되었어요. 대구에서 유명한 사람인데 이름을 모르겠네. 그러니까 아버지가 그 사람을 잘 알아요. 그걸 하기 위해서 가담되는 사람들 돈을 걷어 가지고, 그 변호사한테 대접을 하고. 이겨야 되니까. 변호사 선임비도 줘야 되고. 그러다 본 게 아버지가 유명한 변호사를 잘 알게 되었어요. 그래 가지고 그분이 인제 말을 해 가지고, 법조계에 잘 아니까, 형무소 거기 그런 계통이잖아요? 예전 거길 다시 취직을 했어요. 네. 거서 쫓겨났는데 어찌 되었는지 다시 취직이 되었어요. 그래서 근무를 했어요. 그런데 몇 년 근무하다가 그게 발견이 돼서 그런지, 하여간 또 나왔어. 그래 가지고 집이 좀 곤란하게 되었어요. 그런데 인제 남은 재산을 형님이 자꾸 팔아 가지고.

마을에서 죽거나 크게 상한 사람은 없었어요?

네, 그런 건 없었어요. 집이 불타거나 그런 거 없었어요. 아무것도 없고. 아, 폭격은 많이 있었죠. 예, 우리가 피난 안 가고 집에 있었는데, 바로 우리 오십 미터 앞에 폭격이 되었어요. 전쟁을 다 봤어요. 그때 한 칠팔월 되어, 바깥에서 자도 춥지가 안 하고 이랬지. 집을 때렸어요. 집을 때린다고 때렸는 게 마당에 맞았어요. 그런 경우엔 사람이 있는 걸 알았던지, 어쨌던지 이북 폭격기 때린 거예요.

그러니까 미군 비행기 아니에요?

미군 비행기가 때렸는가? 빨갱이가 때렸지 싶은가 했는데 참말로 그랬나 보다. 예, 맞아요. 이쪽 비행기가 빨갱이인 줄 알고, 다 피난 갔었고 남았는데, 인민군인 줄 알고 그랬어 참. 그러니까 우리하고 윗집 형님 친구분들, 그런 계통에 피난을 안 간 사람들이 열다섯, 여섯 집이 있었어요. 그런께 우리도 집에서 다 자고 있었는데, 폭격이 떨어졌는데. 그런데 그게 성능이 약한지 어쨌는지 떨어졌는 자리가 우리 한 두 키 정도 되어 있고, 둘레로 말하면 마당만한 둘레, 그게 약했던가 봐요.

전쟁에 의한 주변의 피해와 목격담

그라고 나서는 산에 가 가지고 바위 밑에 이런 데 있었지요. 그러면 낮에 전쟁을, 하는 걸 보는 거예요. 그러면 인제 이북의 소련 탱크가 큰길로 가는 거예요. 돌아가면 미군 비행기가 왔다갔다 해 가지고, 요기 전차가 가고 있으면 이걸 막 포착해서 때리고 그러더라고. 나는 그런 거를 다 봤어요. 참, 비행기에서 처음에는 폭탄 같은 거 이래 던지고 나서는 기관총으로 해요. 싹 내려와 가지고 폭탄 터지고, 기관총이지 뭐. 하여간 타다타다 그래 나가더라고. 그래 가지고 탱크를 겁을 줘 가지고 이게 겁이 나서 빨리 못 달려요. 그러면 앞에 가서 때렸다, 뒤에 못 가도록 뒤에 가서 때렸다 해요. 그래 가지고 싹 내려와 가지고 그걸 정통으로 맞추더라고. 비행기도 크지도 않았더니만. 그때가 내가 열여섯인가, 열일곱인가?

그러면 그때는 징집을 피할 수 있었던 거예요?
우리 나이 때에서 붙들려 간 사람도 많았어요. 그때 알쏭달쏭한 거예요. 안 잡히면 안 붙들려 가고, 우리 밑의 동네에서 국민학교 동기생이 붙들려가 나간 애가 두 명이나 있었어요. 어려도 다 전투에 보냈으니까.

예, 이북 그쪽의 빨갱이들의 인민군으로 그렇게 갔지. 나중에 안 죽고 왔는가 해요. 우리 동네가 아니라 우리 밑의 밑의 마을인데 안 죽은 거 같애요. 돌아왔는 거 같애요. 걔 붙들려 갔다는 소리는 들었는데. 우리 동네서는 아무도 안 끌려갔어요. 붙들리면 끌려가는 거예요. 그래 가지고 그 거 가서 빨갱이들 뒷바라지해 주는지, 금방 가서 총싸움은 못하는지. 개네들이 금방 가서 훈련해서 전쟁에 가담해 봐야 이북편 들겠어요?

국군에 입대한 사람은 없어요?

우리 나이에는 없어요. 그때는 안 끌려갔어요. 지원이었어요. 예, 지원했는데 중학교 사학년 이상 지원을 했어요. 그러니까 우리는 이학년이니까 안 되지. 지금으로 말하면 학도병이에요. 지원자 중에서 강제적으로 한 게 아니에요. 지원한 사람만. 우리 동네서 학도병으로 간 사람이 없어 가지고, 죽었는지 그런 거는 확실히 모르겠고. 우리 학교에서 가는 사람만 환송식 하고 그랬거든요. 자원해 가지고 가는 사람, 그러니까 사학년 이상 모집을 했어요. 사학년이 나보다 두 살 더 많으니까 나이가 한 열여덟, 열아홉 살 됐는가 봐요. 내가 그때가 열여섯인지 열일곱인지, 계산하면 나오는데.

그때 환송식 장면이 혹시 기억나세요?

네, 학교에서 했어요. 학교서 전체 학생들 모다 놓고 인제 교장 서고 하는데, 거기 운동장에 조회하는 데 안 있어요? 거기서 그 사람들 세워 놓고 인사시켜 주고 그랬어요. 지원해서 별로 많이 안 갔어요. 자기가 지원해야 돼요. 그러니까 고 나이에 지원을 안 하면 징집 소집에 해당이 안 되잖아요? 그것도 아마 해당자는 이십 세인가 그랬을 거예요. 그때 여학생들, 특히 여중생들도 자원해 가지고 갔었어요. 우리 동네 내 친구 바로 누나가 한옥자라고 군대 갔다 왔어요. 그 누나가 중학교 오학년인가, 육학년인가 그랬어요. 그랬는데 장교 되었어요. 간호장교로 부산으로 가 가지고 훈련받아 가지고 군대 있었지. 나중에 제대했어요. 그때가 수복되고 어느 정도 회복이 되고 난 뒤에 학도병을 뽑았지. 전쟁 당시에는 학교를 안 다녔잖아요? 환영식 한 게, 겨울인가 봄인가? 그건 확실히 기억이 안 나네. 어려서 그런가? 학도병이 와서 그런 거는 알겠는데. 그때 우리 동네서도 잘 아는 한 사람이 갔어요.

그때 집이 몇 집이나 탔어요?

우리 동네는 많이 타지 않았어요. 한 열 집 정도 폭격을 맞아 가지고 탔어요. 그러고 폭격하고 나서 안 다녔어요. 우리 집은 괜찮았어요. 우리 뒷집 그쪽으로 한 일고여덟 채 불이 났어요. 폭탄이 크지는 않았으니까. 기관총 그거는 막 방에 떨어졌어요. 사람 자는데 지붕으로 와 가지고, 우리 집은 안 떨어졌어도, 우리 옆 친구 집에 떨어져 가지고, 그 친구 형이 자고 있었는데 안 죽었어요. 마침 떨어지기는 떨어졌는데 사람한테는 안 맞았어요. 예, 지붕으로 들어와 가지고, 그 사람은 국민학교 선생질 하던 사람인데, 형님 친구고, 동생이 나하고 친구인데, 그 동생은 국민학교를 나랑 같이 나왔지. 중학교를 안 갔지. 형은 사범학교인가 나왔어요. 그 동네는 인민군들이 주둔 안 했어요. 김천에는 주둔 안 했어요. 다 주둔할 수가 없었어요. 그때 폭격 그런 게 심해 가지고, 인민군들이 있을 수가 없었어요. 근처에는 그 당시에는 비행기에서 하도 폭격을 해서 머무를 수가 없었어요. 머무른 것들은 다 죽었어요. 거기는 산이 많죠. 산악지대라 볼 수 있어요. 시내 쪽에 거기가 평지지. 거기가 사방으로 다 높은 산지에요. 예, 우리 동네에 구봉산이라고 큰 산이 있어요. 그러니까 그 산에서 막 내려다봐. 바위 밑에서 낮에 폭격하는 걸 다 봤지요. 낮에는 서울서 부산 가는 도로 거서 장갑차가 탱크가 내려와서, 아유 뭐 미군 장갑차는 소련 장갑차에 대면 상대가 안 돼요. 미군 장갑차는 이래 만들어 놓은 두께가 요런 거 같으면, 소련 장갑차는 두께가 이래요. 그리 차이가 났어요. 미군 장갑차가 상대도 안 되었어요. 소련 장갑차는 아마 다섯 배는 더 두껍게 되었어요. 여간 때려도 안 들어가요. 폭격이 어지간한 거 때려 가지고는 사람이 안 죽어요. 그거 전차만 파손되지. 사람은 안 죽고 도망간다니까요. 근데 미군 장갑차는 보니까 너무 얇더라고. 하여튼 우리가 볼 때는 택도 못 따라가더라고. 그거 뭐 한 대 맞으면 미군 장갑차는 다 끝장나겠더라고. 우리 한국에는 좋은 게 안 들어와서 그런지 모르겠어요. 그걸 내가 왜 아는가 하면, 수복하고 난 뒤 얼마 후에 장갑차가 그런 게 군데군데 폭격 맞아 가지고, 뭐 없으니까 길가 같은 데 놔두었어요. 그런데 그걸 절단을 해 가지고 인제 고물상으로 보내는 그거를 했어요. 말하자면 정부에서 맡아서 하던가, 시에서 맡아서 하기도 하고, 개인이 탱크 부서진 거를 부숴 가지고 팔아먹겠다 해서 하기도 해요. 탱크를 절단을 해서 팔아먹어 가는 일을 우리 형님이 했어요. 형무소 간수로 있는 형님이 그 기술자를 한 거예요. 일본서 학교 다니면서 그걸 배워 가지고 와서, 절단하는 거, 용접 그기 일류 기술자예요. 쇠 끊는 거, 붙이는 거 하고. 그러니까 공무원 생활하면서 써먹을 데가 없으니까 못 써먹었지. 그러는데 사변 나고 나서 기술자를 어떻게 알았는지, 그 회사에서 뭐 큰 회사도 아니고, 거기서 맡아 가지고 하는데, 우리 형님이 인제 돈을 받고 간 거지. 무얼 받았는지 그걸 모르겠는데, 혼자 못하니까 나하고 내 위 형님하고 둘이 따라다니면서 보조를 했어요. 형님은 기술자지만은 우리 같으면 쇠를 끊으면 이리 옮겨야 되고, 뭐 끊는데 가스 그런 것도 가져가야 되고. 그러니까 하여튼 그걸 끊을라고, 이화령, 새재 거기 산길에 많이 있었어요. 그래서 거기도 갔었어요. 탱크가 산길로 오다가 폭격을 맞았어요. 차는 아니고 주로 탱크예요. 미군들이 전부 다 때린 거예요. 다 빛도 못 보고 탱크가 쓰러진 거예요.

혹시 불발탄이 있어 위험하지 않았어요?

그런 건 없었어요. 그때 사변 나고 학교를 아버지가 못 가게 하고, 그래서 안 갔을 때라요. 그러니까 형님 그거 따라다니면서 있었지. 그때 형님은 하여튼 보도연맹 사상 때문에 그런 건지 형무소 안 다녔어요. 안 다녔으니까 그걸 했지. 그렇게 사변 나고 나서 다 지나고 나서 다시 들어갔었지요. 그걸 우째 다 그만뒀는지는 내가 모르네요. 사변이 나서 그만뒀나? 난 기술이 없으니까, 위의 심부름해 준 거지. 나하고 내 바로 위의 형님하고 둘이. 그러니까 셋째 형님이요. 저하고 큰형님하고 셋이 했지. 큰형님이 기술로 그걸 끊어 오면, 우리는 팀벙팀벙 내는 거는 한쪽으로 모다 놓으면, 차가 와서 추려서 싣고 가. 그리고 맨날 산에 가서 딸기 따 먹고, 버스가 있나? 트럭 지나가는 거 손 들어 가지고 타고 올라가고. 우리 동네 탱크를 끊어 놓고 그랬어.

그때 공산군 밑에서 몇 달 있었지요?

몇 개월 안 되는 거 같아요. 네, 금방 뭐 부산까지 밀어도 못 가고 낙동강까지 와 가지고 올라가서 낙동강에서 전쟁이 좀 심했지. 우리 집 같은 경우는 전투 안 했어요. 인민군들도 우리 동네에 머무는 거를 하나도 보지를 못했어요. 머무르지도 않았어요. 머물러 봐야 미군들이 폭격을 해서 있지도 못해요. 다행히 마을에서 크게 상하거나 그런 건 없었어요. 다 피난 가고 없었으니까 한 사람도 폭격에 상하지 않았어요. 남은 사람들이 몇 집 안 되었다니까.

왜 집에서 피난을 안 가셨어요?

우리 형님이 사상이 있어 가지고, 그런 사람은 안 갔어요. 한 다섯 집 정도 빼고 거진 다 갔는데, 그런 사람들이 어차피 이북 세상이 된다고 생각을 한 게지. 다시 밀고 올라가는 거는 생각을 못한 게지. 인제 그러면 이북편을 들어야지. 희망이 있다고 그런 거예요. 그런께 피난 안 간 사람들이 또 올라 가지고 보복을 당한 게지.

보도연맹에 있던 사람 중에서 크게 당한 사람은 없어요?

사변 나기 전에 인제 붙들려 가서 뭐 죽고, 뭐 다치고 그런 사람 몇 사람 있었는데, 그 당시에는 한 사람이 죽었어요. 참, 선생 한다는 그 사람이 죽었어. 우째 죽었나? 예, 내가 선생질 하고, 비행기 기관총이 지붕으로 떨어졌다 했는데, 그 선생 하던 사람이, 형님 친구가 참 그때 죽었어. 그 사람이 참 이상하네. 국군에 붙들려 가 죽었는지? 예, 그 사람이 보도연맹 가입하고 사상자였지. 그 사람이 그 당시 완전한 빨갱이었다니까. 동네서 빨갱이라 그랬어. 우리 형님 같은 사람들은 드러나지 않았고. 우리 형님은 그때 보도연맹 가입을 안 했어요. 그러니까 가입한 사람들을 보니까 우리 형님보다도 그 사람들이 다 나이가 한두 살씩 많았어요. 우리 형님은 가입을 안 했는데, 약간 그쪽으로 물이 들었어요. 그 이북 쪽으로 물이 들어가 있었어요. 그래서 피난을 안 간 거예요. 인제 곧 빨갱이

세상이 될 건데, 내려가면 안 된다고 피난 가면 불리하다고, 그래서 머물고 있었던 거예요. 그러니까 확실히 이북이 이긴다 그런 거예요. 그러니까 그때가 청년 나이니까 스물여섯 이래 나이가 되었으니까, 좀 그런 걸 잘 알 거 아니에요? 우린 뭐 전쟁 경험을 그렇게 고통스럽게 안 했어요. 우리 동네는 인민군들을 구경도 못했어요. 피해가 아무것도 없었어요. 인민군이 그쪽에 머무르지를 않았지. 그래서 폭격 맞는 거 그런 거만 봤지. 인민군은 그리로 내려가고. 이것들이 주로 낙동강 따라가고 그랬던 거 같아요. 그러니까 낙동강 전쟁이 붙었지. 낙동강에서 쉬 붙었다 그랬거든. 김천에 낙동강이 안 흐르고 구미 쪽에 가야. 김천은 개천이지. 김천에서 들어가는 데가 낙동강 쪽으로 흐르지.

나무를 해서 고등학교 갈 돈을 마련하던 시절

거기 우리 동네에 구봉산이라는 깊은 산이 있어요. 예. 거기서 우리 친구들이 국민학교를 나와 가지고 전부 다 나무장사를 해요. 그걸 해 가지고 지고 가서, 시내 역전 있는 데 가 가지고 팔아요. 나도 저걸 해보자. 그러니까 일하는 애들이, 그때는 장작이라고 그래요. 그때 중학교 졸업하고 놀았으니까. 이 년 만에 다시 고등학교를 갔으니까 그 중간에 나무하는 거 따라다니고 그랬어요. 나는 그때만 해도 학교를 다녔으니까 일을 뭐 별로 안 했거든요. 그때는 못살 때니까 머슴 들이고 일은 안 했어요. 내 동생이 주로 일을 많이 했지. 그때는 아버지가 땅을 계속 팔아 썼어요. 그러니까 첩한테 가고 일본에 드나들면서 쓰시고, 그러니까 재산이 슬금슬금 날아가는 거지. 일도 안 하고 뭐 일꾼도 들여 가지고 지탱을 해야 되는데, 지탱이 돼요? 이제 그러니까 인제 그 나무장사 한다고, 아이들 따

김천농림고등학교 재학 시절 교실에서.

김천농림고등학교 재학 시절 교정에서.

라댕기는데, 얘들은 이거 나무단 열 개를 하면 나는 여섯 개, 일곱 개밖에 못했어요. 걔들은 이제 숙달이 되었으니까.

몇 개라는 게 뭐예요?

불 때는 장작이 있잖아요? 이거를 예를 들어서 걔들은 인제 지게에다가 열 개를 지면, 나는 그걸 여섯 개, 다섯 개밖에 못했다는 거지. 그러니까 그거 가지고 와서 파는데, 얘들이 만약 천원을 버는 거 같으면 나는 오백원밖에 못 버는 거예요. 나는 걔들하고 같이 나무장사를 하러 가는데. [웃음] 내가 그걸 모다 가지고 등록금을 준비해 가지고 이 년 자다가 김천농림고등학교를 갔어요.

시내에 나무를 파는 데가 있었어요?

예. 김천시지만은 우리는 변두리 농촌 동네잖아요? 그러니까 시민들 사는 역전 같은 요지 가서 파는 거지. 그 사람들이 나무를 사 가지고 가서 때잖아요? 새벽 다섯시쯤에 지게에다가 지고 가서 팔아요. 하여튼 아침에 나무 사러 오는 사람 파는 사람이 모여 장이 한때 서고 말더라고. 집에서 어두울 때 나가는 거예요. 그러면 날이 세면 매매가 되는 거예요. 거기에 인제 쭉 세워 놓으면, 보고 이거 얼마예요? 이거 얼마예요? 물어서 이제 사게 되면, 집에까지 갖다주고 돈 받고 오는 거예요.

몇 년간 일을 하셨어요?

에이, 몇 년간 안 했어요. 얼마 안 했어요. 아니, 머 등록금 그거 조금 벌때까지만 했다니까. 왜냐면 그걸 안 해봐 가지고 억지로 한 거지. 등록금 마련할라고. 그때 나무를 못하게 했지. 그런데 그게 불법인데도 뭐 한 번도 벌금 물거나 그러지는 않았었어요. 뭐라 그럴까 무법천지였어요. 아

왼쪽, 김천농림고등학교 재학 시절.
우측이 구술자. 1957. 1. 15.
오른쪽, 김천농림고등학교 재학 시절
학예회 분장. 뒷줄 우측이
구술자. 1957.
아래, 김천농림고등학교 재학 시절.

무튼 땔감도 없고, 치안, 뭐 이렇게 허술하기 때문에, 무조건 산에 있는 나무를 다 베다가 막 그걸 연료로 사용했었어요.

산에 나무가 없었죠?

네. 그러니까 없으니까 인제 이거를 할라 하면 이십 명, 삼십 명이 막 가야 돼요. 산을 넘어서 넘어서, 가까운 데는 다 베고 없으니까. 구봉산에서 그걸 넘어가면 봉산면이 나와요. 봉산면 거기까지 가요. 그라면 그것을 못하게 하면 쫓기고, 그쪽 사람들이 못하게 하고 그래요. 이쪽 김천시에서는 말을 안 해요. 근데 인제 경계를 넘어서면 그 사람들은 못하게 하는 거예요. 그래서 몰래 갔다 오고 이러는 거예요. 나중에는 나무가 없어서도 못했어요. 그러고 난 또 원래 일을 안 했기 때문에 그거 못해요. 그래 가지고 조금 하고 말았어요. 그래 가지고 중학교 졸업하고 고등학교를 다시 갈라 하니, 그때는 인제 실업고등학교가 별 볼일 없을 때예요. 인제 그때는 인문학교를 칠 때예요. 나 고등학교 갈 당시는 그래서 그때는 김천중학교[김천고등학교를 말함]를 젤로 쳤지. 그렇게 중학교를 김천중학교를 갈라 하니 실력이 돼야 하지. 그래서 할 수 없이 농고를 간 거지. 그것도 떨어질까 봐 겁을 많이 냈어요. 그런데 거길 붙었어. 그래 가지고 글쎄 고등학교를 졸업한 거지. 고등학교 졸업하자마자 또 군에 갔어요. 그래 가지고 내가 대구대학이라도 갈라고 그랬는데 대학을 못 갔지. 그래서 내가 거짓말로 대학 나왔다 하지. [웃음]아주 죽을라고. 그래서 학교를 그래 마치고. 그러니께는 작은형은 중학교하고 나하고 동기고, 이 년을 놀다 가니까 동생은 나하고 고등학교 동기고. 그라고 그 당시는 뭐야, 학교 선생보다 학생이 나이가 더 많고 그런 시절이었어요. 나보다 삼 년 선배, 그러니까 내 친구 바로 형이 나보다 세 살 더 먹은 형인데,

어느 대학을 나왔는지 모르겠어. 문과를 나와 가지고 영어 선생으로 온 거야. 말하는 게 뭐 형이라도 말 놓고 그랬는데, 선생으로 딱 들어온 거야. 이웃 동네 사는데. 그래 가지고 인제 선생으로 들어왔는데 한 소리 해야지. 그런데 하여튼 그 선생보다 학생이 서너 살 더 많은 사람도 있었어요. 그때는 나이 차가 한 반에서 일곱 살 이래 차이가 났었어요.

중고등학교 학제 개편과 농림고등학교 시절

어차피 나는 고등학교도 간신히 나왔는데, 대학교도 못 갔는데, 하여튼 공부해서 뭐 하나? 술도 먹고, 노는 게 하여튼 고등학교 때 유행이었어요. 선생들한테 맨날 엉뚱한 질문해 가지고 골탕 먹여 가지고, 성적도 뭐 고등학교 때는 그렇고. 내 별명이 당골이야. 우리 동네 이름이 당골인데, 맨 처음에 온 학생들이 당골이면 다 알아요. 유명인사가 되었어요. 그래 가지고 공부도 하나 안 했어요.

동네 이름이 당골인 건 무슨 제당이 있었나요?

아니, 옛날 '꼴' 자를 많이 썼잖아요. 문당동인데 구천면의 당골이에요. 보통 문당동이라 안 하고 당골이라고 해요. 그래서 동네 이름을 따가지고, 내 별명이 당골이에요. 우리 동네도 유명한 동네예요. 남자 여자 연애 그런 게 심하고, 그 동네가 소문난 동네예요. 그래 가지고 공부를 잘하지 못했어요. 공부를 안 하고, 해도 시골 중학교 나온 애들하고 섞어 놓으니까. 뭐, 그래도 명색이 일류 중학교, 일차 중학교 나왔으니까, 기초 실력은 있으니께, 그거 가지고 공부 안 해도, 필기도 안 해도 어지간히 했어요. 뭐 웬간한 과목 그런 거는 시험 보기 전에 훑어보고 들어가서 보고,

다른 사람 맞추는 거만큼은 맞춰요. 그래 가지고 한 일학년 때 정도만 해
도, 많이 논다 해도 십등 하다가, 한 고등학교 삼학년에 가서는 팔십 명
중에 한 사십칠등 요래 했을 거예요. 대학교도 안 갈 거고 하니까, 그거
배워 가지고 뭐하겠나? 맨날 농땡이나 놀고 그랬었어요. 재미가 없었어
요.

그 당시는 팔십 명 중에 대학을 어느 정도 갔어요?

한 열 명 갔는가? 근데 우리 중학교 같이 나온 애들은 서울대학을 한 다
섯 명 들어갔어요. 나하고 중학교 이차 농고를 나온 애들은 농고를 다녔
지만, 그때는 당시 일차 중학교에 중학교제가 있어 가지고 들어갔는데,
우리 위의 바로 선배하고, 그 위의 바로 선배들은 대학교는 암만 못 가도
서울대학은 다섯 명 이상 갔어요. 그때는 일차 중학교 나온 애들이니까,
고등학교로 변경이 돼도, 농고지만은 머리 좋은 아들[애들]은 뽑아 놨으
니까, 서울대학을 많이 갔어요. 농대도 가고, 법대도 가고. 법대 간 애들

김천농림고등학교 재학 시절
김천 시내에서. 좌측이 구술자.

김천농림고등학교 재학 시절 집
우물가에서. 우측이 구술자. 1957. 2. 25.

김천농림고등학교
재학 시절의
친구들. 뒤쪽이
구술자.

김천농림고등학교
재학 시절의
교정의 잔디밭에서.
좌측 두번째가
구술자.

고교 졸업 후 동생 학교의 체육대회에서
처음 맞춘 흰색 바지를 입고.
우측이 구술자. 1957.

고교 졸업 후 군대 영장을 받고 고향
마을 논가에서. 우측이 구술자. 1957.
8. 5.

도 많고. 나하고 같은 국민학교 나왔나? 김진일이라고 걔는 농대 임업과
갔지. 그래 가지고 보통 적게 들어가도 다섯, 여섯 명씩은 들어갔었어요.
그런데 내가 이 년을 놀다 갔으니까, 인제 내 밑에니까, 그때는 인제 일차
중학교가 끝이었잖아요. 끝이 나고 나서 모집을 한 애들이잖아요. 그러
니까 인제 예를 들어서 우리 농림중학교를 나온 애들은 김천고등학교를
갔지요. 머리 좋은 아들은 다 주로 그라고, 농고를 갔더래도, 다 이제 대
학을 갈 수가 있었고. 서울대학을 그 정도로 갔으니까 거진 다 대학을 간
거예요. 그때는 그 중학교 나온 친구들은 고등학교는 따로 되고 이래 되
니까, 농고는 안 가고 인문학교로 몰렸단 말이래요. 예, 김천고등학교로
몰린 거예요. 그게 사립이거든. 농림학교는 공립이에요. 그래서 그때 공
납금도 싸고, 여러가지로 농림중학교에 합격이 되었으니까 좋다 했지
요. 수험번호 받아 가지고 그쪽으로 안 갔거든요. 그때도 그쪽으로 갔었
어야지 되는데, 그리고 시대가 또 금방 그렇게 변할 줄을 몰랐지. 그래 가

지고 농림고등학교를 가니까 전부 시골 중학교 나온 애들이, 면 단위 중학교 나온 아이들이 거진 팔구십 프로 차지한 거예요. 고등학교 동기들 중에는 그런께 어쩌다 일류 중학교 나온 애들이 뭐 몇 명, 김천중학교 나온 아이들도 좀 집이 가난하고, 이런 아이들이 그쪽으로 왔어요. 그런 애들을 냅두고는 한 열몇 명 놔두고는, 한 팔십 프로 정도는 다 인제 시골 중학교 나온 애들이에요.

그러니까 인제 대학을 못 갈 애들이 오는 학교?

예, 그러니까 대학을 갈라고는 생각했지만, 아무래도 시골서 중학을 나오니까 실력이 딸릴 거 아니라요? 저들이 환경도 좋고 뭐 시골에서는 공부 잘하는 애들 아니었겠어요? 그래도 시내를 안 나오고 시골 면 단위서, 김천시가 머니까, 다니기도 그렇고. 아버지가 시내서 학교를 보내야 된다, 뭐 특별한 생각을 안 가진 사람들은 면에서 다니는데, 면에서 다닌 애들이 다 실력이 없는 건 아니지만은, 이게 면마다 고등학교는 없어도 뭐 각 중학교가 하나씩 다 있었거든요. 아무래도 면이 열다섯 개 정도는 되니까 거기서 모인 애들이죠. 그러니께니 실력이 없다고 봐야 되지. 인제 아무래도 시내 애들하고 지금도 차이 나는 모양으로. 그래서 맨날 지금 고등학교 동기회 가면, 내가 시골 면 중학교 나온 것들하고 내가 같이 친구를 한다 그러지. 맨날 또 지랄한다, 또 지랄한다, 너는 맨날 대구 경북고등학교 나왔다고 놀러 가면 공갈이나 치고. 너 왜 김천농림고등학교 나왔다는 소리는 안 하냐고? 내가 창피하잖아, 그렇게 농담을 하고. 에, 우리 친목계에서 젊었을 때는 놀러를 많이 다녔었어요. 오십대 초반, 육십대 초반, 요럴 때 놀러 가 쉬는 데에서 대구서 온 사람들하고 같이 얘기를 하고 이럴 때는, 학교 어데 나왔나? 대구 계성, 그러면 나도 계성 나

고교 졸업 이후
고향 집에서 가족과
함께. 앞쪽 가운데가
모친, 뒷줄 우측이
구술자. 1957. 3.

고교 졸업 이후
가족과 함께. 좌측부터 큰
형님, 둘째 형님,
구술자, 남동생.
1957. 3.

왔는데, 그라면 몇 회냐 하면, 그러면 몇 회다 하면, 그럼 내가 선배라고 뭐.

[웃음] 누구 아냐고 하면 어떡할 거예요?

나는 이름은 잘 모른다고 그래. 그런 얘기를 자꾸 농담조로 잘하거든요. 그러면 우리 친구 하나는 동기놈이 맨날 또 지랄한다, 또 지랄해. 왜 너는 왜 김천농고 나온 거를 떳떳이 안 밝히고 맨날 그러냐? 내가 쪽 팔리잖아. [웃음] 면 중학 나온 것들이나 그거 밝히지, 나는 못 밝힌다. 걔도 김천중학교 나온 애라. 학교 좋은 데 나오고 머리도 좋고 좋은데.

3. 군대 시절과 제대 이후

3·15부정선거 직후 공병부대 부근. 우측 두번째가 구술자. 1960. 3.

논산훈련소와 공병대 생활

군대 시절 얘기 해주세요.

나 스스로 생각해도 보통 사람보다 군대를 특이하게 나왔어. 내 삶이 이상한가? 철학하는 사람이 형님 팔자가 그래서 재수가 없는 거 같애요. 팔자가 그러니까 전생에 좋은 일했다고 생각해요. [웃음] 전생에 죄를 짓고 나와서. 졸업을 하고 나서 인제 봄에 졸업을 했잖아요? 사월달에 그때쯤 졸업을 하니, 칠월 십이일날 영장이 나왔어요. 날짜까지 다 아네 또. [웃음]

참, 기억력이 좋으시네요.

칠월 십이일에 영장이 나왔어요. 몇 년도인가 모르겠어요. 그 인제 논산으로 갔지요. 논산훈련소 삼십연대를 갔지. 스물두 살에 간 거 같애요. 고등학교를 스물두 살에 졸업한 거 같은데요. 이 년 놀았으니까. 이 년 늦게 졸업을 했으니까. 그러니까 졸업과 동시에 영장이 나왔어요. 음 그러니까 아무 짓도 못하고 사월달에 졸업하고 바로 갔지. 만 스물한 살이겠지. 그때는 몇 년도인가는 몰라요. 계산해 봐요.

그때 훈련이 셌지요?

아이고, 그때 막 배 굶어 가지고 뭐 그리고 모자 같은 거 서로 훔쳐 가고 옷 같은 거 훔쳐 가져가고, 기합도 심하고, 군대 생활이 아닌 거 같애. 말도 못해요. 훈련받을 때 노역도 많이 했어요. 그런데 거서 또 인제 일이 또 벌어졌어요. 훈련 도중에 장교 시험을 봤어요. 훈련생은 장교 시험을 못 봐요. 응해 주지를 않아요. 그런데 우리 형님이 일본서 학교도 나오고 기술 배워 가지고 나와서 일했어요. 용접 절단하는 거. 그래서 육이오사변 나고 난 뒤 이북 탱크 소련 탱크 운전하는 거, 쓰러져 있는 거 그 거 가지고 다 절단을 했었어요. 그러고서 거기서 인제 그 아는 사람 아들이 육군본부에 장교로 근무를 했어요. 그래서 우리 동생이 군대를 삼십 연대 갔다 그러니까 이라니까, 그러면 간부 그때 간부라고 그랬어요. 지금은 머라 하는지 모르겠다. 장교 시험을 보라고. 훈련소에서 시험을 볼 수 없다 하니까 육군본부에서 그걸 명령을 내줄 테니까. 육군본부 하면 꼼짝 못하거든요. 그 당시는 지금은 몰라도 옛날엔 꼼짝도 못했어요. 그렇게 지령이 난 거지 그러니까. 인제 훈련 몇 주 안 받았는데. 우에 생각이 안 나네요. 한 삼 개월? 그리 한 거 같애요. 그거는 항상 기억이 안 나네요. 몇 개월 했는지, 내 생각에 삼 개월 한 거 같애요. 그래 훈련 도중에 인제 육군본부에서 너 장교 시험 봐라 요래 돼서 훈련소본부 연좌본부에서 와 가지고 하니까 시험을.

혼자서요?

네, 나 혼자 봤어요. 그래 가지고 우리 중대서는 나 하나 같애요. 다른 중대서는 내가 사람을 안 봤으니까 모르지. 신체검사를 하고 이틀 있다가 필기시험을 보는 거예요. 필기시험을 딱 두 시간 봤는데 이름을 부르는 거야. 몇몇 사람을. 그러면 신체검사에 불합격한 사람은 시험을 볼 자격이 없다 하는 거야. 군대는 신체가 중요하니까. 그래서 내가 시험도 못 보고 쫓겨났는데. 왜 그러냐 하니까 폐가 나쁘다는 거야. 폐가 아프다는 소리 생전 들어 보지도 못했는데. 우째 되었는지. 그때 나빴는지, 뭐가 착오가 생겼는지. 그래 가지고 시험을 못 보고 떨어졌는 거야. 안 그럼 간부가, 장교가 되었을 텐데. 그래 가지고 거기서 실패를 보고 훈련을 인제 마치고.

다 이미 합격이 된 건데?

예, 합격이 보장된 거예요. 시험만 보면 합격인 거라고. 거서 시험 점수가 나빠도 합격인 거예요. 보고서 점수를 매기니까. 그런데 신체검사를 떨어졌으니까 죽도 밥도 안 되는 거예요. 그러니까 시험도 못 보고 두 시간 만에 쫓겨났어요. 에이, 그것만큼 원통한 일도 없다. 아유, 또 왜 이리 되었나. 그래 인제. 확실히 장교가 되었으면, 확실히 걸어온 게 틀렸겠지. 인제 삼 개월을 훈련을 마치면 특수학교를 가잖아요.

근데 폐병이 있는데 똑같이 훈련을 했어요? 치료는 안 하고?

아니 뭐, 없었어요. 안 그래도 치료도 안 하고, 폐가 나빠서 시험 볼 자격 없다 하면서 나가라 해서. 군대서니까 확인해 볼 수도 없고. 내가 뭐, 왜 나빠요? 따질 수도 없는 기고. 훈련병인데 그나마.

논산훈련소에서 훈련을 마치고. 1957. 10.

신체검사가 잘못된 거 아니에요?

글쎄 그게 이상하다니까. 아니 내가 폐가 나빠서 병원에 가 본 적도 없고, 한 번도 지금까지. 혈압이 높아 가지고 내가 혈압약 먹고 이러는 거지, 내가 담배도 안 피우지. 폐하고는 하여튼 어떻게 된 건지 그때는 그리 되었어요. 바뀌었는지 나빠서 나갔는지. 한 번도 폐에 대해서는 병원도 가 본 적이 없고 지금까지도. 한 번도 문제가 된 적이 없고.

엑스레이 찍어도 이상 없고요?

네, 아무 뭐. 병원에 가면 요 협심증 때문에 사진 찍고 다 하는데 그래 가지고 거기서 인생을 한 번 말아먹었고. [웃음] 뭐 정보학교, 무슨 학교 여러 개 있잖아요? 일반 훈련소 마치면 다 배치돼 가지고 특수학과로 훈련을 받잖아요? 육 개월인가 넘으면 또 받아요. 공병대 학교 가는 사람 가고. 경리담당하는 사람은 경리학교 가고. 이런 거 옷 같은 거 하는 사람은 재무담당하는 그런 학교, 머 그때 여러가지 있어요. 경리 그런 데 가면 경리 사무나 보고 그런 거 하잖아요? 그라고 사무 보는 그런 데 가면 좋은데. 근데 제일 나쁜 데로 떨어진 거예요. 인제 공병대가 젤 안 좋거든요. 예, 다리 놓고 걸어가는 거야. 김해공병학교로 떨어진 거예요. 아, 이제 죽는다. 공병학교로 떨어졌으니 거기로 떨어진 야들은 다 죽을 심이야. 맨날 일할 생각을 하니. 이야, 다리 놓는 거 배우지. 그라고 공병학교 가면 기숙사를 다 돌로 집을 지어 놨어요. 돌로 집을 짓기 때문에 이 훈련병들이 산 반대로 가 가지고 산 밑에까지 내려가요. 그러면 거서 돌 주워 가지고 삼만대까지 올라요. 인제 이런 걸 하나씩 줘 가지고 돌집을 지었어요. 그러면 이걸 한참 젊을 때니까 그걸 하나씩 지고 삼만대 올라 가 가지고, 그걸 밑으로 떨어뜨리는 거예요. 굴리는 거예요. 그러면 거기서 차가 싣고 가는 거예요. 그거 한 달에 한 두 번씩 걸리면은 그거 죽는 거예요. 그런게 거기 훈련병이 뭐 죽는 거지 뭐. 그것도 다행히 우리 형님 후배가 공병학교에 장교를 했었어요. 그 사람 또 형하고 나하고 둘도 없는 친구예요. 학교도 같이 다니고 갸는 김천중학교 다니고, 나는 농림중학교 다니고 그랬는데. 그러니까 형님이 내 동생이 여기 왔다 [고 했지]. 이 사람이 날 불러왔더라고. 그러니까 이 사람이 내가 졸업할 때 김

공병대 시절의 모습.

해공병학교에서 자대를 시켰어요. 다른 데로 전방에 못 가게. 그래서 그 사람 빽으로 자대 배치를 받은 거예요. 인제 김해 공병대에서 나오게 된 거예요. 공병학교 졸업하고 나서 보직으로 육중대 연락병으로 받았어요. 그러니까 인제 연락병을 뭘 하냐 하면 문서를 중대에서 연대본부로 가져가면, 연대본부서 모아서 학교로 가거든요. 인제 그라면 그저 고참들이 뭐 서북에 무슨 대, 무슨 대 쫙 있어요. 그러면 사람들이 공보를 내려와서 하면은 연대본부 갖다주고, 거기서 그걸 받아 가지고 오는 거예요. 통계를 내라 하네 뭐라 하네 그거 하는 역할이었어요. 맨 처음에 쫄병이니까. 그러니까, 연대본부에 같이 근무하는 애가 있었어요. 같은 동기가. 근데 육 개월인가 했는데 야, 너 김천이니까 대구가 가깝잖아. 대구에 정보학교 교육이 있으니까 니가 한 번 가 볼래? 내가 한 번 올려 줄게. 그라면 좋지. 집에서 한 번에도 갈 수 있고. 대구정보학교는 정보과

를 늘릴라고, 방첩병 정보요원으로 할라고, 정보학교에서 각 부대서 근무하는 사람 중에서 한 사람씩 차출을 해 가지고 교육을 시켜 가지고, 내가 공병과잖아요. 근데 정보학교를 나오면 인제 정보과로 바뀌는 거예요. 거기서 그때 내가 방첩병을 봤어요. 정보학교도 여러 과가 있거든. 간첩 담당하는 사람, 여러 사람, 그것도 젤 안 좋은 거예요. 안 좋으면 방첩병이 간첩으로 저 이북으로 넘어가야 돼요. 실미도처럼 특수훈련 받아 가지고 거기 가는 거예요. 또 재미없는 걸 받았네. 정보학교 가서 또 육 개월 훈련을 또 받았지. 그거는 수업 공부하는 거예요. 주로 수업처럼 정보 공부하는 거예요. 나가서 뭐 훈련하고 하는 게 아니고. 하여튼 공부했어요. 육 개월 동안은 나가서 훈련받고 그런 거 하나도 안 하고. 거서 훈련받고, 뭐 상사도 있고 중사도 있고, 계급이 들쑥날쑥하는 거지. 각각 여기저기서 모아 놔서, 나는 훈련병으로 갔지. 거기서 영 못하는 게 아니라, 난 또 공부를 잘했어. 그래서 좋은 성적으로 졸업을 하고 다시 공병학교로 왔지. 와서 학교 본부 정보처로 가야 되거든. 원칙으로 학과가 있으니까. 그런데 거기 티오가 없으니까 못 가잖아요. 그래서 그때 마침 정보처로 근무하는 사람이 우리 이웃 동네 있는데, 알고 보니까 나보다 몇 년 선배야. 우리 중학교 같은 선배예요. 그걸 몰랐지. 한 오 년 위 선배니까. 그러니까 말을 해보니까, 고향이 어디예요? 김천 어디 나왔어요 하니까, 나 삼악동이에요. 그러니까 잘 알고 날 돕고 봐주기 시작하는 거예요. 정보처는 근무를 하는 게 아니라, 출입증이 있어 가지고, 각 부대 중대 이런 데를 다니면서, 출입증을 만들어 다녀요. 그래서 중대본부 있다가 티오가 없어서 올라가 가지고 가니까, 우리 중대에 높은 계급 있는 상사니 병장 이런 사람들이, 왜 얘가 공병학교로 왔나? 일등으로 수석으로 졸업하고 왔는데 정보학교에 받아 두지. 이런 인재를 썩히나? 티오가 없어서 그러니까. 내가 말 잘해서 불러 올리겠다, 그래 가지고 인제.

몇 명이나 훈련받았길래 일등하셨어요?

많지는 안 해요. 한 반이니까 한 오륙십 명 되는 거 같애요. 안 많았어요. 인원이 그거 머 열심히 하나 머. 시험 보고 그냥 글도 익히고 그러고. 거기서 젤 쫄병으로 와 가지고 고생만 하다가 여기 오니까 동급이잖아요. 어쨌든 같은 학생이니까. [웃음] 상사고 뭐고 다. 다른 데서 상사로 왔다고 뭐 그래도 나 일등병이고. 계급장을 안 떼도, 타 부대 사람이 일등병이라고 해도, 다 같은 교육생인데 뭐, 그러잖아요? 뭐 쫄병이라고 기합을 주고 뭐 그런 거 한 번도 없었고, 다 똑같애요. 병장이라도 말 안 놔요. 하수예요. 다 존댓말 하고 말을 서로 위해요. '야야' 안 그래요. 같은 부대서는 우리 때는 쫄병 때도 야자 안 이랬어요. 무슨 병이라도, 말도 그렇게 막 무시하고 안 그랬어요. 서로 사무 보고 이런 데서는 다 배운 사람이고, 서로 존경하고 그랬어요. 인제 학교 본부에 근무를 하면, 낮에는 거기서 근무를 하고, 저녁에만 자기 내무반으로 들어가거든요. 내무반에 들어가서는 선후배 계급 그게 있는 게지. 내무반에서 꼼짝도 못하고 기합도 받고 있는데, 막 서열 있어 가지고 잠자는 데 있는데, 거서 같은 내무반에서도 정보처 근무하는 사람, 뭐 어디 근무하는 사람 나눠어요. 학교 본부서는 정보처 있지, 행정처 있지 뭐 여러가지가 있잖아요? 그라면 인제 거기 가서 근무를 하거든요. 낮에는 거기서 근무하고, 저녁에만 내무반으로 들어가요. 내무반으로 들어가야지 군기가 심하고 이렇지, 거기서 학교 본부에서 서로 사무 볼 때는 전부 행정병 하니까. 행정학교는 주로 행정요원들로 학교를 나온 사람들이에요. 그러니까 우리 내무반에 안 있으니까 내가 병장이고 저 사람이 상등병이라도, "야 상등병 일어나" 이래 안 해요. "상병 이리 오시오" 이렇게 하수조로 반말조로 하지, 안 그래요. 같은 내무반에서는 안 그러지. 야자 하고 이러는데, 각 내무반 사람들이 모다 와서 보고 있거든 인제. 그러니까 거기서는 서로 위해요. 서로서로 존중해 줬어요.

군대 말년에 정보처 일로 잘나가던 시절

그런데 이기 고참이 되면, 한 상등병이나 병장쯤 되면, 우리는 인제 맘대로 나가요. 보통 군인들은 학교 밖으로 못 나가잖아요. 영내를 통과를 못하잖아요. 우리같이 정보 근무하는 사람들은 출입증이 있어요. 그런데 쫄병들은 맘대로 안 내보내는데, 상등병만 되면, 그때 일등병 올라가서 금방 상등병 되었으니까, 상등병만 되면 맘대로 영내를 출입하고, 온 학교를 돌아다니면서 부정하는 거 그런 거 적발하고 그래요. 그래도 막 군수물품 팔아먹고, 휘발유 팔아먹고, 거기 중장비들이 많으니까. 중장비과만 칠팔 과가 될 거야. 중장비가 그레이과 그런 반, 무슨 반, 무슨 반 하여튼 중장비 다루는 과는 다 있어요. 공병학교에서 반이 다 있어요. 그러니까 인제 그런 데서는 뭐 조교들 이런 사람들이 휘발유들을 팔아먹는 거예요. 이제 그런 거 단속하는 거예요. 예, 부정 단속하는 일. 위병소 이런 데 돌아다니면서 뭐 사방 그런 거 부정을 못하게 하는 거예요. 그때만 해도 장교들이 요주의 인물들이 많아요.

아, 사상범이?

네 사상범이. 자기는 안 그렇지만은 자기 형이 뭐 월북을 했다던가, 예를 들어서 뭐 자기 아버지가 옛날에 혁명에 가입을 했다던가, 이런 사람들은 거기 다 사상범 족보가 따라다녀요. 다 따라다녀서 우리 앞으로 명단이 넘어와요. 정보과로. 그러면 그걸 보고 항상 감시를 당하는 거예요. 그럼 장교 뭐 무슨 중위, 무슨 대위니 다 감시를 하는 거예요. 인제 항상 보고를 해야 돼요. 일거항부라던가 보고하는 게 그런 게 있어요. 그라면 장교들도 자기들도 그걸 알고 있어요. 자기가 요주의 인물이 돼가 그런 걸 알고 있어요. 그러면 우리가 거길 찾아가고, 뭐 가서 또 거기 사람들과 자꾸 대화를 나누고 이러잖아요. 그라면 장교지만 친구가 되는 거예요. 막상 장교라 해봐야 나이 해봐야, 한두 살 많거나, 세 살 많거나 이래요. 비슷하거나. 고등학교 나와서 바로 간부 나온 사람들은 그러니까 이 사람들이 우리를 무시 못하는 거예요. 그 사람들이 일요일 때 우리를 술을 사 줘야 돼요. 우리는 일요날 때도 외출을 잘 나갔었으니까. 그러니까 그라면 그 장교들 집에 가서 자고 이래요. 잘 때가 없으니까. [웃음] 쫄병이 여관 갈 돈도 없고, 그러니까 그래 가지고 인제. 예. 상당히 끝발이 셌지. 막 출장 한 번 갔다 나오면 여기에 그때는 주로 양담배를 한 가득 가져오면 아이들이 막 달려 나와서 김병장님! 김병장님! 하고 막 담배 하나만 달라 하지. 난 담배 안 피고 다 주는 거지 뭐. 또 모다 놓은 거는 집에다 갖다 놓고. 그때는 담배를 안 피웠어요. 군대 시절에 술만 좋아했지. 술은 아 무지 좋았어요 그때. 고등학교 다닐 때 술 먹는데 뭐. [웃음] 주량은 모 그때도 주량은 많지 않았는데. 노는 걸 좋아해서 자꾸 즐기고 있었는데. 주량은 많지 않고, 많이 먹고 그렇지는 않았는데.

술은 얼마나 드세요? 소주는 원래 안 드세요?
아니, 그전에는 소주도 많이 먹었어요. 근데 서울 막걸리 입에 배어 가지고, 서울 막걸리 먹었는데. 소주 한 병이 나한테는 딱 맞는 거 같애요. 막걸리는 두 병 먹고. 이제 먹다 보니 더 먹어서 그런 거지. 그게 나한테 넘어설 때가 많으니까. 취하니까, 이차, 삼차 가니까. 나한테는 고것만 먹으면 딱 좋은데. 그게 인제 자제를 못하는 거지. 세 병도 먹고, 네 병도 먹고 그러지. 그러게 먹지. 주량이 그래 먹으면 딱 맞어. 한 병 먹고 그러면 좀 남고 그러더라고. 그러다 보면 술이 체하면 술이 술 먹으니까 그 뒤는 모르는 거예요. 또 딴 집에 가서 한 잔 더 하자. 내가 산다 그러고.

그 당시는 군대가 삼 년간이었죠?

삼 년이 좀 못 되었어요. 이 년 육 개월인가? 거서 큰 사건은 없었어요. 거서 잘나가다가 제대를 했지. 그러면 또 거서 기상예보를 정보처에서 수집을 해요. 그라면 우리가 부산 기상청에 가 가지고 예보를 받아 다녀요. 우리 중에서 누구 한 사람이 직원 중 한 사람이 그러면 부산을 나가니까 고참들이 나가지. 밑에 애들은 안 내보내지. 출장 가면은 저들이 좋으니까. 가서 놀다오니까. 거기서 고참이 되고 나서 내가 그걸 또 했었어요. 그래서 부산 들락거렸지. 그러면 쇼도 보고, 영화도 보고, 인제 그러고 그랬지. 그때는.

그때 상연한 영화 중 기억나는 거 있으세요?

예, 굉장히 감명 깊게 봤는 게 제목이 「형제」인가? 예, 「형제」인가? 전영록이 아버지 황해 씨라고. 가수 전영록이 아버지거든요. 백설희 남편이고. 그 사람을 내가 좋아해요. 키는 조그만한데 연기하는 게 나한테 딱 적성에 맞더라고. 연기가 선이 굵고 그래 가지고, 체구는 안 큰데, 그 사람이 좋은데. 그 사람 하는 게 딱 맘에 들어요. 그 사람을 굉장히 좋아했어요. 배우들 중에 뭐 잘생긴 최무룡이니 이런 사람들이 있었지만은, 김진규 그때 그 사람들 잘생긴 사람들이 잘나갈 때거든요. 아니, 신성일은 그때 그후고. 그때는 인제 젤 나가는 게, 주인공으로 나가는 거 김진규, 최무룡이지. 김동원이라고 가수 김세환이 아버지 아냐? 작년에 돌아가셨지. 그 사람이 주인공 많이 했어요. 이덕화 아버지 이예춘이 그 당시에 주인공 많이 했어요. 그래도 내가 황해를 젤 많이 좋아했어. 그 사람 영화가 좋아서 가서 보는 거예요. 가서 본 게, 내가 막 눈물도 흘리고 그랬었어요. 그때 가서 보고. 예, 형제간의 그런 거 뭐 해 가지고 내가 인제. 우리 때는 고등학교 다니면서 이래 가지고, 형 동생 하고 그런 소리를 할 때가 많았어요. 뭐 머라 카나? 의형제를 맺는다 하나? 의리로 그런 걸 많이 했었어요. 서로 의리 있고 말하자면, 이 사람이 황해 씨, 이 사람이 이제 의리로 막 그리 하는 그런 거. 그때 배삼룡 씨가 나와서 하도 재미있어서 배삼룡 씨를 좋아했다니까. 우째 그랬는지는 생각이 잘 안 나는데 인제서 나왔으니까 뭐 어디가 그랬는지도 모르고. 그래서 말년에 부산서 재밌게 보냈어요. 장교들하고 술 먹고 놀고 뭐. 그 장교 한 사람이 수원 사람인데 나하고 잘 친하게 지내는 사람이 하나는 수원 사람인데, 하나는 인천 사람인데. 인천 사람은 그때 젊은데, 나보다 두 살인가 세 살인가 많았어요. 그런데 그때 서로 스포츠맨이야. 학교서 축구 지도하고 그랬어요. 이선재라고 있었어요. 제대하고 그 사람 만나서 개인적으로 지낼라고 편지하고 이랬는데, 연락이 안 되더라고. 그래서 말았고. 병장인 사람은 이 사람이 이름이 뭐더라. 아, 남재우. 그 사람도 여주 사람인데 인물이 잘생기고 좋은데, 그 사람이 요주의 인물인데. 그런데 아무것도 아니에요. 괜히 그러는 거지. 아무것도 아닌 사람들을 나쁜 거를 보고를

군대 휴가중에 여름
너위를 피하며.
1958. 5. 27.

군대 시절 휴가중에
야동에서 눈싸움을
하며. 1958. 2. 2.

군대 시절 두번째
휴가중에.

군대 시절 휴가중에
조카와 함께.

하면 진급하는 데 지장이 있어요. 그 사람들한테는 아주 안 좋은 거예요. 그 사람들은 내가 나쁜 걸 썼는지 모르잖아요. 보고할 때. 그러니까 인제 혹시라도 그럴까 봐 인제 담당을 하고 있으면, 그 사람들이 인제 잘해 줘요. 말로 잘해 주고 대충 나오라 해 가지고 저는 장교니까, 돈을 버니까, 술도 사 주고 인제, 그랬어요.

그러면 외출이 잦아 집에는 자주 가셨겠네요?

그래도 집에 못 갔어요. 휴가 때만 갔었지. 일요일에 이렇게 나오니까 못 갔다 왔지. 김천하고 김해하고 거리가 머니까. 갔다 하면 집에 가 가지고 밤에 들어가서 새벽에 와야 되고, 이러니까 그래 한 번 그래 가 본적 있었는데 안 되겠더라고. 그때만 해도 교통수단이 없어서. 그래서 안 갔어요. 정식 휴가 아니면. 그리고 그때 노는 게 재미를 붙여 가지고 집에 가기도 싫고 그랬지. 좀 고참일 때 그랬으니까. 그때 우리 군대 생활할 때 사라호 태풍이 왔어. 지금도 사라호 태풍 하면 다 알잖아요. 유명하잖아요. 사라호 그때 내가 병장일 때 그때 간판 다 쓰러지고, 나무 막박살 나고, 그때 내가 김해 공병학교 있었어요. 잘나갈 때인데, 내 동기생이 얘는 경리학교 있었는데, 부산에 놀러 오고 그래 가지고, 아따 너 잘나간다, 맘대로 외출도 나오고, 장교들도 쩔쩔 매고 너한테. [웃음] 그때 사라호 태풍이 왔다니까. 부대는 크게 피해를 안 봤어요. 왜냐면 돌집이라서 아무리 바람 불어도 안 넘어가고. 진해 이런 데는 나무 막 쓰러지고 그러지. 우리 부대서는 피해 본 적 없어요. 죄다 돌집이에요. 그리고 전국에서 취사장이 젤 잘되어 있어서. 거기 밥 지어 나와요. 그 당시 젤 현대식으로 취사장을 해 가지고 이래 스위치 눌러 가지고 돌려 봐. 밥솥이 이래 가지고 막 붓고. 그때 그런 게 없었어요. 김해 공병학교에서만 있었어요. 그래서 시범 무슨 그게 되어 가지고 막 외국에서도 오고 그랬어요. 그러니 부대가 깨끗하고. 학교도 다 잘돼가 있어요. 공기도 맑고, 다른 부대보다 아주 시설이 좋았어요. 막사고 뭐고 다 깨끗하고, 다른 데 이런 데 가면 형편 없거든요. 여긴 아니에요. 깨끗하고. 최고 시설이고, 하여튼 그 당시로는 하여튼 최고로 잘돼가 있었어요. 또 잘되어 갈 수밖에 없죠. 다 하잖아요. 거기 목수 있지, 뭐 있지, 토수 있지, 뭐 중장비 만지는 사람 있지. 나 같은 사람이 손댈 게 뭐 있어요? 훈련병 하나 갖다 놓으면 집이 하나 금방 되고, 금방 나오는데. [웃음] 그러니까 그럴 수밖에 없어요. 그러니까 다른 손을 빌릴 필요가 없는 거예요. 훈련병들이 훈련하면서 다 하는데.

군대 휴가중에 술집에서 막걸리를 마시며.

완전히 건설회사네요.

네, 전부 건설이지 뭐. 완전히 건설회사 중장비 뭐 다 있어요, 거기에. 뭐 그래도 군인이지만, 거서 몇 개월씩 받으면은 다 기술자가 되니까, 사회 나와서 하는 기술들을 다 부렸을 거예요. 그런데 나는 정보처에 있었으니까 그런 기술 안 배웠으니까 그렇지.

군대 시절 사일구와 제대 후 공무원 시험 준비 시절

사일구나 오일륙 때 혹시 기억나는 거 있어요?

오, 기억나지요. 사일구혁명 때 내가 제대를 한 삼 개월 앞두었어요. 예, 그때 뭐 마산에 누구라 이름이? 이주일 열사 하던가, 뭐라 하던가. 이주일이, 이주열인가? 걔 그 사건 날 때 제대 한 삼 개월인가 남겨졌어요. 그래 가지고 그거 진압하러 간다고 전부 완전무장해 가지고 실탄 다 해 가지고 전부 준비를 해 가지고 있었어요. 거기 간다고. 그게 걸작이지. 그거 진압하러 가면, [웃음] 그거 진압할 생각은 안 하고, 금은방에 들어가서 보석 가질라고 그 얘기만 했다니까. 군인들이. [웃음] 그게 인제 액수 넣기가 좋잖아요. 인제. 그때 굉장히 혼란스러워서 제지하러 가면 막 폭동이 일어나고 뭐 난리가 났었잖아요. 그게 인제 자유당 물러가라고, 물러가라고 난리였죠. 난리 난 거를 군인들이 가서 진압을 해야 되거든. 그때만 해도 전경 이런 게 없으니까. 그래서 그게 걸작이지. 그래서 다 완전무장 해 가지고 대기를 해 가지고 있는 거지. 출동 명령만 떨어지면 나가는 거지. 그리고 때에 따라서는 총을 쏠 수도 있거든요. 그러니까 전부다 실탄을 완전무장 해 가지고 있는 거를. 그러니까 맨날 모여서 밤이고 낮이고 보석상 털어 가지고 그거나 가져오자고 농담으로 그렇게 했어요. 말이 되기는 되잖아. [웃음] 난리통에 그러다 안 갔어요. 인제. 예, 출동을 안 했어요. 출동을 안 하고 대기만 했어요. 대기만 하고 있었는데, 끝나서 그런지, 우리 공병학교가 안 가도 다른 부대가 다 돼서 그런지, 진압이 돼서 그런지 안 갔어요. 그래서 그때 제대할 당시에 사일구가 터졌어요.

출동 안 하기를 잘했네요. 출동했으면 험한 꼴을 보셨을 텐데.

하하. 그래서 하지를 안 했어요. 마산하고 김해하고 가까우니까 그때 한 번 가고 그랬었어요. 그래서 사일구가 기억이 나요. 오일륙 터졌을 때는 민간인이지. 오일륙 때는 아직 시청에 안 들어갔지요. 오일륙혁명 나고 들어갔지요. 혁명 나고 그 이듬해에 들어간 거 같애요. 올해 혁명 나는 거 같으면 그 다음 해에 일 년 있다가. 제대하고 나서는 고시 준비한다고, 그래 산동네 가 가지고 저 골짝에 산 밑에 가 가지고 방 하나 얻어 가지고 공부했다니까. 친구랑 둘이. [웃음] 김천 시내는 아니지, 봉산면이지. 봉산면이라 하는데, 산 밑에 아주 깊은 산골에 우리 친구가 그 밑의 동네 살았어. 고등학교 친구가 있어가 그 놀러를 잘 갔거든요. 그래서 저 그 동네 말고 그 윗동네 제일 산동네 가 가지고 방을 하나 그때 얻어 가지고 고등학교 친구랑 둘이 가 가지고. 거기 있었어요.

고시라는 게 어떤 것인가요?

그때는 보통고시, 고등고시, 이렇게 두 개가 있었어요. 고시가 보통고시 볼라고, 고등고시 볼 그거는 못 되었고. 아니, 지금으로 말하면 고등고시는 고시예요. 하여튼 그 보통고시를 합격했다 해 가지고, 뭐 어디에 취직이 되는 거 아니에요. 뭐 그러면 취직이 쉽고 말하자면 그런 거지.

고시 했다고 어디 들어가는 것도 아니고, 뭐 확실히 모르겠는데 그랬어요. 그때 보통고시, 고등고시 두 개가 있었어요. 보통고시는 국민학교만 나와도 할 수가 있어요. 지금 말하자면 공무원이나 마찬가지예요. 그래 그걸 고등학교 때도 공부를 안 했는데, 그거 한다고 머리가 돼 가나? 영어 수학이 딸려 가지고 죽자 살자 익힌다 하는 게, 국사 익히는 거만 잘해 가지고, 지금도 만날 국사 열독하면 어느 연도에 뭐 일어나고 그런 거 다 알아요. [웃음] 그래 가지고 있는데 큰형님이 오셔 가지고 시청에 직원을 모집을 하는데 공무원 시험 봐라, 그래 가지고 이 년도 안 하고, 한 육 개월 하다가 내려와 가지고, 시험 봐 가지고 합격이 돼서 하고. 우리 친구는 합격이 안 돼서 저 철도에 들어갔어요. 자기 아버지가 서울철도공사 직원인데.

제대 후 이천에서 친구 부친의 도의원 선거운동을 함

시청 들어가기 전에 여주에 가서 민주당 이해종 도의원의 선거운동을 해주었어요. 군에 같이 근무하던 친구의 부탁을 받았지. 우리 아버지 가서 선거운동 좀 해 달라고. 형이라고 그러고 그렇거든. 그러니까 인제 소개를 받아 가지고 내가 거길 찾아갔어요. 걔네 집에를. 그래서 그 집에서 아들하고 먹고 자고 했지. 나도 아버지라 하고, 어머니라 하고 지냈어요. 그라고 선거운동 하는데 마이크를 잡았지. 그래 가지고 면마다 다 다니면서 인제 그걸 하고. 그때 당선되었어요. 그해에. 둘 다 민주당이니까. 이주원이란 분은 국회의원이고. 그러고 구의원은 이해종 씨. 그런데 국회의원 나간 선거운동은 난 못했고, 도의원 하는 사람만 내가 해준 거예요. 국회의원 하는 사람은 내가 잘 모르니까. 그러니까 그 사람이 하는 거 얘기만 들은 거지. 그 당시에 뭐 지프차 같은 거 타고 댕기면서, 마이크 달아 가지고, 확성기 달아 가지고, 이제 계속 다니면서 선전하는 거예요. 말하자면 누구 찍어 달라 어쩐다 하고, 그때도 저 집 방문하면서 인사하고 그러고, 그런 거는 난 안 하고 주로 마이크 잡고 이제 차 타고 다니면서 방송하는 거지. 방송 선전을 한 거지. 각 면마다 동네며 다니면서.

선전할 때, 뭐라고 주로 얘기하셨어요?

기억이 잘 안 나네요. 하여튼 뭐 자유당 시절이 지나갔으니까 민주당을 해야 된다면서 그런 식으로 해 가지고 그때 내가 딱 책임졌었어요. 그때 장면 씨가 총리를 하고, 윤보선 씨가 대통령을 한 거예요. 근데 딱 팔 개월 만에 오일륙군사혁명이 일어났잖아. 한 팔 개월 했어요. 내가 그건 알아요. 민주당이 팔 개월 했어요. 그러니까 오일륙 나고 그 이듬해 봄에 시청에 들어갔으니까 내가 알아.

그때 선거운동을 얼마나 하셨어요?

한 달 더한 거 같은데. 하여튼 한두 달 한 거 같아요. 어떤 보수도 난 안 받지. 그 집 아들하고 나하고 의형제같이, 형 동생 하는 사이니까. 아버지나 마찬가지니까. 나는 그냥 한 거지. 그 집에서 먹고 자고, 나는 아들같이 그 집에서 취급을 했어요. 친구 이름이 이석주, 개가 쫄병이지. 나보다 한참 밑이지. 서로 한 내무반에 있으면서 알게 되었지. 예, 아무래도 마음에 들더라구요. 학교도 서울 인창고등학교 나왔고, 여주에서 또 서울로 그 당시에 학교 다녔지. 또 저쪽 집에 그 당시에는 하여튼 망해 가지고 사는 게 곤란했어요. 그랬는데도 굉장히 양반집 아들이라서 좀 맞더라고 코드가. 그러니까 내가 병장일 때 개는 일등병이요. 그러니까 내가 많이 봐줬지. 걔를 물심양면으로 많이 도와줬지. 그러니까 그런 거를 아니까, 어찌어찌해서. 그 친구는 군에 있었고, 난 제대를 했고. 그 친구는 몇 년 있다가 제대를 했지. 예, 소개를 받아 가지고 찾아간 거지. 저쪽에서 서로 알아 가지고 저 아버지한테 이러이러한 사람을 보내 줄게, 선거할 때 써라. 이 사람이 그런 거 잘하는 사람이다, 마이크 잡는 그런 거, 선전 그런 걸 잘하니까, 사람 포섭도 잘하니까.

이전에 마이크 잡은 적 없으시잖아요?

없었죠. 그 당시에 군에서는 그런 게 없었죠. 없는데 정보처리과 활동력을 보고 그랬는지, 내 얘기 한 거 들어 보니까, 잘할 거 같아서 그랬는지. 저 아버지를 좀 도와 달라 해 가지고, 그래서 그리 간 거예요. 그래 가서 거기서 사람들 같이 선거운동 하면서 친구들을 사귄 거예요. 그라고 동네 대학생들이 이제 방학 때면 와 가지고 경상도 사투리 가르쳐 달라고, 방학 숙제라고, 대학교 방학 숙제라고 하면서, 그런 거 해 가면 삽을 가지고 '수금포'라면, 아들[애들]이 죽겠다고 웃고, 변소 화장실을 '통시'라고 하면 아들이 죽는다고 웃고. 그라고 부엌을 가지고 '정지'라 그래요. 예, 그러니까 이런 걸 내가 전부 다 발취해 가지고 하니까, 애들이 좋아서 방학숙제라고 사랑채에 인제 많이 몰려들었어요. 그 방에 많이 몰려들었어요. 사랑채가 크고 이러니까.

두 달 동안 계속 거기에 기거를 한 거네요?

예, 계속 먹고 자고 그랬어요. 그래요. 거서 같이 선거운동 하는 사람들하고 친구가 돼 가지고, 같이도 자고 술도 먹고, 이래 놀고 맨날 같이 그 집에서 밥 먹고 자고, 매 한 식구나 마찬가지였었지.

그 당시는 자유당이 물러난 다음이라 그렇게 혼란스럽지 않았어요?

별로 안 혼란스러웠어요. 민주당이 득세한다고 누구나 다 인정했을 때요 아마. 그러니께 공천만 받으면, 뭐 무조건 팔십 프로, 구십 프로 당첨이 돼요. 당선이 돼요. 그 당시는 민주당 시대라 그냥 쉽게 된 거예요. 뭐 상대가 되지 안 해요. 그때 민주당 말고, 자유당 있고. 공화당이 있었는가? 자유당이 간판이 있기는 있었는데 뭐 출마한 사람이 별로 없었을 거야. 아마 망해 가지고 그랬으니까. 완전히 해체된 거는 아니였었고, 그런데 다른 당이 있었어. 공화당인가? 공화당밖에 자꾸 생각이 안 나네. 그러니까 맞어. 공화당은 박정희 때 했지. 당이 생각이 안 나네. 에, 뭐 무조건 민주당으로 나온 사람들이 다 된 거 같아요. 내가 생각해 보니. 그러니까 민주당들이 위원 참여 다 하고 그리 대통령하고, 부통령하고 지들이 다했지. 그래도 뭐 혹시나 하고, 그것도 어느 정도 표가 많이 나와야 되니까.

자유당 시절에는 선거운동이 굉장히 혼란스러웠지 않아요?

그때는 뭐라 하나 사사오입이라 하나 뭐라 하나, 그냥 뭐 굉장했었잖아요. 그런께 그때는 어릴 때니까 별로 정치에 관심이 안 두었으니까 잘 모르고, 제대하고도 정치에 뭐 그다지 관심은 없는데, 얘네 아버지가 출마를 했으니까 이제 가 가지고 한 거지. 왜 그걸 선거운동을 열심히 했냐 하면, 자기 아버지가 거기 되면, 취직이 될 거 같아서. 취직할라고 내가 운동을 해줬지. 제대하고 취직이 잘 안 되니까. 이제 도의원 국회의원을 알면 취직을 할 수가 있거든. 그런데 인제 취직을 거서 할라 그랬는데 거 인제 관련되어 있는 사람들이 하도 숫자가 많으니까, 취직을 꼭 시켜 줘야 되는 사람이 한 오십 명 정도 되는 거예요.

선거운동 해줬던 사람들을 다 취직시켜 줘야 하나요?

예, 선거운동하고 관련 있는 사람들이 그러니까 그 사람들 다 우선 시켜 주지. 나 같은 지 아들같이 생각하는 사람들을 어떻게 시켜 주겠어요. 아직 나이도 어리고 하니까. 그건 차차 해줄게. 그리 팔 개월 하고, 거기 그만 혁명이 날 줄은 꿈에도 몰랐으니까. 사 년을 하면 그땐 또 연임제인 가 그랬을 거예요. 또 사 년을 할 수도 있는 거예요. 다시 또 출마를. 그 저 대통령이 연임제인가 뭐 그랬을 거야 아마. 사 년 해 먹는 그랬을 거야. 아마 그러니까 기간이 있으니까. 너는 천천히 해준다 이랬지. 그러고 나 니까 팔 개월 만에 혁명이 나서 취직도 안 되고, 뭐도 안 되고 그랬지. 그 냥 [김천으로] 내려왔지.

4. 김천시청 공무원 시절

김천시청에서 행사 사진을 찍어 편집하던
공보실 시절.

김천시청 공보실 근무 시절 시청 안에서.
1963. 3.

시청에 들어가 축정계에서 소 도축을 감시하던 일

시청 다니던 얘기 좀 해주세요.

이천서 취직도 안 되고 고향에 가서 있응께. 보통고시나 준비하자고 친구랑 둘이, 같이 제대한 친구 고등학교 동기생하고, 둘이 봉산면 상근동 점리라 하는 마을에, 그 외딴집에 저수지 있는 데 방을 하나 얻어 가지고, 거기서 인제 공부를 한다고 했지요. 거 밑의 동네 거기에도 고등학교 동생 친구가 있어요. 거기 가서 알아 가지고 그라고 우린 또 그 밑의 동네 살아요. 그래서 우리 집에서 반찬 갖다 먹고 하는 기지. 있는데 고시도 뭐 기초 실력도 없는데 그러니까 고시가 말이 되나? 하여튼 뭐 공부를 하면 실력이 늘지마는 그거는 말도 안 되는 소리고, 괜히 이거 한다 그래 가지고, 시청 직원 뭐 저기 하니까 시험이나 봐라, 그래 가지고 다 시험을 봐서 몇 명이 지원을 했는지 그건 모르겠는데, 12명이 합격이 되었어요.

그때 무슨 과목을 시험 보셨어요?

외국어 그런 거는 없었고, 국어, 수학, 뭐 사회, 그리고 농업. 그때 농업학교 나온 사람, 실업학교 나온 사람 한해서 시험 자격을 줬어요. 참. 인문학교 나온 사람은 시험을 못 봐요. 왜냐면 농촌 장려할라고, 그때 막 새마을운동 할라고 농고 졸업생으로 시킨 거예요. 인문학교 나온 아들애들은 시험이 있어도 못 봐요. 그러니까 쉽게 합격이 되었지. 같은 농고, 그때는 농고가 아니고 농림하고 임업하고 두 개 있었지. 나는 농림고등학교 임과를 다녔었거든요. 임업과지.

그때는 새마을운동이 아직 없었고?

아직 없었는데, 인제 박정희가 그거를 계획을 세워 놓은 거예요. 그러니까 농고 나온 아들[애들]을 전부 시청에다 넣어라, 그래 가지고 인제 농고 나온 사람이 전부 반수를 차지했어요. 시청 직원 중에서 반수도 아마 훨씬 넘지. 그래 가지고 저 농림고등학교 졸업한 사람끼리 친목계를 했는데, 그때 인제 제일 선배가 회장을 하고, 내가 총무를 했거든요. 인제 공보실에 있었으니까. 내 성격이 활달하고 이러니까 내가 총무를 맡아 가지고 하고, 인제 한 달에 한 번씩 모이고 단합을 한 거지.

처음에 어떻게 시장 비서로 들어간 거예요?

아니지. 처음엔 안 들어갔죠. 처음에는 열두 명이 합격했는데, 여덟 명은 동서기로 나가고, 네 명은 시청 직원으로 떨어졌어요. 어떻게 그렇게 됐는지, 그건 위에서 알아서 하는 거니까 모르지 인제. 네 명은 성적이 좋아서 그랬는지… 시청 직원으로 써 먹을라고 그랬는지 그거는 모르겠어요. 다들 시청 가길 원하지, 누가 동서기 할라 그래요? 그것도 우리 아버지는 우리 동에 동서기를 했으면 싶은 거를, 내가 죽어도 안 한다 했지. 그래 가지고 시청에 떨어졌는데, 맨 처음에 산업과 축정계 발령을 받았어요. 그러니까 맨 처음에 축정계를 가니까, 도축장에 가 도장 찍어 주라고 하더라고. 그래서 도축장을 처음 가 본 거예요. 그 당시에 도축장이 김천시 신현동이라고 약간 변두리지. 그 동네도 우리와 같은 국민학교를 다녔었어요. 시의 약간 변두리니까.

거기 하루에 도축을 많이 했습니까?

하루 소가 열 마리, 칠팔 마리. 예, 그것도 그거[축산] 장려하느라고 암소를 못 잡게 했어요. 암소 잡는가, 안 잡는가 그거 확인시킬라고 시청 직원이 가는 거예요. 뭐 안 그라면 갈 이유가 없어요. 그거 때문에 가는 거예요. 암놈 못 잡게 할라고. 인제 빨리 가축을 늘릴라고. 그렇게 내가 생각을 해도, 그걸 하나 봐도 박정희가 머리 쓰는 거 보면 비상해요.

암소 고기가 더 맛 있나요?

훨씬 맛있지. 뭐든지 암소가. 예를 들어서, 조기도 암조기가 알 배서 그런 게 맛있잖아요? 그러니까 연하고 훨씬 낫잖아요. 그러니까 암소는 못 잡게 된 거예요. 그래 가지고 도장을 다 찍어 줘야지, 부위별로 정육점에 나가는 거예요. 그러니까 감시하는 거지. 가서 내가 뭐 도장을 찍을라고 새파란 거를 찍어 버려요. 요새는 몰라도 혹시 고기집에 가서 도장 찍은 거 본 적 없어요? 예, 파란색으로 그거 요만하게 동그랗게 찍은 거예요. 뭐, 검사인가 검사필인가 그런 검사. 예, 동그라미 안에다가 검사라고 도장을 파 가지고 거기다가 찍어 준 거예요. 검사했다고 인제. 잡기 전에 내가 보잖아요. 암놈을 잡는가 숫놈을 잡는가 내가 보잖아요. 인제 내가 가야지 잡을 소를 넘어뜨리는 거예요. 그라면 망치 같은 거 한 번 때리면 뭐라 하나, 급소 한 번만 때리면 그 큰 황소도 싹 쓰러져요. 요 뒷머리를요. 난 겁이 나서 한 번도 안 했어요. 그런데 거기 들어간께 내가 다리가 떨리더라고. 이젠 습관이 돼서 괜찮은데 처음에 한 일주일 동안은, 내가 그라고 소골을 처음 봤어요. 생전 소골이라 하는 거를. 그거를 잡으면 소골을 도축사들이. 그런데 그 도축사 중 우리 선배가 하나 있어. 고등학교, [웃음] 자기 집이 정육점을 하는데, 마침 또 삼 년 선배가 하나 근무를 했어요. 그래서 "야, 이거 맛있어. 먹어 봐. 한[한 번] 먹어 봐." 같은 학교 나왔다고. 그리 골을 잡으면 하얗더라고. 요래 이렇게 손가락으로 긴께, 골 속을 난 처음 봤어. 그거를 생걸로 그냥 먹으라고. 잡아 가지고, 그걸 좋다고 먹으라고. 좋은 거라 해서, 억지로 먹긴 먹어도, 술 갖다 놓고 먹지. 그리고 그기 처서 막 처내 가지고 먹는 거예요. 막 잡은 거를. 글쎄 익은 고기도 잘 안 먹는 사람이 생걸 먹으라 하니, [웃음] 그래도 참 그 형이 뭐라 했싸서[해서], "야야 먹어야 돼. 하여튼 먹어야 된다." 그 래서 내가 달래서 익혀서 먹었다니까. 예. 소주하고. 그 옛날에 막소주 한 병 갖다 놓고. 그때는 막소주, 이름도 성도 없는 거. 보긴 이래도 내가 간이 커요. 그 도축장에서 그리 된 기괴거꾀. 그라고 그때, 소가 또 많이 죽어요. 죽는 소가 많이 나왔어요. 병이 많이 걸렸어요. 그 옛날에는 전 염병 뭐 이런 게 잘 안 돼가 있으니까. 위생 그런 게 잘 안 돼가 있으니까, 소들이 병들어서 잘 죽어요. 그라면 그걸 못 먹게 병든 거를 갖다 묻고 약 을 쳐 가지고 덮어야 돼요. 그걸 또 우리가 가서, 축정계에서 가서 감시를 하는 거예요. 산에 가서 보고, 이래서 약 치는 걸 보고 오는데, 그걸 내가 대충 보고 오는 거예요. 그라면 그 사람들이 내가 일하고 나면 거기서 다 잡아먹어요.

아니, 죽은 소를 덮었다가 다시 빼내요?

네, 약을 금방 쳤으니까. 그 위에만 벗겨 내면 되잖아요. 그러니까 다 해 먹는다는 걸 알면서도 놔두고, 내가 감시를 하고 있겠어요? 그런 게 많이 있었어요. 인제 그라면 그걸 또 감시를 해야 되지. 그러니까 소를 잡을라 그러면, 인제 그 정육점협회가 서기가 있잖아요. 서기가 인제 어 느 정육점에 오늘 소 한 마리 어느 정육점에 소 두 마리, 그걸 인제 몇 마 리 잡는가를 가지고 와요. 그라면 우리한테 검사를 맡아 가지고 잡아야 돼요. 그라면 그래 가지고 도축장에 가는 거예요. 그때 고기 도축세가 비 쌌어요. 세금이 시세가. 소 잡는 세금을 정부에 내는 게 아니고, 시세[市

稅예요, 그러니까 지방세야. 그리고 오늘 예를 들어서 소를 한 마리 잡으면 시세가 한 마리 잡는데, 크고 적은 거 이런 걸 구분 안 하고, 한 마리에 시세가 오만원 그게 있어요. 그러면 현찰을 받아 가지고 재무과로 넣는 거예요. 그거를 오늘 여섯 마리 잡으면, 오만원씩 삼십만원 들어갔다 그라면, 내가 갖다 재무과에 갖다주는 거예요. 음 그라면 그게 시세를 잡는 거지. 그러니까 오늘 여섯 마리를 잡잖아요? 나도 우리 장부에다 여섯 마리 또 해 놔야 되잖아요? 여섯 마리 잡았다고. 어느 정육점 한 마리, 어느 정육점 한 마리 하잖아요. 그라고 이런 말은 하면 안 되지. 부정 이런 말은.

아니, 까마득한 옛날 얘기인데요. [웃음]

난 또 영창 갈라. 그라면 이기 인제 가르쳐 주는 거야. 그러다 보니까 서기하고 나하고 서로 잘 알 게 아니라요. 그걸 같은 취급을 하니까. 그러니까 이기 그 고참이고, 나는 그 밑에 얼마 안 되었으니까, 날 가르쳐 주는 거예요. 그때는 서기거나 말거나, 전부 주사라고 불러요. 계장이나 과장을 제쳐 놓고는 존대를 하기 위해서, 오늘 봐도 다 주사라고 불러 줘요. 직원을 전부 다 주사라 불러요. 그러니까 "김주사, 이러지 말고, 당신이 도축을 아직 잘 모르니까, 당신도 술값을 해야 되지 않으냐?" 하면서 오늘 일곱 마리 잡는데, 내가 여섯 마리만 장부에 해 가지고 했으니까, 여기도 여섯 마리 올려 놓고. 여섯 마리만 적어 놨으니까, 당신이 오만원을 술값 하고 그리 갖다 놓으라고. 그러니까 그게 또 재미가 있잖아요? 그래서 내가 지금도 시청에는 전부 다 도둑놈이라고 알고 있어요. 내가 해봐서 다 알아요. 전부 다 도둑놈이니, 앉아서 사무 보는 거는 오십 프로, 돈 빼 먹는 거 생각하는 게 오십 프로네요. 어떻게 해서 예산을 빼 먹

나. 지금도 마찬가지일 거야. 아마 글 보면 알잖아요. 서울 시내 섣달에 인도에 깔아 놓는 거 개조하는 거 봤지요? 많이 봤지요 그거? 겨울 추운데, 새거를 왜 그러냐? 예산을 얻어 놨잖아요. 그래 가지고 한다고 예산을 받아 놨잖아요. 그거 어느 동네 한다고 해 놨는데, 거기 생기니까 할 수도 없고 뭐 말일날이 되면 막 급해 가지고 새것도 떼어 내고 하는 거예요. 그걸 안 하면 예산을 도로 돌려줘야 되잖아요. 그라면 그 다음 예산을 넘겨 버리면 다음에 예산을 못 받잖아요. 그러니까 막 쓸데없는 예산을 올려놨다고 그러니까, 그거 쓰는 거예요. 그러니까 내막 모르는 사람들은, 우린 다 해봤으니 다 알지, 아이구 저 새끼들 저거 공사 안 하면 안 돼요. 공사를 해야지 거기서 떨어지니까. 그러니까 요런 것도 있고. [웃음] 그런 거를 겁이 나서 안 해야 되는데 나는 그런 겁이 없어요. 그래 가지고 그랬다니까. 거기에 육 개월 있었어요. 그런께 업무도 제대로 파악 안 하고. 검시 나갔는데 일할 게 뭐 있어요? 맨날 그런 거나 하고 도축장에 가 도장이나 찍어 주고 또 뭐 소 죽었다 그런 얘기 하면 심부름이나 다니고, 뭐 그리 했지. 사무란 걸 알아야 하지. 있어도 사무를 보여주지 않으니까, 저들이 다 하지. 또 할 줄도 모르니까. 뭐 쓸라 하면 쓰고, 내가 공문은 잘하지. 왜냐면 군대서 공문기안을 했기 때문에, 공문기안 뭐 그건 내가 박사지. 공문기안은 자기가 생각을 해 가지고 서류를 만들어야 하거든. 공문기안을 할 때는 자기가 기안을 해야 되니까. 그러니까 오늘은 뭐 쫄병이니 그런 걸 맡겨 주지를 않으니까 내가 못하는 거지. 내가 나중에 공보실에 가서 다 한 거지. 공보실서 계장 뭐 다른 사람 제쳐 놓고 내가 다 했지.

시청 재무과에 있다가 시장 눈에 발탁되어 홍보과로 옮김

하여튼 그런 데서는 심부름만 하고 그러다가 재무과로 갔어요. 거기도 뭐 사무를 보나요? 세금만 받으라 다니고, 고지서나 쓰고. 지방세가 있어요. 지방세가 제일 시 수입에서 큰 게, 유흥업소 유흥세라는 게 젤 컸어요. 유흥세하는 거는 음식점이라고 다 유흥세가 나가는 게 아니고, 뭐 일반 세금이 나가고, 영업세 이런 게 나가고, 그때는 지금 예로 그 뭐라 하나 신고하는 걸? 세금은 요새 자기들이 분기별로 신고를 해야 되잖아요. 옛날에는 그런 것도 없었고. 유흥 음식세가 큰데, 다른 거는 체납되었던 거, 그런 거 받아들이고 차압하러 다니는 거지. 이제 세금 안 내면 차압하러 가서, 물건 싣고 오고, [압류딱지] 붙이는 거 그런 걸 하는데, 유흥세 걷는 거를 주로 하는 거예요. 아가씨를 들이고 장사를 한다던가, 하여튼 고급술을 팔다던가, 이러면 유흥업소로 기준이 되는 거예요. 식당에도 분류가 있어요. 그게 일급, 이급, 삼급 같은 거 있으면, 유흥업소는 일급 세금 해당자예요. 그 사람들은 인제 한 달에 한 번씩 유흥세가 나가요. 그라면 그 사람들이 장사를 제대로 안 했는지, 그때 아가씨 들인다 해봐야, 그거 시골에서 애들 몇 데려 놓고 해봐야, 돈 나올 때가 있어야지. 그런데도 시에서는 예산이 없으니까, 자꾸 세금을 걷어들이라 하니까, 그게 자꾸 연체가 되잖아요. 그런데 자꾸 차압을 해야 되고. 그 유흥업소가 가지고 매일 살다시피 해야 되거든. 그 마담들한테 가서 세금을 달라고 사정을 해야 되고. 또 시에서는 세금 올라온다고 하고, 거기 있으니까 진짜 괴롭더라고. 그때만 해도 돈도 없고 그러니까, 도시락 싸 가지고 댕기면서 그래 했어요. 그러면서 거서 한 일 년? 한 이 년 했나? 일 년 안 했었나 보다. 그런데 막 날이 가물었어요. 그런데 유월 십일날 화폐개혁을 했어요. 그때 내가 삼월달인가 사월달에 들어갔는데, 한 몇 달 있다가 화폐개혁을 한 거예요. 그런데다 막 가물었어요. 비가 안 와 가지고 모심기를 못했어요. 그런데 시에서 하는 일이 그거예요. 그거 물 막 조그만한게 있어 봐. 저수지 물 막 빼고, 돌려 가지고 해 가지고, 한 마지기라도 모 더 심게 할라고, 시청 직원들이 사무고 뭐고 온 직원들이 다 막 동에 나가서 그거 모심기하는 거 도와주는 거예요. 그때 인제 내가 동네 나갔는데, 이 동네하고 저 동네하고 갈라 하면, 큰 내가 하나 있었어요. 그때 내에 물이 내려가니까, 그러니까 양수기를 가지고 물을 막 퍼 가지고, 하여튼 한 마지기라도 더 심도록 할라고, 시청 직원들이 독려를 하는데, 내가 그때 그 동네를 가게 되었는데 그때 옷을 걷고 내를 건널라고 하는데, 구두를 벗어 들고 건너가 가지고 방천으로 건너 이리 오는데, 시장이 차 타고 이제 직원들이 잘하고 있나, 못하고 있나 본다고 시찰을 다니는 거예요. 그런데 거서 내 혼자 옷 걷고, 신발 신지도 안 하고, 들고 빨리빨리 걸어오는 걸, 시장 눈에 발탁이 되었어요. 나는 쫄병이니까, 뭐 시장 얼굴도 쳐다보지 못할 때니까, 그냥 인사만 꾸벅하고 갔는데.

시장인 줄은 알았어요?

알지요. [웃음] 차만 봐도 아니까. 인제 이 시장이 시청에 가 가지고, 회의실에 시청에 남은 직원을 다 소집을 한 거예요. 나가서 전부 다 독려하라고 한 게, 무슨 사무를 보고 있냐고, 사무가 급하냐? 이게 급하지. 들어온 지 몇 개월 안 된 사람도 신발을 벗고 막 이리 다니는데 뭐 하냐고, 막난리가 났다고 해요. 난 몰랐지. 바깥에 있으니까. 그래 가지고 그때 시장 눈에 띄어 가지고, 공보실에 발탁이 된 거예요. 그렇게 인연이 되고.

예, 재무과에서 그쪽에 발탁이 돼 가지고 공보실에 [갔지요]. 그때는 공보실이 없었어요. 총무과에 공보계라 하는 게 있었는데, 이제 피알을 하기 위해 가지고 인제 공보실을 만들었어요. 시군에 공보실이 처음 생겼어요. 처음 생기면서 내가 직원으로 발탁이 돼 가지고 간 거예요. 그래 가지고 직원 하나 계장 하나, 둘이 있었지. 이건 이전 얘기지. 이 얘기를 시장한테 발탁되었던 거를 말하기 위해 하는 거예요. [시청에 들어가려고] 구두시험 할 때 찍어 놓은 거예요. 구두시험을 하는데 과장들하고 시장하고, 한 사람 한 사람 들어가서 구두시험을 볼 때 가을갈이를 왜 하나? 그게 문제가 나왔어요. 그때 농고 졸업생들이 주로 쓴 게 농업에 대해서 주로 물어보지 않았을 거 아니라요? 가을갈이를 왜 하느냐? 가을에 땅을 한 번씩 장비로 하던지, 삽으로 하던지 뒤집잖아요? 모를 다 벼를 베고 난 뒤 소로, 장비로 다 뒤집어요. 왜 그런가 하면 밑에께 균이 박테리아 그런 게 위로 올라오고, 위에께 밑으로 가고, 그걸 하기 위해서 하는 거예요. 내가 그거를 인제 확실히 잘 알지도 못하는데, 우째 장황하게 설명을 한 거예요. 그거 있는 거 없는 거 붙여 가지고, 웃겨 죽겠다고 박장대소를 하고, 그 시험관들이, [웃음] 되도 안 하는 소리를 눈도 안 깜짝거리고 잘한다 이기라. [웃음] 맞는 것도 있고 안 맞는 것도 있는데, 막 열변을 토한다 이기라. 가을갈이를 왜 하나? 뭐 어째서 한다, 저째서 한다, 보통 사람들은 가을갈이를 왜 하냐 하면, 뭐 수줍은 성격 같으면 멈칫멈칫 하고, 말이 잘 안 나오고 그렇잖아요? 아는 것도 쓰라고 하면 잘 못 쓰는데. 나는 눈도 하나 안 깜짝거리고, 딱 바로 떠 가지고 말을. 사람이 강하니까. 그냥 시험관들이 웃는 거예요. 그러니까 시장님이 어떻게 한 줄 알아요? 시험 보는 당시에 "야, 신농학박사가 하나 나왔네" 라고 하데. 에이씨, 떨

어졌구나. 난 또 내가 말이 많아서 탈이다 여기서 또 떨어졌구나. 조심을
할 걸. 시장하고 과장들하고 거서 시험 보는데, 묻기는 그 농업과장이 묻
는 거지. 근데 또 다른 과에 대해서 물어보면, 그 사람이 대개 하고, 농업
에 대해서만 묻는 거는 아니니까. 그것도 묻고, 이것도 묻고, 그래서 떨
어졌나 보다 생각했지. 그때 인제는 이 사람이 머리에 나를 둔 거지. 구
두시험 할 때. 머리에 인제 자기 머리 속에 내가 들어간 게지. 그 뭐 시험
보러 온 사람들이 시장 머리에 들어가겠어요? 내가 구두시험 할 때, 자기
머리에 들어간 거지. 그거 하는데 뛰 댕기는데, 아 역시 저건 보통 활동력
이 있는 애구나. 그래서 그 공보실 생기면서 발탁이 돼 가지고서, 그 얘기
를 할라고 지금 그때 얘기한 거지. 인제 나중에 나보다 하나 선배가 총무
과 근무했는데, 걔가 뭐 시험 그거하고 매기는 거 그거 관련했었어요. 걔
가 같은 고등학교 선배거든. 중학교도 같이 다니고, 국민학교도 같이 다
니고 그랬는데. 걔가 인제 얘기를 하더라고. "점칠아 점칠아, 이리로 와
봐." "왜 그랗게?" 그 시청에 다니다 얼마 있다가 그런 거예요. 너 시
장이 구두시험을 보고 나서, 시험 점수 관계없이 너 합격시키라 그랬어.
성적으로 되었지만은 안 좋아도 넌 시장이 합격시키라 했다. 인제 그랬
어요. 그래서 합격해서 그 당시에 말 안 하느라 애 먹였다 하고, 그 당시
에 말할라 해도 말 나올까 봐 그랬는지. 그 합격할 정도는 되었지. 고시
한다고 공부도 하고 했으니까. 그때 한문 공부도 다 하고, 그래서 공부를
많이 하기는 했어요. 영어, 수학이 딸려서 그렇지, 다른 공부는 그래도
했어요. 그때 산 밑에 가서 한 육 개월 있었나 봐. 음, 놀러 간 거지 뭐. 사
실 공부를 했겠어요? 집에 있을라 하니 눈치 보이고 하니.

시장과 공보실장의 신임으로 잘나가던 시청 공보과 시절

그 당시 시청 들어갈 때 김천 인구가 얼마나 되었어요?

한 육만 명 되었어요. 오만 이상이었어요. 시가 있는데 스물한 개 동이
에요. 시청에 다녔으니까 다 알았지. 아아, 그러고 공보실로 발탁이 돼가
있응께, 말하자면 아주 대승진한 거나 마찬가지지. 홍보과가 아니라 공
보실이지. 실·과·소 이랬어요. 일실, 오과, 이소예요. '소'는 뭔가 하
면 농촌지도소, 보건소 두 개가 있었고, '실'은 공보실이 하나 있었고,
과는 그러니까 총무과, 재무과, 산업과, 건설과, 호적과 다섯 개가 있었
고. 일실 오과 이소예요.

실은 공보실 하나밖에 없었어요?

예, 실장은 과장보다 직급이 높지 않고 같은 거지. 실장이나 과장이나
소장이나 다 같은 거지. 예, 같은데 부르기를 실·과·소 이러더라고. 다
동급이에요. 그중에 높은 기는 총무과장이 젤 높으지. 시장 대리니까. 총
무과는 그런 게 다 있으니까. 인사 겸 예산 그런 게 다 총무과로 되어 있
으니까. 이런 게 예산이고, 사람 인사고, 뭐고 총무과에서 취급했으니까.
제일로 권한이 세고 젤로 크지. 총무과장이 젤 쎄고, 서무계장이 또 쎈 거
예요. 계장이래도 총무과 밑에 서무계인데, 서무계장이 동직원을 다 다
루는 거예요. 서무계에서 동서기, 동장을. 그런께 그게 상당히 권한이 쎄
요. 서로 그 계장 할라고 줄 서고 이라는데. 과장보다 더 실속 있어요. 호
적과장 이런 거는 아무것도 아니거든요. 생기는 게 없으니까. 사무과장
이런 거는 아무것도 아니고. 건설과장하고 재무과장하고 [좋지]. 재무과
장은 돈을 만지니까, 건설과장은 건설하니까 돈이 많이 생기고, 또 건설

과장은 아무나 못하잖아요. 그 계통에서 어느 정도 선이 있어야지. 기능이 있어야지 되지. 그래도 공보실 계장 한 사람하고, 나하고 둘이 처음에 시작을 하다가, 그때 인제 이름이 잘 기억이 안 나는데, 재건청년회인가, 뭐가 발족이 되었어요. 이제 각 동네에 재건회장이 있었고, 청년회 이런 거랑 비슷한데. 재건 뭐라고 그랬어요. 재건청년회랬나? 우리 형님이 그 회장을 했는데, 이름이 하여간 재건이 들어가는데, 거기 인제. 그게 인제 뭐라 그러나? 공무원도 아니고, 아주 민간도 아니고? 그게 인제 조직이 되었어요. 그게 새마을운동 그런 거 할라고, 재건할라고, 인제 직원을 모집해 가지고 월급을 줘 가지고, 뭐 공무원도 아니고 그런 게 하나 있었어요. 그래 가지고 동에 생겼는데, 그게 인제 좀 하다가 해체가 되었어요. 몇 년 하다가. 그런께 그 직원들은 인제 시청으로 흡수를 시킨 거예요. 인제 막 강제적으로 동서기도 내보내고, 거기 직원을 안 모집하고, 거기 있던 애들이 새로 우리 공보실로 온 거예요. 인제 직원이 필요가 없는데, 말하자면 이름 얹어 놓고 임시직원으로 월급만 주는 거예요. 그게 인제 재건운동 한 사람들을 그냥 내보낼 수 없으니까, 시청 임시직원을 만들어 갖고 다른 과에도 뭐 몇몇 사람들을 보내고, 우리 공보실에 세 명을 준 거예요. 그라고 여직원 하나 생기고, 남직원 한 사람 왔는데 그 사람이 과장으로 있다가 뭐가 잘못돼 가지고 서무과장 하다가 잘려 가지고 근무를 시켰다가, 공보실로 이름만 올려놓고 그 사람들은 월급만 타 먹고 있는 거지. 일을 해야 되지만 그 사람 아니라도 나하고 여직원하고 둘이 해도 다 하니까. 업무가 할 게 별로 없으니까.

그 당시 업무가 주로 무슨 일이었어요?

뭐 저거 피알이라요. 선전이지. 시보도 만들고, 인제 시장 나갈 그때는 맨날 나가서 그런 거 했잖아요. 그때는 뭐 행사하고 막 그런 게 주업무였었거든요. 그런 거 하면 가 가지고 사진을 내가 찍어 줘야 된단 말이에요. 게시판에 게시를 해야 되거든요. 그때는 뭐라 하나? 내 놓고 하는 행정을 뭐라 하나? 그것도 생각이 안 나네. 남 앞에 하는 게, 아 과시행정. 그때는 보여주는 거, 막 이래 시민들한테 자랑할라고 떠벌리는 거예요. 그러다 보니까 막 찍어야 되잖아요. 전부 스냅사진이지. 그거 사진을 찍어 가지고 시청 들어가는데 거기다 게시판을 하나 해 가지고 크게 확대를 해 가지고 그 밑에 써 붙이는 거예요. 뭐 오늘은 무슨 무슨 행사 있었고, 시장님이 뭐 했다. 오늘은 무슨 발전을 위해서 뭐 했다 하는 거. 그거를 사진 밑에 써 가지고 거기 붙이는 게 내 일과에요. 사진들을 찍어다 갖다주면 그 저 운전수가 암실에서 사진을

빼 줘요. 그때는 처음에는 암실이 없을 때 사진관에서 했지요. 갖다주면 사진관에 돈 얼마 주고 해주는 거예요. 그라고 방송하고 그러는 게 내 일과에요. 뭐 암소 그런 거는 잡지 마라. 그런 선전이라던가, 안 그라면 새마을운동 아침에 청소를 깨끗이 하라던가, 뭐 그런 거. 매일 시내 다니면서, 시찰 다니면서 계속 방송을 하는 거야. 아침부터 새벽에 하고, 낮에는 시끄럽고 하니까 안 되잖아

김천시청 공보실 근무 시절.

요. 아침에 하는 거예요. 그라고 인제, 무슨 할 일이 있으면, 변두리 놔두고는 시내가 적으니까, 다 들리게 시의 옥상에다가 마이크 나팔을 쫙 사방에다 해 놔요. 그라면 인제 공보실에서 방송을 해도 시내도 들리는 거예요. 어느 정도는 다 들려요. 그런 거 하는 게 내 일과였어요. 주로 사진찍어 가지고 시장 따라다니면 게시하고, 방송하고, 기자들 다루고 그런거. 주로 공문서 오면, 도에서 뭐 파악해 달라 공문을 받으면, 우리가 시에서 각 동으로 발송을 해야 되잖아요. 그러면 각 동에서 뭐 통계라던가해 가지고, 우리 동네는 이렇습니다 오면, 그거 종합해 가지고, 이제 또시장 결재 맡아 가지고 이제 하잖아요. 그때는 공보실장이 처음에는 없었어요. 계장이 있었어요. 그러고 공보실장이 왔어요. 인제 공보실장이왔는 사람이 이름이 '차천로'라요. 그 사람이 보통고시 합격한 사람이라요. 대구의 도에 있다가 그 사람이 뭐가 또 잘못되어 가지고, 뭐라 하나? 강등되었나? 지방으로 쫓겨난 거예요. 그 사람이 공보실장으로 왔어요. 아는 게 많더라구요. 내가 세상을 살아가면서 지금까지도 혜택을 입은 사람을 두 사람을 드는 거예요. 첫번째는 아부지고, 두번째는 그 사람이에요. 살아가면서 그 사람들이 한 말이 이리도 옳구나. 그때는 아버지가 말씀하는 것도 어려서 걸러 들었는데, 귀찮게만 생각하고 이랬는데, 그게 전부다 살아가는데 그게 되더라고. 두 사람한테 혜택을 입었어요. 아버지는 아버지니까 냅 둬도, 이 사람이 내 은인이에요. 공보실장 하는사람이 나를 겪어 보고 좋아했어요. 그 사람 나이가 아버지 정도로 나이가 많았어요. 그 집 아이들이 나보다 몇 살 적고 그랬어요. 그러니까 내가 잘해 주고, 그 사람도 나를 굉장히 잘해 줬어요. 나한테 장가를 안 가고 늦게까지 있다 하면서, 모기장도 사 주고 그랬어요. 그 사람이 여직원을 소개해 줘 가지고.

어떻게 잘 안 되었나 보죠?

그렇죠. 잘 안 돼서. 그 공보실장이 막 날 부풀려 가지고, 그 여직원에게 맨날 나를 부풀렸어요. 그러니까 여직원도 호감을 가졌었고, 인물도 괜찮았었어요. 뭐 보건대학 간호과 나왔는지 몰라도, 하여튼 내가 그거까지는 모르겠는데, 대구 아가씨인데. 그래 가지고 공보실에 오래 근무를 했지요. 그런데 난 맨 공보실에만 근무를 했지. 그라면 원래 시청 직원들은 동 직원들하고 바꿔요. 몇 년 되면 교류를 해요. 다는 안 해도, 몇 사람이 동에서 시청으로 들어오고, 시청에서 동서기로 나가고, 그런 걸 한단 말이에요. 날 동서기로 내보낼라고 그게 그랬는데, 서무계장이 날 좀 좋게 안 본 거예요. 나를 그래서 자꾸 눈엣가시로 봐 가지고, 인제 동서기로 내보내라고. 동서기는 그 사람이 맘대로 했어요. 다 조종을 하거든. 결국은 시장이 결정하지만. 그래서 그 사람이 내보라고 했었는데, 우리 공보실장이 뭐 워낙 강력한 사람이니까, 택도 없지. 얘 아니면 안 된다. 이 사람 아니면 공보실 운영이 안 된다. 잘하는 사람 두고 있어야지, 아무도 없으면 되나? 혼자 있어도 열 명 있는 거 못지 않다. 인제 그러고 몇 번 동으로 발령이 났는데 못 가고 하는 거예요. 발령 나도 너 가지 마. 그래서 안 갔어요.

시청 있을 때 무슨 카메라가 있었나요?

나도 확실히 기억이 안 나네. 말을 해 놓고 나서 떠오르는 게 코니카이기는 한데. 하도 오래된 얘기라서. 암실은 공보실 안에 있었지요. 삼층 전체를 공보실을 사용했어요. 기자실 있고, 방송실 있고, 사무실도 있고.

그러니까 기자실 해 놓으면 기자들이 매일 거기 와서 기사 쓰고 그래요.

기자들 상대하기도 힘드셨을 거 아니에요?

힘들죠. 매일신문, 대구매일신문, 정식 기자가 동아일보, 한국일보, 조선일보 그 특파원들이 인제 있고. 나머지는 맨 사이비 기자가 한 열 명 되었어요. 뭐 이름은 모르겠는데. 그래도 어쩌겠어. 다 돈을 줬어요. 판공비를 공보실 예산에다가 넣어요. 매년 판공비를 기자들 주는 거예요. 시장 판공비는 시장이 쓰지만은, 공보실의 판공비는 공보실장이 쓰는 게 아니고 주로 기자들 주는 거예요. 시에서 한 달에 한 번씩, 두 달에 한 번씩 월급 주는 모양으로 줘요. 판공비를 내가 빼 가지고 봉투에다가 넣어 가지고 나눠 줘요.

모든 기자한테 똑같이 줬어요?

그래도 같이 준 거 같아요. 돈은 내 생각엔 그거 구분 안 하고, 그런데 아마 좀 덜 주고 그런 게 있었을 거야. 아마 기자들을 두 달에 한 번씩, 석 달에 한 번씩 그리 준 거 같아요. 액수는 소문날까 봐 똑같이 준 거 같아요. 저들끼리 다 친구고 이러니까, 말이 튀어 나올까 봐. 그 액수는 같았는데, 내 생각에 주는 주기가 틀렸던 거 같애.

요즘으로 얘기하면 어느 정도 금액이 될 거 같아요?

내가 맨 처음에 들어 가 가지고 월급을 삼천원 탔어요. 맨 처음에 삼천원 받아 가지고 형님이 저 돈으로 시청 직원이니 신사복이 한 벌 있어야 되지 않겠냐? 신사복 한 벌 맞춰 줄게 가자, 이래서 양복점에 갔어요. 양복점에 가니까, 좋은 거는 삼천원을 더하고, 제일모직 이런 거는 좀 싼 거 하니까 이천육백원 했어요. 삼천원 받아가 이천육백원 주고 양복 맞춰

서 돈을 얼마 남았겠어요? 그만큼 양복값이 비쌌던가 봐요. 신사복 그런
게 귀할 때라 그랬던가 봐요. 신사복을 잘 맞춰 입을 때도 아닐 때고.

쌀로 사면 어느 정도인지?

어디 가서도 양복을 내가 비유를 잘하는데, 쌀은 몇 가마인지는 잘 기
억이 안 나네. 내가 쌀을 팔아 가지고 뭐 하고 그러지를 않았으니까. 쌀
값을 뭐 옷값하고는 고걸 내가 비유를 할 수가 없어요. 딱 그거는 내가 안
잊어버려요. 삼천원 받아 가지고 이천육백원 양복을 맞췄으니까. 색깔
도 내가 안 잊어버리네요. 왜 곤색도 꺼멓고 이런 것으로 안 하고, 청색을
했는지 몰라. [웃음] 그것도 형님이 아는 집에 가서 맞췄는데, 형님은 양
화점을 해봤으니까, 그 양복점 이웃 사람들 다 알잖아요. 다 양복점 친구
들이잖아요. 그게 기억이 나네. 아무래도 좀 싸게 해주었겠지. 거서 맨날
술 먹고 그분한테 내가 형이라 했었던 거 같은데. 내 기억에 형님이라 했
지 그랬는데. 양복점 이름이 '천일라사' 였어.

직원들이 갑자기 많이 들어오면서 일이 별로 없었겠네요?

나는 맨날 바쁘지요. 맨날 야근하고, 낮에는 인제 그런 거 활동하고, 낮에 사무 볼 거 없잖아요? 맨날 저녁에 했죠. 그 사람들은 그냥 놀다가 가는 거지. 앉아서 월급만 타 먹고. 거진 나 혼자 했어요. 여직원이 전화만 받고 그런 거 했고. 여직원이 유금자라고 나보다 여섯 살인가, 다섯 살인가 적었나? 그 아가씨는 금천에서 젤 부자라, 유창국이라고 김천 제일 갑부인데, 그 조카딸이에요. 그래 가지고 그 사람이 넣어 줘 가지고 공보실에 들어왔는데, 그렇게 금방 들어와서 할 줄 아나? 전화나 받고, 뭐 쓰라 하면 그런 거나 쓰고 그러지. 지가 공문기안 그런 거를 할 줄 알아야지. 우리는 군대서 다 하고 왔으니까. 군대서 사무를 보다 왔으니까. 군대서 몇 년 동안 그거 했으니까, 타자도 내가 다 칠 줄 알고 이랬으니까. 내가 한글 타자 잘 쳤으니까. 거서 제일 오래 근무했어요. 거진 내가 칠 년을 시청 있다가 그만뒀으면, 공보실에서 한 오 년 반은 있었으니까. 군대에서 공문기안 하는 거 배우고 행정을 봤으니까, 그래서 거기서 하는 거 하고 공보실하고 하는 거하고 약간 흡사한 게 있어요. 그때 시장이 또 잘 봐줬지. 사진 찍지, 그런 거 하면 내가 또 그거 하지. 이래 놓으니까 그때 인기가 하늘을 찔른 거지. 시에서는 진짜 과장들도 "오늘 김주사, 술 한 잔 사 주라" 이럴 정도였었지. 맨날 시장님이 드나들고, 시장이 대구 사람이니까, 마을에 가서 있는 게 아니고 할머니하고 그렇게 계셨었어요. 그때 시장 관사요, 시장집이 따로 있어요. 그러니까 대구 사니까, 학교도 시골 가야 하니까, 사모님이 안 오잖아요. 그러니까 할머니하고 두 분이 계셨었어요.

당시에 혁명 나고 군 출신이 안 들어왔나요?

예, 금방은 안 들어왔었어요. 한참 있다가 군 출신이 인제 시장으로 오고, 공보실장도 군 출신 오고 이랬어요. 내가 공보실장을 그 사람 하고 나서, 그 다음에 온 사람이 군 출신이 들어왔어요. 계급이 영관급으로 그랬던 거 같애요. 그 사람도 대구 사람으로 혼자 방 얻어 가지고 있었는데. 그때 군인들이 많이 들어오지는 않았어요. 사무를 못 봐서 그런지는 몰라도, 공보실에 그 사람 한 사람 들어오고, 시장을 내가 몇 사람 바꾸었나? 일하다 보니까 이규홍 시장, 김영만 시장, 김철순 시장, 시장을 내가 세 사람 겪었구나. 세 사람 들어왔는데 군 출신이 한 사람 들어왔다. 김철순 시장 이 사람이 군 출신이에요. 제일 처음 나 잘 봐줬는 이규홍 시장, 그 사람은 대구 농림고등학교 나온 사람이에요. 농림부 차관까지 했어요. 김천시장 하다가 농림부 차관으로 들어갔어요. 그이도 아주 똑똑하고. 아주 훌륭하고 대단한 사람이에요. 체격도 좋고, 막 한바탕 하면 과장들이 쩔쩔 매요. 굉장한 사람이었어요. 그러니까 농림부 차관으로 발탁돼서 갔어요. 군 출신 시장이 들어왔을 때 내가 사업을 할라고 나간 거예요. 내가 모셨던 공보실장 차철로라는 사람도 안동 부시장으로 갔어요. 안동 부시장으로 스카웃되어 가지고 가면서 군 출신 실장이 들어왔어요. 그때 그라고 얼마 안 있어 가지고, 사표를 낸 거예요. 그러니까 공보실에 있다가 그 사람도 갔고, 발령이 건설과로 난 거예요. 인제 내가 공보실에서 밀려난 거예요. 인제 공보실장도, 빽도 갔지, 시장도 갔지. 이러니까 한참 막 뜨고 이러니까, 얄밉게 본 사람도 안 있겠어요? 그전에 공보실장은 워낙 사람이 강해 가지고, 동(洞)동사무소로 발령이 나도 "아무리 해도 니가 안 가면 그만이다, 시장한테 지들이 말을 못한다" 이래. 그러니까 공보실에 붙어 있던 거야. 발령은 남산 동서기로 났

김천시청 공보실 근무 시절의 모습.

어요. 났는데도 공보실장이 못 가게 그런 거예요. 그러면 맨날 시장이 계장 불러 가지고, 김주사 왜 동으로 안 나가냐? 그 사람은 넣으란 소리를 안 하니까. "김주사 왜 동서기 나왔는데 왜 안 나갔어요?" 하지. 그러면 아이고, 뭐 공보실장이 못 나가게 하고, 못 나가게 하는데 나는 어쩌냐고? 시장님한테 말했다는데. 이렇게 얼버무리고 안 나갔거든, 한 번도. 그러니까 인제 직원이 동서기 직함을 가지고 있으면서 공보실에 근무를 했어요. 그러다 취소가 된 거지 인제. 다른 사람을 동서기 내보내야 될 거 아니라요? 내가 안 가니까. 시장님한테 가서 동서기 발령을 냈는데 재가 안 나간다 하면 시장이 뭐라고 그럴 거 같고. [웃음] 그러니까 공보실장은 죽어도 나가지 말라 하지. 내가 시장한테 말할 테니까 가지 마. 여기서 사무해. 니가 가면 사무를 못 보는데, 공보실 일이 되도 안 하는데. 물론 누가 해도 하겠지만은 당분간 힘드니까 가지 말아라. 니가 여서 오륙 년을 했는데. 그러니까 이 사람이 안동 부시장으로 갔고, 군 출신이 공보실장으로 온 게 아무것도 할 줄 아는 게 모르고, 이런 데다 동으로 발령이 났으면 내가 어떻게 하지만, 같은 시청 건설과로 발령이 난 거지.

그래도 봐준 거네요? 동으로 안 보내고?
에, 동으로 안 보내고 인제. 안 될 거 같아서 시청 안으로 발령을 낸 거야. 발령을 냈는데 그거도 한군데 오래 못 있게 되어 있어요. 몇 년 되면 자꾸 바꿔요. 그게 나쁜 짓 할까 봐. 예, 특별한 기술 아니면은 이 년 만에 삼 년 만에 그걸 자꾸 바꿔요. 발령을 바꿔서 내요. 어저께 있던 사람이 건설과로 가고, 기술을 요하는 건 놔두고. 기술을 요하는 과에서도 행정 보는 계가 있거든요. 그게 그리 다 자꾸 바꾸는 거예요. 그런데 바꾸기 때문에 내가 미워서 그런 건 아니고. 바꿔야 되니까. 바꾸는 거예요. 그 러니까 마지막 그만둔 그해에 거진 다 떠난 거예요. 그 사람들 가고 난 뒤, 사표 낸 지는 얼마 안 되고, 그러니까 공보실장도 따로 들어왔고 그러 다가 발령이 건설과로 났어요. 건설과 행정직으로 났어요. 그 사무 보는 그거, 뭐 건설 다른 기술은 내가 없으니까. 그러니까 공보실에 맨날 뛰어 댕기면 사진만 찍고, 방송만 하고, 뭐 마을 댕기면서 그런 거만 하고, 선 전만 하고 이랬다가, 거기서 앉혀 놓으니까 멍하게 있는 거예요. 뭐 맨날 숫자를 만지고 이런단 말이야. 난 또 수판하는 데 소질도 없고, 뭐 공사했 는 거, 이런 거 맨날 해서 보내라 하니까, 그것도 못 견디겠어요. 사무도 배우면 하겠지만은, 또 계장이 전에 징수계장으로 같이 있던 사람이라 나한테 잘해 주는데, 그 사람도 맏형도 없고, 아버지도 없고 이런 사람이 에요. 만나면 이름 부르다가 "김주사, 넌 아무 소리 말고 있어. 넌 몇 개 월만 있으면 잘해." 이렇게 해요. 내가 맨날 못하겠다 해서.

군 출신 실장하고는 잘 안 맞았나 보죠?
잘 안 맞고 그런 건 없는데, 그 사람이 아무 권한이 없으니 내가 발령이 나도 뭐. 발령은 실장이 내는 게 아니니까 이 사람이 못하지. 사무 보는 것도 나한테 안 맞고 공보실에 뛰어 댕기다가 새장에 가두어 놓는 거 같 고. 아버지가 말하기를 너 좋은 직장을 못 들어가서 난리인데 왜 그만둘

려고 하냐고 막 그라고. 형님들도 말하고, 그래도 내가 고집이 세 가지고 못 말려요. 내가 하고 싶으면 해야 되는 성격이라서, 누가 뭐 이래라 해도, 난 저쪽으로 가면 빠져 죽는다 해도 내가 가고 싶으면 가지, 누가 가지 말라 해도 안 가요. 그거 빌라 사면 망한다 해도 내가 사고 싶으면 사는 거예요. 빌라 사면 평생 올라가지도 않고 망한다 해도 내가 샀잖아. [웃음] 아파트를 샀으면 막 수십억을 벌어들었을 텐데. 그래 가지고 시청 땡 쳤어요. 건설과에서 한 육 개월 있다가 사표 냈어요.

5. 결혼과 분가

김점칠의 결혼사진. 김천문화회관. 1966. 1. 17.

부인과의 만남과 결혼 과정

부인과 어떻게 중매하셨어요?

아니. 그때 한 동네에서도 막 심했어요. 서른한 살에 했죠. 아주 늦죠. 그때는 보통 스물여섯, 일곱이 적령이었어요. 남자 나이는. 그러니까 그 당시에 노총각이 김천에서 직장 좀 댕기고 이런 사람들이 세 명이 이래 있었다니까. 넷이면 매일신문 기자하고 나하고. 그때는 늦지요. 완전히 늦지요. 그땐 서른 살 넘어가는 총각이 잘 없었어요. 그 매일신문 기자가 나보다 많아서 선배인데, 그때 장가 안 갔으니. 김종호라고. 그 당시는 김천시청 다닐 때이지요.

부인을 김천시청 다닐 때 만난 거예요?

아니요. 우리 집사람이 열다섯 살 중학교 이학년이고 나는 군대 가 가지고 스물세 살에 휴가를 나왔었어요. 근데 우리 친구가 마을에 놀러를 갔어요. 둘도 없는 친구니까, 고등학교 동기인데. 근데 놀러를 갔는데 여동생하고 지금 우리 집사람하고 친구에요. 하여튼 중학교 이학년, 열다섯 살인가 그랬어요. 내가 스물세 살, 여덟 살 차이거든. 그러니 뭐 오빠동생 하고 그렇게 알았지.

아이구, 당시로는 상당한 나이 차이네요.

아주 뭐 김천 시내에 뒤집어졌지. 나이 차 때문에 살다 보면 세대 차이가 느껴지는데. 그랬는데 결혼할라고는 생각지도 않았어요. 나이 차이도 있고. 근데 인제 우리 집사람이 그 동네서 그 아포면에서 제일 부자에요. 우리 집사람은 금릉면 아포면인 거지. 그런데 막 할아버지 때 정미소

하고, 양조장 하고, 그리고 제일 부자거든 그 동네서. 그렇게 했거든요. 나 갔을 때만 해도 그런 거 안 하더라고. 나 장가 갔을 때만 해도 정미소는 자리만 있더라고. 그런 게 그 집도 구남매에요. 성이 성씨인데, 우리 장인이 옛날에 배재 나왔으니까, 오죽하겠어요. 서울 배재를 나왔으니까. 그때 배재학당 거길 다녔으니까.

인텔리였네요.
예, 말도 못하죠. 전부 다 삼촌들이 고등학교 선생들이고. 전부 경북여고 나오고 뭐 대단해요. 대단한 집안이에요. 그리고 면에서 대학생이 하나 나오고 그랬어요. 옛날에 면에서 한 명밖에 없었으니까. 여자 대학생이. 우리 집사람 바로 두 살 적은 동생이 대구 효성여대 나오고. 근데 아포면서 그 하나뿐이 없었어요. 여자 대학생이. 그러니까 대단한 집안이지. 여자는 안 가르치지. 그러니까 면에서 대학생이 하나밖에 없다 하지. 여자 대학생이. [웃음] 고등학교 나온 사람들은 많아도 대학교 간 사람들은 없었지. 그래 나이 차가 있으니까 결혼 그런 거는 생각지도 안 하고. 그러니까 나는 군대 있을 때니까, 이거 뭐 고등학생도 아니고, 중학생이고. 그저 뭐 친구 집에 놀러 오고 그러면 같이 놀기도 하고 그러고, 제대하고 나서는 우리 집에 놀러도 오고 그러고 그랬어요. 결혼 뭐 연애 그런 것도 아니고, 그래서 우리 숙소도 알고 뭐 그런 식으로 하고 했는데. 그러고 하도 결혼을 오래 안 하니까 어머니가 난리지 뭐. 너 동네서 고자인가 묻더라 막 난리가 났었어요. 선을 봐도 잘 안 되지. 막 그 당시만 해도 시청 직원이고 공보실에 잘나갈 때고, 뭐 그때 직장이 있었나? 뭐 몇 군데 없었거든. 축협, 농협, 뭐 군청, 시청, 법원, 뭐 이 정도였으니까. 총각이 뭐 그런 데 있으니까 중매해 줄라는 사람도 많았지. 근데 뭐 보고서 연애도 하고 좀 그랬어 나도. 그런데 인연이 안 돼서 안 되더라고. 우리 누님이 애 담임 선생님을 소개 붙였어요. 학부형이 자기 딸 담임선생님을, 처녀 선생님인데 우리 누님이 직접 말을 못하고, 누님도 친구를 대 가지고, 시청 직원인데 선 한 번 볼래? 이래 돼 가지고 이래 되었어요. 그래 가지고 봤어요 선을. 그것도 그 아가씨도 거진 서른이 다 돼 가는가 부지. 한 스물일곱, 여덟 그래 되는가 봐요. 선을 보고 다 성인이고 하니까 그 사람도 집이 충북 제천이야. 아버지는 없고 오빠는 나하고 동갑이고, 남동생 하나 있다 그러고. 남동생 고등학교 다니고, 오빠는 약혼장 가지고 김천에 몇 번 오고, 그래서 그리 되었어요. 성인이고 그렇고 그러니까 둘이 약혼을 문장대 가서 했어요. 속리산 문장대. 충북 속리산 알지요? 하여튼 거기 속리산에 갔어요. 그래 가지고 반지 하나씩 해 가지고 서로 교환하고, 둘이가 그게 약혼이고. 말하자면 약혼인데, [웃음] 여선생을 나하고 중매를 붙였지. 선 본 거는 다 안 된 기고, 여기저기 선 보고 좀 사귀고, 이런 거는 다 안 되고. 그런데 결혼 상대로 이 선생을, 청주사범 나왔어 여자가. 그러니까 국민학교 교편을 잡았지. 금릉군 봉산면 무슨 국민학교인가? 그래 가지고 선을 봤는데 다른 사람들은 여자가 키가 좀 작다고. 아니 이런 말은 하면 안 되는데. 아니 이거 말하면 안 되는데. 안 해야 되겠다.

아니, 괜찮아요. 다 지난 일인데 어때서요?

나는 키가 일 미터 칠십이. 고등학교 때 젤 뒷줄에 섰다니까. 그 당시로는 큰 편이지. 아니, 여자 키 때문에 그런 건 아니고. 키 작은 거는 그런 건 아닌데. 둘이 여관을 갔으니까. 그렇게 나이가 있어도, 여자 관계가 복잡하고 그러지를 않았어요. 여자를 밝히고 그런 스타일이 아니거든.

근데 놀기만 좋아하고 뭐. 여자들하고 만나도 친구들처럼 지내지 응큼한 생각을 그런 거를 별로 안 했어요. 그런데 그렇게 돼서 크게 뭐 수치스럽게 생각하고 그랬었어요. 그래 가지고 여관에 둘이 가니 뭐 나이가 많아도 못 돌리더라고. 그래서 소주를 둘인가 먹고 몸이 돌아가데. 둘 다 돌아갔으니까 남녀가 어쩌겠어요. 오 그런데 성관계가 안 되더라구요. 술 먹어서 그런지 긴장해서 그런지. 긴장해서 그런지. 하여튼 내 딴에는 쑥스럽고 이래서. 아, 다른 거는 다했는데. 뭐 그까지 가고 여관까지 갈 때 다 허락된 거 아니라요? 그런데 내가 잘 안 될라 하더라구. 괜히 막 그래서 그냥 자고 나왔지요. 그 여자는 나를 좋게 생각하는 거예요. 아, 결혼하기 전까지는 성관계를 안 할라 그러는구나. 그것도 자기도 막 그랬을 거 아니라요? 흥분했으니까. 그러고 나서 내가 막 싫어지더라고. 내가 괜히 막 약도 먹고, 이라고 괜히 막 고민이 되고, 막 여자 못 보겠더라고 괜히.

그게 인연이 없어서 그런 건가 봐요.

예, 그래 가지고 헤어졌어요. 그리 마을 형님들이 둘이 결혼식 안 하고 둘이 갔지 뭐, 직장 생활 하니까 살림하다가 결혼식 해 가지고. [웃음] 그래 가지고 안 된 거지 인제. 그런께 나는 지금 그 여자 이름도 생각이 안 나고 나도 확실히 모르지. 그때 나보다 한 네 살이니 적은 거 같앴어요. 나이 차이가. 그런께 그 여자도 말하자면 노처녀, 말하자면 혼기가 지났어요. 그때 여자로서는 나이가 스물일곱 이랬으니까. 예, 그런께 서로 내가 편지를 써 가지고 보냈지. 그래서 인연이 아니라서 그런가 보다. 그런 식으로 하고 외면을 하고 그러니까. 여자는 다른 학교로 전근을 갔어요. 어디로 갔는지는 나도 모르겠어요. 그라고 결혼을 안 하고 자꾸 몇 년 세월이. 또 아참 그 여자하고 갈 때는 서른한 살이 아니지. 그 당시는 아니다 그때는. 예, 그러니까는 그러고 나서 얼마 있다가 결혼을 했으니까. 그때는 서른한 살이 아니다 이 여자하고 갈 때는 참. 예, 한 스물일곱, 여덟 이랬는가 봐. 그때는 그러니까 여자는 나보다 몇 살 적었으니까 여자도 많지는 않은가 봐. 그러니까 저 집에 인사하러 갔었지. 자기 어머니한테 가서 거기서 하룻밤 자고, 제천 거 아버지는 안 계시더라고. 다 결혼하기로 했는데 안 되었어요. 파혼을 했어요. 그래 가지고 결혼을 안 한다고. 그러니까 우리 집사람은 나이 차이도 있고 오빠 이래 부르는데 결혼을 할라고 생각은 안 했지. 서로서로가 나도 결혼할라고 생각 안 하고. 집사람도 그때 열다섯 살이고, 내가 스물세 살이고 그러는데 뭐가 되겠어요? 그 당시에 선생하고 할라고 생각했었지. 그러니까 할라 그랬는데 그게 안 되잖아요. 안 되었으니까 결혼을 금방 안 하지. 이래 가지고 세월이 또 흘렀지. 그러나 내가 나이가 서른을 넘고 여기저기 해도 안 되고, 우리 친구가 집사람 한동네 있다 하는 그 친구가 그때 그런께 우리 집사람이 스물세 살이지. 여덟 살 나니까 내가 서른한 살이니까. 스물두 살인데 그때 중매가 들어오고 그러지 않을 꺼에요. 고등학교 나왔고 집에 노니까. 우리 처남이 대구서 제일모직 직물소를 했거든요. 그러니까 제일모직 직원들하고 선을 많이 봤지. 여동생이 그러니까 여길 봐도 안 하고 여길 봐도 안 되고 그러는 거야. 선을 수십 군데 다녔는데 안 봤겠어? 그 당시에 스물세 살인데 잘살고 뭐 오빠들이 쨍쨍하고 하니까. 처가가 돼지를 좋아해요. 돼지 한 마리 잡으면은 다 먹어요. 우리는 삼남매, 딸 하나에 아들 둘. 천구백육십육년도에 결혼해 가지고, 육십칠년도에 하나 놓고, 육십팔년도에 하나 놓고, 육십구년도에 하나 낳았어요. 그것도 좀 특이하네. 입학식을 세 번을 갔더니, 인제 양장점 한참 할 때는 집사람이 꼼짝을 못해요. 손님을 받아야 되니까. 그러니까 학교고 뭐고 전부 내가 가는 거예요. 학부형들이 엄마들이 모이는 데 내가 가는 거예요. 아버지가. 나는 손님만 받아 놓으면 새벽에도 일을 하고, 어쩌다 하는 거지만은, 손님 내가 상대하기는, 손님들이 남자를 아는 단골들은 괜찮은데. 처음 오는 사람들은 꺼리거든요. 옷 벗고 그러는 것도, 몸 재는 것도, 이런 것도 그래서. 손님 받아 놓은 게 항상 태권도고 이런 게 하는 데도 내가 가는 가고. 아를 그렇게 시골 학교니까 그 뭐 부천국민학교도 시골이야. 지금은 뭐 부천이 좀 시내가 되었지. 세번째 입학할 때도 갔었으니까. [웃음] 큰아가 작은아들 둘은 딱 십삼 개월 차이예요. 오월 오일에 하나 놓고, 유월 육일에 하나 낳았어요. 연년생. 그러니까 같이 있으니까 쌍둥이나 마찬가지지. 우유도 둘이 같이 먹어야 되니까. 그러니까 장사하고 그러니까. 아 키우고 그때는 얼레벌레 하고, 둘 끼고 밥해 먹는 사람도 있고 다 있었지.

결혼하기까지의 힘든 과정과 신식 결혼

결혼식 얘기해 주세요. 초례를 사모님 댁에서 치렀을 거 아니에요?
우리는 신식 결혼했어요. 그 당시에 많지 않았는데, 내가 김천시에서 두번째였어요. 육십육년도에 결혼했어요. 육십육년도 일월 십칠일날 결혼했어요.

그때는 김천 시내에 예식장이 별로 없었지요?
별로고 뭐고 하나도 없었어요. 근데 문화센터라고 하나 지었어요. 시

예산으로 했는지, 정부에서 보조가 나와서 했는지, 김천문화센터라고, 말하자면 회관 그런 거 비슷한 거겠죠. 그걸 문화센터라 그랬어요. 그거 생기고 나서 거서 예식을 할 수가 있었어요. 그런데 그거 짓고 나서 그 예식장에 내가 한 게 내 앞에 누가 한 사람이 하고, 내가 두번째 차례가 되었어요. 그래 가지고 신식 결혼 했어요. 대부분 구식 결혼 하고 이랬는데 …. 안 그라면 교회 이런 데서 하고.

결혼식 하기 전에 양가 집안에 얘기가 서로 오고 가고 있었습니까?
아, 거서, 인제 거서 약혼을 했었지요. 나이 차이가 있고 뭐 이러니까. 시집을 안 가고 나도 장가를 안 가고, 이래 되니까 동네 친구들이 말을 붙여 가는데 그쪽 집에서 반대가 심했지. 우리 집이 버스 안 타고 그래서 뭐 그래도 나는 배짱이고, 뭐 막히면 안 하고, 뭐 아무것도 아니고, 나도 뭐 그 당시에는 가면 가고, 아니면 아니고 이랬었어요. 사실은 크게 뭐 결혼에 대해서 신경을 쓰지도 않았어요. 다 반대를 하더라고. 우리 큰처남은 뭐 할아버지하고 결혼할라 하나 뭐 난리도 아니고. 근데 처삼촌 되는 사람이 배다른 처삼촌이지. 나보다 세 살 적은데, 그때 우리 동네에 놀러를 몇 번 왔었어. 뭐 그라고 서로 친하게 지내고, 술도 같이 먹고 지나고, 이 사람이 좀 환영을 했어요. 그때 사람이 좋다고 뭐. 우리 장모가 형수 되지. '형수님, 사람이 참 좋아요. 성격도 좋고 어디 갖다 놔도 안 빠지고 …' 그랬지. 그래도 그 집에선 다 반대한 게야. 형제간들은 특히 큰처남이 반대를 많이 했어요. 뭐 제일모직 직물소하고, 지만에는 부잣집 맏아들이니까. 대학교 다니면서 다방도 차리고 생 지랄을 했어요. 경북대학을 나왔는데, 여자가 교대 나왔는데, 둘이 연애를 했는데, 처가 장인 어른이 대구에서 네번째 갑부야. 그 당시 요놈이 진급을 한 거야. 그런데 그 집에 아들이 없어. 딸만 있어. 그러니까 이기 사위가 모든 걸 떠받들고 가서 했는 기야. 그런데 우리 처남이 돈 씀씀이가 돈을 모르고, 장인은 이북 살아서 돈뿐이 모르는 양반인데, 그래서 따로 내줬어요. 혼자 하라고. 그런데 흥청망청하다가 망했단 말이야. 그 처남이 그리 반대를 했어. 결혼 얘기 하는데 파혼을 한다, 우리 장인이 나를 되게 안 맞는다 하더라고. 이게 우리 장인한테 달렸잖아요. 결정은, 어디서 만났던가? 하여튼 어디서 만났어. 그러고 대화를 나눴지. 한 시간 동안 뭐. 그때는 다방에서 만났던가? 그래 장인 어른이 딸이 좋다 하고 아들들 특히 동생들 이런 사람들 반대하고, 그때 처삼촌 중에서 고등학교 선생이 둘 있었어. 근데 우리 장인만 원래 할머니가 낳고, 나머지 사람들은 다 다시 시집온 사람한테서 낳아서 배 달라 형제가. 배 다른데 그 사람들이 잘사니까 전부 일본서 유학을 하고 막 이랬어요. 그런께 우리 장인이 성질이 꼼꼼해 가지고 집을 떠나면 죽는 줄 알고. 집사람이 성기순(成基順)이야. 예, 터 기 자에 순할 순 자. 성씨는 본이 하나예요. 여기도 집안이 아, 대단해요. 거기 고모가 경북여고인가 하나 나온 사람이 있었는데, 옛날에 경북여고, 나보다 더 많고 돌아가셨는데. 학교도 좋은 데 보내고. 처갓집 할아버지가 그때 부자셨던가 봐. 정미소 하고 뭐 술독 하고 했웅께. 그때 안 날렸겠어요? 옛날에 땅도 사고 했으니까. 그래도 우리 큰처남이 다 떨어뜨렸어요. 맞아요, 그게 많이 떨어 먹었어요. 그리고 우리 장인이 인정도 하지 안 해요. 뭐 돈을 몰라요 돈을. 남을 도와주고 이래. 하여튼 우리한테 잘해 줘요. 우리들한테도 뭐 씀씀이가 세 가지고 그렇지. 사람이 뭐 나쁘고, 그런 건 아니고. 뭐 귀공자같이 생겼어요. 인물이 잘생기고 아주 뭐 점잖아요. 고생을 몰라 가지고, 그거 뭐 맏아들로 진짜 장남으로, 장손으로, 그

래 커 가지고 우리 장인이 또 그 배 다른 이 있지만은, 배다른 동생 말고
는 그래 놓으니까, 오냐오냐 키워 가지고, 금이야 옥이야 키워 가지고, 세
상물정을 몰라요. 그래 가지고 늦게서는 고생고생 했지. 서울 와 가지고
서 다 망해 먹고, 쫄쫄 망해 먹고 그래 가지고 지하방에 이런 데 살고 그
랬어요. 딱하더라구요. 그런데 장인 어른이 나하고 대화를 해보고 나서
물어보고 나서 오케이가 된 거야. 아이고 나는 됐다. 내가 안심할 수 있
다. 됐으니까 이제 그렇게 가는 거야. 우리 애가 나이도 어리고 저 고생
을 모르고 컸으니까 이제 결혼식 할 때 뭐 해 달라 뭐 해 달라 그런 요구
가 있을지 모르니까 절대로 듣는 데만 기분 안 나쁘게 해준다 해준다 하
고 말 대답만 해 놓고 전부 하지 말고 내 맘대로 할라 하는 거에요.

[웃음] 요령까지 알려 주시고.

예. 그기 뭐 해 달라 뭐 해 달라 해도, 내 형편도 알고 뭐 직장 생활 하
고 집에 넉넉하지 않은 걸 알았는지, 어떻게 했는지 그 소리도 식구들이
반대를 했으니까 장인이 다 알겠지. 근데 장인 생각이 사람 하나가 괜찮
으면 하지. 지가 좋다 하는데 그리 생각이 들었던가 봐.

혼인날은 어디서 잡았어요?

기억이 잘 안 나네. 그냥 뭐 점 하는 데 가서 잡은 게 아니고 어느 주일
날 택해 가지고 했어요. 일요일날에, 직장 생활 하는 사람이니까. 그러니
께 어디 가서 본 것도 아니고, 서로 합의해 가지고 뭐 며칠날 하자 이래
된 거 같애요. 주례 그때 김천시 국회의원이 인제 자유당 국회의원이었
어요. 여영복 씨라고 그 사람이 주례를 봤어. 왜 그 사람이 주례를 봤는
가 하면, 공보실에 같이 있는 시장 운전기사가 그 사람하고 잘 알아요. 그

래 가지고 내가 시청에 있다고, 쉬운 게 아니고, 그 사람이 이제 시장 운전을 하니까 내가 잘 알잖아요. 내가 같이 차를 타고 다니니까. 그러면서 이 사람이 기술이 좋아 가지고 공보실에 뭐 고장이 나던지, 이러면 막 방송국에 사람이 막 고치고, 막 사진 찍는 것도 가져오면, 인제 내가 찍어다 주면 그 사람이 다 인제 뽑고 그랬어요. 이제 암실 들어가서. 그때 인제 배워 가지고 내가 했지. 난 처음에는 그거 찍을 줄만 알지 그걸 몰랐거든. 찍는 것도 사진 책을 사 가지고 배우고 연습해 가지고 인제 그리 했지. 그렇게 하다 보니까 스냅 사진을 찍어야 되니까 찍는 거지. 가만히 세워 놓고 찍는 게 아니라 움직이잖아요. 우리는 움직이는 걸 찍어야 되니까, 행사는 그런 거는 거서 배경 넣는 거, 이런 거는 머리 써 가지고 인제 어떻게 사진 찍는다고. 그걸로 찍는 게 아니잖아요. 인제 어디 서 가지고 뒷배경이 뭐가 들어가야 될지, 어디쯤 서야지 뒤의 나무가 얼마만큼 크기가 되는지, 이런 걸 다 알아 가지고 하는 거지. 보통 카메라 가진 사람은 아무 생각 없이 그냥 찍잖아요? 그래 가지고 그 사람을 주례를 세웠어요. 여영복 씨를. 사회는 누가 했는지 모르겠네. 우리 친구 중에 누가 했겠지. 신식 결혼인데 한복을 입고 했어요. 나는 양복을 했지만, 신부는 치마저고리 입었었어요.

그러니까 양복은 그때는 신부집에서 맞춰 줬나요?

예, 신부집에서 맞춰 줬어요. 우리 신부는 한복을 입었어요. 위아래 똑같은 연분홍색으로. 드레스 입어도 되는데, 우리는 한복을 입었어요. 우리 앞에서는 드레스를 입고 했는데…. 우리는 그때 옷 맞추면은 돈 많이 들어간다고 그랬는가 봐요. 지금 생각해 보니 드레스를 맞추면 한복보다 싸지.

그때는 빌리는 게 없었고?

예, 그때는 빌리는 게 없었고 사야 돼요. 드레스는 양장점에서 맞춰야 하지. 지금대로 머 웨딩숍 그런 게 있는 게 아니고. 지금 뭐 예식장에서 다 빌려 주고 하지만은…. 문화센터 사람이 하니까 맞추기 전에는 비싸서 안 했나? 지금 생각해 보니 한복을 한 거는, 어차피 한복은 한 벌 있어야 되니까, 폐백할 때 있어야 하니까. 그래서 한복을 입고 했어요. 그러고 나는 양복 입고. 문화센터가 결혼도 하고 문화행사 하는 데에요. 그러니까 요즘 말하자면 회관 정도 되는 그런 거. 시에서 운영하는 거지. 내가 시청 직원이니까 돈도 안 주고 했어요. 돈도 안 주고 했을란지도 몰라요. 다른 사람이 하면 빌리는 돈을 주는데, 직원이니까 그냥 하라고 했을지도 몰라요.

김점칠의 결혼사진. 김천문화회관. 1966. 1. 17.

결혼 피로연과 반촌의 결혼 풍습

만나 가지고 어떻게 어떻게 해 가지고 결혼식을 와서 했는데, 그래서 거서 두번째 차례로 문화센터서 결혼식을 했는데, 피로연을 우리 처갓집에서 했어요. 우리는 김천시고, 거기는 아포면이니까 시골이거든. 그러니까 재를 넘어야 돼. 그래 인제 결혼식을 마치고, 신랑 친구가 최하 나이가 삼십대니까. [웃음] 버스 하나를 대절해 가지고 부잣집이라고 소문이 났응께, 난리가 안 났겠어요? 시청 직원들도 가서 잘 얻어먹고, 거 돈 뜯어 갈라고. 그때는 가서 돈 뜯는 게 일이라요. 신부 집에 친구들이 얼마 줘요 얼마 줘요 해 가지고 받아 가지고 막.

그러니까 함을 팔러 간 거예요?

아니, 함 팔려는 친구 한 사람이 갔어요. 시청 직원이. 함 팔러 가는 게 아니고 결혼식을 마치고 피로연을….

피로연 할 때 돈 뜯어요?

예, 그때는 풍습이 그래요. 예를 들어서 신랑 친구가 열 명이면 열 명 뭐 다 있지만은 그중에서 중심 되는 친구들 있을 거 아니라요? 고등학교 친구들 중심으로 된 거. 시청 직원이 그때는 나한테는 시청 직원들이 중심이지. 열 명이 그때 친목계를 했으니까. 걔들이 부잣집에 가서 돈 뜯어야지 어디 가서 뜯었나. 돈 뜯어 가지고 가서 술 먹는다 이거지. 인제 다른 데서는, 보통 사람들한테는 그냥 술값 받아 가지고 그날 다 쓰고 마는데. 우리 처갓집이 부자라고 잔뜩 벼른 거지. 처남이 대구서 제일모직 하고, 시골서 정미소 하고 그러니까. 그래 버스를 하나 대절을 해 가지고,

뭐 아주 노인들하고 아주 어린 친구들 냅 두고 거진 다 간 거야. 그때 시청 직원이 거진 버스 한 차 정도 다야. 그때 직원이 얼마 안 되었을 때니까. 그러니 뭐 온 동네가 난리가 났지 머. 이래 먹고 나서 돈을 얼마나 뜯었는지, 우리 친구들이 우리 큰처남한테 이것도 집안이 좋지 않아 놓으니까.

어떤 식으로 돈을 뜯어요?

아, 친구들한테 가서 술 먹을 거 술값을 달라 하는 거예요. 나는 거 피로연 석에서 술 먹고 다했지만은, 나가서 한 잔 더한다고, 안 그라면 신랑을 데리고 간다 이런 식이야 말하자면. 그라면 가서 술 먹으라고 돈을 얼마씩 주는데. 예를 들어서 요새로 말하면 몇십만원은 줘야겠지. 그래도 한 뭐 여러 명씩 먹을라면은, 그런께 그게 부잣집이니까, 적어서 안 된다, 안 된다 그러지. 예를 들어서 막 한 열 배나 이십 배나 받아낸 거지. 그러니까 우리 처남이 지 가게가 있고, 잘나갈 때니까 막 그냥 주는 거지 뭐. 집어 준 거지. 그 처남댁이 그때 잘나갔거든. 이제 친정이 부자고, 또 뭐 효성대 나와 가지고 여자가 말주변이 좋아서 우리도 당해도 못해. 뭐, 우리 처남은 뭐 말썽 없고 그러길 원하고. 그래서 아마 나 결혼했을 때 돈 가져온 걸로 일 년은 먹었을 거야. 뭐 한 달에 한 번씩 곗날이고, 그래도 부자라고 소문이 나 가지고. 신랑 친구가 버스로 하나 왔다 하니까, 그런께 그때 우리 처제가 대학교 이학년이에요. 교대 그런께 지 친구들을 몇 명 데리고 왔어요. 몇 명 데리고 오고 우리 집사람 친구 해봐야 맨 밑의 동생이지. 신랑 친구들은 다 서른이 다 되었고, 이거 뭐 처제 친구들 스물하나, 뭐 우리 집사람이 스물셋에 시집을 왔으니까 스물하나지. 두 살 차이니까. 그런께 대학교 이학년 되었나 봐요. 그래도 우리 친구들이 또 그 소개해 달라고, 하나는 우리 처제한테 녹아 가지고…. 계속 우리 처제 애인 있다는데, 뭐가 대단스럽게 하지 마라 하고.

그러면 식이 끝나고 신부 집에 가서 피로연을 한 건가요?
예, 신부집에 가서 했어요. 폐백도 신부집에 가서 했고요. 아버지가 같이 가서 거서 했죠. 그런께 다른 사람들은 다 못하는데 아버지 혼자 한 거지. 예식장에서 하면 형제도 하고 다 하고 그러잖아요? 근데 인제 상가례인가 상견례인가 모르겠다. 아버지가 가는 거.

함은 어떻게 친구가 혼자 짊어졌나요? 함값 받는 풍습이 없었나요?
예, 내 친구 한 사람이 갔어요. 시청 직원 중에서. 그 당시에는 함값 받는 풍습 그런 게 없으니까 혼자 갔겠지. 안 그러면 함값 받을라고 여럿이 갔을 긴데. 함 사세요 하고 막 지금 같으면 뭐 따라갈 때는 한 발자국 떼면 돈 만원짜리, 천원짜리 막 그럴 거 아니에요? 그런 게 없었으니까 그 친구 열 명 중에 한 사람만 데리고 갔지. 예, 혼자 지고 갔어요. 아 그러니까 야가 가서 돈 뜯으라고 간 게, 우리 장인이 해보도 안 하고 서툴게 하지 마라 그래서 안 했죠. 얘가 혼자 가서 돈을 요구하기는 했어요. 그런께 큰 게 아닌께 혼자 갔겠지. 피로연 할 때는 가 가지고 돈 뜯어낼라고, 몇 시간을 막 해 가지고 돈을 받아 가지고 왔는데, 함 하는 데서는 크게 뭐 돈 받는, 약간은 있어도, 그런 게 없었던가 봐요, 지금 생각해 보면. 그러니까 한 사람이 가 가지고 영주라고 김영주라고. 함을 떼 메고 들고 가는데, 우리 장모가 "하이고, 함 하는 인물을 사람을 잘못 데리고 왔네"라고. 친구들 중에 인물을 젤 좋은 걸 데리고 가 가지고. 하여간에 야가 뭐 돈 뜯는 그런 말을 하는데, 장인어른이 함을 받아 가지고,

"에구, 해보지도 않은 놈이 서툴다" 이러면서 웃고 말았어. 뭐 차비 하라고, 그 사람 혼자 차비 하라고, 내 생각엔 돈 조금 준 거 같애. 우리 친구들이 다 쓰라고 준 건 아니고. 그런 결혼식이 되었고. 함을 가져가기는 가져갔었어, 그 시골집으로.

아까 그 피로연 때 돈 뜯는 게 그 당시는 일반적으로?

예, 일반적인 흐름이었죠. 일반적으로 다 그랬어. 어느 어느 결혼식에 가 가지고 신부 집에서 돈을 신랑 친구들이 요구를 했었어요. 그 형편대로 주는 기지. 그 집에. 신부집에 가난한데 많이 내 놓을 수 없잖아요. 인제, 그런께 요기 마치고 딴 데 가서, 시내 가서 한 잔 먹으라는 뜻이에요. 대접할라고 주는 돈이에요. 그게 인제 풍속이지. 그게 자꾸 잘못 돌아가 가지고, 막 이제 자꾸 돈을 요구하게 되는, 이래 된 거지. 와전돼 가지고.

그러니까 처음에 요구하지 않고 알아서 줬던 거예요?

예, 알아서 줬지. 처음엔 알아서 주는 거지. 알아서 신부 집에 처남이, 아부지면 아부지가 가서 술 한 잔 하라 하면 그걸 주는 거지. 그게 자꾸 지나면서, 아주 가난한 집에는 말 안 하고, 좀 살기 괜찮으면, 돈을 만약에 수표를 십만원을 주면 그거 가지고 좀만 더 내놓으라, 이것도 적네, 이렇게 흥정하는 형이지. 요새 그거하고 똑같애요. 함재비 가면 자꾸 돈 요구하는 거랑. 그런께 신랑 친구들 이차 대접한 거예요. 예, 자기 집에서 먹는 거 이외에 다른 데 가서 이제 술집에 가서 한 잔 더하라는, 대접하는 거예요. 인제, 그냥 보내기 섭섭해 가지고. 그때는 함 그런 게 잘 없었거든요. 함 가지고 그런 게 그 당시는 큰 의미가 없어요. 그냥 중신하는 사람이 가져가고 이랬거든요. 함 사세요 그런 거는 특별히 없었어요.

함 속에 뭐를 집어넣는지 기억나세요?

예, 그때 뭐 신부 옷감. 한복 옷감 그런 거. 그거야 뭐 아무렇게나 함에 넣는 거지. 함 속에 실도 넣고, 찹쌀을 넣었는가? 그런 거 좀 넣기는 넣는 거 같은데, 잘 모르겠는데. 내가 생각해 본께, 찹쌀하고 팥 같애요. 그거 넣고 실 넣고 명 기르라, 수명이 길라고 실을 한 타래 넣는 거 같애요. 함은 끈으로 어깨에다 메고 갔어요. 이렇게 메고 갔어요. 차 타고 갈 때는 가고, 집에 들어 갈 때만 메고 갔어요. 그때 택시를 타고 갔지. 버스는 뭐 오랜만에 다니니까, 뭐 모처럼 왔는데 택시를 타지. 그 당시는 택시를 많이 타고 다녔어요. 인제 어디를 가더라도. 뭐 친구 집에 뭐 부모 회갑이란 거 있으면 택시 있는 대로 대절을 해 가지고, 막 열 대고 스무 대고 막 와서, 시청에 다니는 표가 난다 뭐 이랬어요. 일부러 더 택시를 타고 가고 그랬어요. 근데 막 택시 많이 오는 거 보고 부의 상징이 되고 막.

피로연 때 무슨 의식 같은 거는 없었어요?

별것은 없었어요. 그냥 술 먹고 놀고, 뭐 신랑 신부 노래하라 하고 그런 거. 예, 피로연도 동석하면 뭐 즐겁게 노는 거지 뭐. 그때 부른 노래는 기억은 안 나는데, 내가 그때 잘 부른 노래가 뭐 있었던가? 〈대전 블루스〉 그거 불렀던 거 같애. 예, 그걸 왜 불렀나?

아니 〈대전 블루스〉는 이별의 노래인데 어떻게 결혼식장에 부르셨어요?

그런 때는 그런 것도 몰랐어요. 결혼식장에 그런 거 부르면 안 된다 뭐, 그런 것도 모르고. 내 확실히 생각이 안 나는데 그때 그게 젤 유행이 되었어요. 당시 제대할 당시에 그게 처음에 나와 가지고 막 전국적으로 최고 유행가가 되었었어요. 그러니께는 잘 있거라 그거는 안 되지만 그걸 불렀던 거 같아요. 내 생각엔 확실히 모르겠는데, 그게 젤 유행이 돼 가지고…. 노래를 많이 불러 가지고 뭣 불렀나는 생각이 안 나요. 예, 여러 곡을 불렀어요. 하여튼 뭐 수시로 막 이래 이래 하고, 제창 이래 하고 술 취해 가지고 노니까. 신부도 노래 불렀어요. 신부도 잘해요. 우리 집사람이 노래 부르는 거. 뭐 불렀는지는 생각 안 나는데, 하여튼 우리 집사람이 무슨 명곡 같은 걸 불렀어요. 무슨 명곡인지 잘 부르는 게 있는데. 내가 명곡을 잘 모르니까. 손님들은 마당에다 자리를 쫙 펴놓고, 그기 신랑 친구들이 한바탕 또…. 신랑 친구들은 예식장에 다 참여했지. 피로연할 때는 식구 중에서 아버지만 가셨지. 그러게 우리 집에 오는 사람들, 그 사람들은 주변 식당에 갔어요. 인제 그 예식장에는 우리 형님이 동네라는 데서 양화점을 하고 있어요. 그러니까 그 손님들이 많잖아요. 그라고 고 근처 식당들을 잘 아니까. 고 근처 식당을 한 집만 잡으면, 다른 사람들이 또 서운하게 생각할까 봐, 형님 사는 그 이웃이니까, 다 아는 사이니까, 그래서 그 식당을 세 군데인가 잡아서 했어요. 중국집 하나, 한식집 두 개. 그래 우리 손님들 식권을 줘 가지고 인제 거서 먹고 가게 했어요. 예, 신식으로 했어요. 우리는 뭐 왜 그랬냐 하면, 우리는 또 거기서 사 킬로를 더 가야 되지. 또 동네 잔치는 동네 잔치대로 해주고, 시내는 시내 있는 사람들은 그러하니까. 동네는 또 잔치를 했어요. 김천 시내 사람들은 그런 동네를 올 수가 없어서 시내서 하고, 동네 사람들은 우리 집에서 한 거예요. 예, 신부 오는 날 한 거예요. 신부 삼 일 있다가 왔을 때. 우리집에서 동네 사람들도 결혼식장에 오는 사람들은 거기서 식당에서 식권을 주고 먹고.

혹시, 신부 집에서 신랑을 다루거나 그런 일은 없었어요?

예, 그 당시에는 그런 다루는 게 있었는데 우리는 안 했어요. 왜 그랬는지 나는 안 했어요. 딴 집에서 막 명태를 두드리고 했어요. 발바닥 두드리는 거 난 안 했어요. 하여튼. 다른 사람 장가가는 거 하고 우리 집하고 우리 동네 장가가고 하면, 술 가져오라 하고, 뭐 들고 간다 뭐 이런 소리하고, 인제 안 그러면 노래 부르라 하고, 그때 돈 내놓으라 그런 소리는 안 해요. 예, 명태로 때리는 데도 있고, 다듬이 방망이 그걸로 때리는 집도 있고. 우리 동네는 그게 심해요. 민촌(民村)이 되어 가지고. 예, 이런 게 일반적이었는데, 나는 그런 걸 안 했어요. 여기는 반촌(班村)이 되어 가지고 안 하는가 봐요. 좀 옛날로 말하면 양반 사는 동네라서. 예를 들어서 뭐 결혼해 가지고 오는 신부들한테도 거기서는 택호를 불러요. 예, 김천댁, 뭐 선상댁, 그리 불러요. 근데 우리 동네 같은 데는 택호를 안 쓰고 '네'를 써요. 김천네, 선상네. 하하. 그게 틀려요, 부르는 게. 그게 민촌, 반촌 구분하는 거예요. 누구누구네 누구누구네 하는 거는 막 사는 동네이지. 인제 큰형수도 양반댁에서 왔는데, 시집올 때 그 하나 들고 왔어요. 몸종 하는 사람을. 예, 우리 형수가 들어올 때, 옛날에 그거도 양반 동네라 그랬어요. 그때 몸종을 데려오고 그랬었어요. 그래 가지고 한 일주일은 왔다갔을 거예요. 음 저 집안 사정을 아는 데까지 돌봐 주고. 그래서 그런지, 어쩐지 신랑 다루는 거는 난 안 했어요. 그때는 안 했어요. 어려서 그런지, 내가 나이가 많아서 안 했는지…

대개 신랑 다루는 건 누가 하나요?

시처남들은 잘 안 하고 사촌 처남, 뭐 이런 사람들이 많이 해요. 뭐 고모부 이런 사람들. 예, 사촌 처남들이, 예를 들면 거기 사람들이 주로 하더라구요. 어느 집 할 것 없이 그리고. 민촌 같은 데는 동네 청년들이 막하는 데도 있어요. 청년들이 하는 데는 막 다리가 상하고 그래요. 그런 소리를 했어요. 그거 한 집안에서는 다른 사람들이 집에를 침범 못하잖아요. 타인들은 성이 틀리면 못 가잖아요. 그런데 우리 동네 이런 데는 그냥 막 하는데, 그런 데는 자기 집안 사람들이 해요. 친척 사람들도 그쪽에 있는 사람들이 하고, 대부분 뭐 사촌, 친척들 중에서 나이가 많은 고모부, 이모부 이런 사람들이 많이 하고 그러더라구요. 외삼촌 이런 사람들.

신혼 초기의 분가 생활

시집살이는 안 하셨어요?

예, 우리는 바로 그러니까, 같이 안 살았어요. 우리는 결혼하고 한 열흘 있다가 떨어져 살았어요. 예, 큰형님이 형수가 모셨으니까. 그리고 함께 살 입장도 못 되고. 결혼하기 전에 내가, 우리 형이 집이 두 개인데 그걸 나 살라고 하나 줬어요. 근데 난 결혼하기 전에 이미 집을 샀어요. 총각 때 이십만원을 주고 내가 상가를 샀어요. 돈도 벌지 못하는데 돈을 털어가 돈에 얼마나 한이 맺혔으면. [웃음] 결혼하기 전에 집을 샀다니까요. 그때까지만 해도 결혼하기 전에 집 사 가지고 가는 사람 없어요. 부모가 안 물려주면…. 어느 정도 늦게 결혼했으니까 그게 가능했던가 봐요. 이제 월급 타는 거는 다 저축했고, 밥은 둘째 형님네서 공짜로 먹고. 방만 하나 얻어 가지고, 내가 방은 형님 쪽에 가까운 데다가 얻어 놓고 때 되면 가서 먹고. 그리고 시청에 있으니까 집에서 밥 먹을 일도 별로 없었어요. 주로 나와서 행사하는 거 다니니까. 또 술 좋아하니까, 저녁에 술먹고 밥 안 먹고. 그러니까 둘째 형수가 애먹었지. 나 수발을 드느라고 그래도. 우리 형님 집이 시청에서 한 이백 미터 거리에서 살았으니까. 그래서 인제 바로 형님이 사 놨던 집에 거서 둘이 살았어요. 살다가 장사를 시작하면서 내가 상가 샀는 데로 들어갔지. 방 있고 점포 있고 평화시장이라고. 그때 처음 살 때 이십만원 줬어요. 예, 바로 옆자리에 평화시장에 상가를 샀었어요. 방 조그마한 거 있고, 점포도 크지도 않아요. 상가니까 비싼 거예요. 가정집이었으면 이십만원 주고 샀으니까. 그래서 거서 장사를 했지. 그래 가지고 몇 년 하다가 다 떨어 먹고, 당시에 돈 칠십만원 받고 팔았다니까. 오십만원 더 받고. 결혼하고서도 시청을 한참 다녔지요. 칠 년 다녔었으니까. 그러니까 결혼할 때가 거의 초기에 다녔지요. 아주 초기는 아니라고. 그렇게 오래 안 되었었어요. 몇 년 안 되었었어요. 스물세 살부터 그래도 오래 다녔는가 봐. 내가 혁명 나고 바로 시청을 다녔거든. 혁명이 난 그 이듬해 들어갔구나. 혁명 난 이듬해. 육십이년에 그러니까, 내가 한 오월달쯤 들어갔어요. 그러니까 내가 그걸 왜 아는가 하면, 한 달 되었는데 유월 십일날 지폐교환을 했어요. 돈 그때 하도 단위가 높아 가지고, 예, 화폐 개혁이야. 단위가 하도 높아 가지고. 그때 그거를 유월 십일날 했거든. 그래서 날짜도 다 아는데. 그때 들어갔어요. 내가 시청 들어가고 한 달 있다가 화폐개혁을 했다니까 들어간 지 한 오십 일째 되었나 봐요. 오월 초에.

그 당시에는 저축한다는 게 은행에다 집어넣는 식이었나요?
그대로 주로 은행에 넣었을 거 같애요. 은행에 가서 돈을 바꿔야 돼요. 아, 한 달 했었죠. 아니, 한도가 있었지요. 액수가. 그러니까 자기 친척들 돈 가지고 넣어야 되고, 뭐 이랬지, 현찰 많은 사람은. 그런께 어떻게 생각하면 빈부의 차도 없앨라 그런 거예요. 내 생각에. 돈 많은 사람들은 다 안 바꿔 주니까.

숨겨진 돈을 끌어 낼려고 한 거 아니에요?

응응응. 그것도 그러고, 단위가 너무 높아서도 있고. 혁명 나고 그런 머리를 쓴 거 같애요. 내 생각엔. 그러니까 저 그 돈 많은 사람들 다 안 바꿔 주고. 이제 그러고 액수를 알 수 있잖아요. 그때는 현찰로 집에다 보관하는 것 빼고 은행에다 다 넣거든요.

그럼 시청에 거의 한 칠십년까지 다니신 거네요?

그렇지. 예, 내가 칠십일년도인가, 칠십년에 서울 올라왔으니까. 예, 그러니까 시청 그만두고 일이 년 있다가 서울로 올라온 거 같애요. 한 이 년 하고 잘 안 되어 가지고.

6. 양장점 실패와 고난의 시절

시청을 그만두고 나이롱 옷장사를 시작하였으나 실패함

사업 시작했는 것도, 사업이라고 할 것도 없지만은, 장사한 것도 잘 안돼 가지고, 뭐 한참 돈에 쪼달리고, 막 여기저기 돈을 끌어 대 가지고, 경험도 없이 해 가지고 시달릴 때라요. 막 이차저차 못 견뎌서 그냥, 그래도 견디고 있었어요. 빚을 다 아는 사람한테 빌렸으니까, 갚으면 되는 기고. 되는데. 참, 그런데 시에 다니면서 결혼하기 전에 내가 집을 샀어요. 시청 그만두고 한 일 년 정도가 있었던가? 하여튼 서울에를 칠십년도에 왔는가, 칠십일년도에 왔는가 그래요. 내 생각에 한 칠 년 시청에 근무한 거 같애. 예, 그건 확실히 칠 년인지 팔 년인지 모르겠어요. 그건 생각이 안 나요. 한 칠 년 이상을 한 거 같아요. 공보실에 근무하는 거는 육 년 했으니까.

사표 내고 뭐 하셨다고 하셨죠?

사표 내기 전에 시청에 다니면서 저 나이롱 샤스, 그라고[그러고] 오공오 직물소 하잖아요. 제일모직 하는 우리 처남이 실을 갖다 묶어 팔고, 우리 집사람이 그거 편물 하는 걸 했지. 편물 하는 거 하고, 요꼬기라고 하는 게 있어요. 남자들이 서서 하는 거. 편물은 여자들이 하는 기고. 그러니까 우리 집사람이 편물을 학원에 가서 배웠어요. 그걸 할라고 배워서 종업원을 들여 가지고 했지. 하면서 내가 더 크게 한다고 남자들 들여 가지고 서서 하는 거 요꼬기라는 게 있었어요. 그때 나이롱 샤스 한참 유행 되었어요. 나이롱 질기고 좋잖아요? 그러니까 그걸 사서 짜 가지고, 그 가게서도 팔고 사람들이 장사꾼들이 해 가지고 팔라고 넘겨주고 그랬지. 남자 직원 두 명, 여자 직원은 네 명, 앉아서 걔들은 편물 하고, 윗층

에서는 남자들이 요꼬 하는 거 하고. 요꼬기는 일본말이지. 그러니까 이
래 서서, 그것도 편물이나 마찬가지예요. 왔다갔다 이래 하면서, 실이 이
래 있어 가지고 짜서 내려오는 거예요.

그러니까 나이롱을 편물식으로 짰다는 거예요?

예, 나이롱을. 이제 편물 기계라 하는 거는 모직을 하는 거지. 장미실
이 그게 젤 좋은 거예요. 우리가 인제 상호가 '장미샤' 였었어요. 실이
름이 오공오하고 장미사하고 있는데, 장미가 순모 제일 비싼 거예요. 오
공오는 덜 비싼 거고. 그라고 인제 상호도 '장미샤' 예요. 그 뒤에 양장
점 하면서 핑크로 바꼈지. 계속 장미사를 했었어요. 그러니까 서울서 내
가 기술자 데리고 온 거지. 서울 와 가지고 옥수동에 가 가지고, 옥수동
맨 그거 하는 데더라고. 그러고 요꼬 짜는 데는 저 변두리 산동네, 거서
인제 그걸 하더라고. 그래 그때 우리 생질이 옥수동에 파출소 근무했었
어요. 그래 가지고 그런 게 있다 하는 걸 알고, 거 가지고 기술자 데리고
왔어요. 데리고 온 게 이 새끼가 농땡이를 부리는 거야. 부모도 없는 고
아를 데리고 하다 보니까, 맨날 술타령이나 하고, 사람이나 패고, 이 새끼
가 그래 가지고 아마 호적도 내가 만들어 줬지. 박군이라고 성씨는 아는
데 이름이 생각 안 나네. 이 새끼가 농땡이를 해서 그렇지, 근데 기술은
좋아. 물건 갖고 가서 팔아먹고, 돈을 줘도 안 하지. 지금 같으면 그런 걸
다루지만, 그 당시는 공무원 하다 보니까 맨날 퍼 주는 거만 알고, 그러다
보니까 자꾸 자본은 딸리고, 여기저기 자꾸 빌려 대고, 하다 보니까 자꾸
빚만 늘어나고, 안 되겠어서 집을 팔아 가지고 정리를 했는데도 못 다 정
리를 하고, 올라 가지고 서울 와서 벌어 가지고 몇 년 후에 다 갚았지. 맨
친구고 고모고 그런 사람한테 돈을 빌렸으니까 안 줄 수가 없잖아? 모르

는 사람이면 나한테 돈을 주지 않으니까.

그 당시에 나이롱이나 편물이 잘 나가지 않았어요?

예, 잘 나갔어요. 잘하는 사람은 잘했는데 내가 경영을 할 줄 모르니까. 직원 그런 것도 공무원 하다가 오니까 어둡잖아요? 공무원 하다가 사업해 가지고 처음에는 다 망하잖아요. 성공하는 사람이 별로 없잖아요. 지금도 그렇잖아요? 공무원 그런 거 하다가 뭐 섣불리 식당이니 뭐 손대 가지고 구십프로는 다 망하잖아요. 막 들어 먹잖아요. 그런 식이었었지. 돈에 욕심이 나 가지고 될 줄 알고, 그런 거 가지고 안 차 가지고. 그라고 마침 처남이 그걸 하고 있으니까 그걸 믿고 실을 갖다 한 거지. 안 그랬으면 처음에 수예점 하는 거, 여학생들 상대하는 거, 그걸 할라 했는데, 우리 집사람이 성격이 그런 게 맞거든. 그걸 했었으면 떨어 먹지는 안 했는 긴데. 그래 가지고 부잣집에서 컸지만, 내가 형편이 그렇다는 걸 알고, 그러니까 돈 때문에 수예점을 할라고 마음을 먹었어요. 자기도 그걸 할라고 하는데, 자기가 크면서 본 게, 편물의 길로 들어섰는데 발을 디디는 게 이제 잘못돼가, 거서 삐까닥 그런 거지.

처음 시작한 양장점 실패로 김천에서 야반도주하다

처음에 나이롱 그거 하다가 여름에 할 게 없어 가지고, 양장을 같이 시작을 했잖아요. 나이롱은 겨울에만 하고, 양장은 겨울에도 하고 여름에도 할 수 있는 거니까. 김천서 내가 양장점을 처음 시작했을 때는 우리 조카딸이 기술이 있었지. 그래서 그 기집애가 바람 피고 이래 가지고 열이 나고 그래서, 안 돼서 내가 대구 가 가지고 재단을 배웠거든. 김천은 학원

이 없으니까 대구로 가 가지고 학원에 가서 내가 배웠어요. 학원 이름이
생각이 안 나네. 한 삼 개월 배웠어요.

그 당시는 남자가 이게 양장기술 배우는 건 굉장히 드문 일인데.
거기다 나는 아주 나이가 많았잖아요. 그러니까는 육십구년도나 하여
튼 이래 가서 배운 거지. 시청을 그만두면서 바로 갔던가? 시에 다니면서
그걸 그만둘라고 맘 먹고 다녔던가? 하여튼 고 당시에 배웠어요. 아유,
갑자기 양재학원 이름이 생각이 안 나네. 매일매일 김천서 대구까지 갔
지. 그때는 기차 타고 한 두 시간 거리 되지. 어차피 그래 되고 하니까. 그
러니까 그 조카딸이 세무소 다니는 남직원하고 연애를 하고 이러니까,
얘를 믿고 옳게 가게를 해서는 안 되겠다. 내가 배워 가지고 해야겠다 해
가지고.

가게를 그렇게 비워요?
그렇지 아무래도. 출퇴근하고 연방제였으니까 그걸 못 믿겠잖아. 그
러다가 아무래도 시집가게 될까 봐. 우리 집에 오래 못 있을 것 같은 생각
이 들더라고. 그래서 내가 배워야겠다. 주인이 알아야지. 앞으로 만약 하
더라도 해야겠구나 해서, 내가 인제 양재가 뭔지도 모르고 양재학원을
가서 배우려 한 거예요. 가니까 그 선생이 박경원이라는 여선생이 임신
이 돼 가지고 있더라고. [웃음] 그러니까 그때 한참 오빠 오빠 그랬지. 인
제 내가 그러니께 배울 당시가 나이 서른네 살, 서른다섯, 여섯 됐나? 처
음에 가니까 뭐가 뭔지 모르겠어요. 몇 달 배워도 잘 모르겠더라고. 그래
서 내가 일본 재단 책을 사 갖고 연구를 해 가지고 내가 하는 방식을 바꿔
버렸어요. 다른 사람하고 나하고 틀려요. 학원에서 재단 가르치는 거는

왼쪽에, 사람으로 말하면 머리 쪽이 왼쪽으로 가서 가르치더라고요. 그런께 난 영 맘에 안 들더라고. 그래서 내가 오른쪽으로 바꿔 버렸어요. 그래서 다른 사람은 왼쪽으로 하잖아. 그런데 나는 지금도 내 혼자만 오른쪽으로 재단하고 있어요. 오른손잡이인데 오른쪽으로 일하는 게 편하잖아요? 왼쪽으로 하니 불편하더라고. 그래서 내가 어느 정도 배우고 나서 재단 방식을 오른쪽으로 바꿨다니까. 그거를 다른 사람하고 반대로 해요. 그러니까 줄 그을 때도 난 항상 왼쪽에서 오른쪽으로 긋지요.

일반적으로 그렇게 줄을 긋지 않아요?

예, 긋는 거는 그리 긋는데, 카라 같은 건 머리가 이래 가니까 영 불편하더라고. 이쪽으로 가는 게 편하더라고. 옷 만드는 건 똑같지요. 재단하는 방식만 틀린 거지. 저 위에 쪽으로 가는 거하고, 밑에 쪽으로 가는 거하고 서로 바꿔 하는 거지. [웃음] 모르겠어. 왜 그렇게 했는지. 난 그게 좋아 가지고 그래. 그래 가 가지고 삼 개월 반인가 대구에 다녔지. 김천에 무슨 그린양장점인가 하나 큰 게 생겼어요. 그런데 그 사람이 서울대 미대 이학년까지 다니다가 양장점을 한다 하더라고. 개인지도를 한다 해서 그 사람한테 가 가지고 거기 가서 한 보름을 배웠어요. 그때 그 사람 나이가 나보다는 영 적더라고. 한 삼십대? 그 사람이 남자였어요. 나이가 이십대 후반인가, 삼십대 후반인가, 그리 되겠더라고. 나이도 물어보지도 안 하고 이랬는데. 하여튼 나보다는 적더라고. 그 사람한테 개인지도를 받았어요. 한 십오 일 받았어요. 한 달 한다고 해 갖고 한 보름 하고 안 갔어요. [웃음] 왜 안 갔는지는 모르겠는데 하여튼 안 갔는데. 그래 가지고 해도 그게 되나? 안 되지. 그러니까 맨 엉터리로 옷을 하는 거지. 그당시는 엉터리로 하는 거지. 사람 들일 주변도 못 되었고, 뭐 엉터리로 한 거지. 조카딸은 인제 나갔지. 그러다가 시집을 갔는지, 시집을 안 갔는데 나갔는지, 하여튼 그러다가 그냥 나갔고. 우리 집에서 그래 가지고 옳게 되지도 안 하고 서울로 올라온 거예요.

옷이 잘못되었다고 손님이 항의하지 않았어요?

왜 많았지. 이게 무슨 옷이냐고? 많이 들었지. [웃음] 배꼽을 쥐고 손님들이 그랬지. 이게 무슨 옷이냐고. 고쳐도 안 되지. 그때는 실력이 없어 가지고 고칠 주변이나 되는가? 이제 몇 년을 스커트니 바지니 쉬운 건 하는데, 예를 들어 후레아 치마를 하러 왔어요. 그거는 지금도 기억이 나네. 후레아 치마가 뭔지 알지요? 이래 입으면 치마가 골이 잡히는 치마가 있잖아요? 여자들이 이래 골이 잡히잖아요. 이래 돌아가는 걸 후레아라 하거든. 위는 정상이고 밑에는 골이 생기지. 이걸 하면 바이어스로 재단을 해야지. 보통 스커트나 바지는 이래 가지고 하는데, 후레아 치마는 똑같이 하면 후레아가 안 나오는 거예요. 옷이 안 되는 거예요. 그런데 그건 천이 많이 들지. 바이어스라는 게 일본말인가 보다. 똑바로 가는 거는 그러지만은, 바이어스라 하는 거는 사선으로 가는 거지. 후레아는 돈다고 하는 영어 아닌가?

후리는 프리라고 뭐 편하게 입는다는 그런 뜻인가요?

예, 그런가 보네. 후레아가 하여튼 원을 돌리는 거를 말하는데, 이걸 치마를 뭐 백팔십도 해 달라, 삼백육십도 해 달라, 뭐 이백칠십도로 해 달라 이라는데, 저런 걸 몰라 가지고 거서 실수를 얼마나 했는지. 그러니까 삼백육십도는 완전히 동그란 하니 천을 이래 해 가지고 요만 뗘어 가지고 허리를 다는 거지. 허리를 잡아 입으면 이게 골이 전부 다 모다 접히는

거지. 그라면 삼백육십도 아닌겨? 이백칠십도 이래 할라 하면 동그란한
데 한 삼십도를 찢어 내 가지고 이걸 서로 모다는 거지. 그러면 이백칠십
도가 되는 거지. 요거 반을 하면 백팔십도가 되는 거지. 삼백육십도에서
반을 해 가지고 꼬매 버리면 여기 폭이 좁아지는 거지. 그 당시는 그걸 몰
랐던 거예요. 후레아 이런 걸 알았는데 천을 그리 가로 그려 놓고 해야 되
는데 그걸 몰랐던 거야. 그냥 보통 하는 거로 하니까 골이 안 잡히잖아요.
그러니까 이기 뭐냐고? 이게 무슨 후레아 치마냐고? [웃음] 이걸 못해 가
지고, [웃음] 그걸 지금 생각해도 우습네.

그래서 장사가 잘 안 된 거예요?

아마 그때는 장사를 하면 다 말아먹었을 때고. 이젠 그때도 기술만 좋
았으면 거서 금방 일어날 수가 있겠지. 그렇지만 내가 뭐 할 줄도 모르는
거 갖고, 샤스 하는 건 다 뜯어 먹었고, 그거 갖고 되도 안 했고. 그러니까
여름옷은 흩껍데기 쉬우니까 기술 안 좋아도 만들 수가 있거든요. 겨울
투피스 그런 거는 비싼 고가니까, 그리 변두리 시장 양장점에 옷 맞추러
오지도 않고, 그러니까 될 거 같아서 그걸 했는데. 그것도 안 되더라고.
그래서 장사도 안 되고, 빚도 있고, 이래서 내가 장가 가기 전에 이십만원
주고 그 가게를 샀어요. 몇 년이 지났는지 모르겠다. 삼 년이 지났는가,
오 년이 지났는가? 팔 때는 칠십오만원을 받았어요. 그걸 팔아 가지고 빚
을 다 갚았는데, 정리가 다 안 되었어요. 그것들을 다했는데도. 도저히
안 되겠어서, 낮에는 나올라 하니까 창피해서 야간에 떴지. 그러니까 발
칵 뒤집혀졌지. 공보실의 김점칠이 야간도주했다. 사업하다 망해 가지
고 시청에나 얌전히 잘 있을 것이지. 사업하다 망해서 도망갔다. 온 김천
시내가 입으로 입으로 뭐 발칵 뒤집혀졌지. 빚도 덜 갚고 막 갔다.

그때 빚이 주로 어디에 걸려 있었어요?

다 갚았고, 두 군데 걸렸어요. 못 갚고 온 게 두 집, 친구하고 큰고모하고. 그라고 실가게 외상 좀 있었고. 자존심 때문에 말 안 하고 올라왔어요. 올라오고 나서 난리가 났었지. 고모가 집에까지 찾아오고 이랬지. 전체 액수가 생각이 안 나네요. 또 그런 건 전혀 생각이 안 나지? [웃음] 친구는 인제 국민학교 때부터 같이 다녔던 친구가 있었어요. 그 친구가 생활이 여유가 있어요. 그라고 성격이 참 마음이 좋고, 그래 가지고 날 도와줬어요. 근데 그래도 젤 믿는 사람한테는 돈을 안 주고 갔어요. 내가 그 친구한테도 말도 안 하고 갔어요. 나 이래서 간다 이 소리 못하겠더라고. 가고 난 뒤 그래도 그 친구는 찾아오고 안 그랬어요. 그만큼 점잖고. 고모는 찾아와서 난리를 치고, 막 싸우고. 난리가 났었어요. 고모 대단한 여자거든. 돈놀이 하는 여자라서 대단해요. 처고모인데. 그러니까 우리 장인하고 배다른 고모인데, 돈놀이하고 이런 여자니까, 남편하고도 이혼하고 나중에 혼자 딸하고 사는데, 딸은 서독 간호원으로 갔고, 혼자 있는데 난리가 났어요. 아이고, 그래도 친구 돈은 갚았지. 이 친구가 안 받을라 해요. 됐어, 너 성공했으면 됐지. 그 친구는 나 그거 돈 없어도 산다 하면서 안 받을라 해요. 니가 오죽하면 그리 갔겠냐 그렇게 하고. 그 사람도 참 같은 시청에 다녔어요. 시청 직원이었어요. 같은 친목계고. 그런데 국민학교도 같이 다니고, 걔도 고등학교도 같이 다녔나? 걔도 국민학교 꿀렸구나. 꿀렸으니까 고등학교를 나랑 같이 다녔구나. [웃음] 김천 농고 나왔어.

이때가 그러니까 칠십년도인가요?

예. 그리 되었겠네요. 애들이 어리니까, 뭐 애들 셋이 다 애기였었지.

연년생이니까. 그러니까 애기 보는 여자애 데리고 서울 왔으니까. 서울
을 같이 왔어. 그때 애기 보는 애들이 둘 있었거든요. 그리고 밥해 먹는
사람 따로 있고. 장사라고 해 버리니까 그때는 월급을 안 주는 거예요.
그리고 얼라 보는 애가 하나는 시골애는 그 집에서 먹고 자고 했었고, 하
나는 시내 아이는 출퇴근해요. 아침에 와 가지고 우리 집에서 밥 먹고 애
보고, 저녁에 여덟시 이래 되면 그 집에 가는 거예요. 저녁 먹고 그리고
월급도 안 줬어요. 용돈 조금씩 주면 됐지. 그리고 집에 데리고 온 아이
는 기술 배울라고 왔으니까, 공장도 별로 없고 이러니까, 시골에서 먹여
만 줘도 좋고, 기술 배울라 하면 서로 황송해서 올라 그래요. 그 밥해 먹
는 식모만 돈 좀 주고. 얼라[어린애] 보는 아이들은 다 공짜예요. 그냥 용
돈만 좀 주는 거지. 얼라 보는 애들은 전부 국민학교 갓 졸업한 아이들이
열여섯 이런 애들이 갈 데가 없으니까, 중학교도 안 가고 하니까. 그리고
기술 배워 가지고, 거기서 일할라고, 양장기술 배울라고, 그래서 맨날 시
골 우리 집에 있는 아이들한테 한 소리 했고만. 그냥 집에 간다 하면, 내
가 "집에 가고 싶냐? 야, 이놈의 기집애, 그냥 가면 날 발로 차고 갈래?
때리고 갈래?" 그러면, 아저씨 그게 아니고 기술 배우고 간다 그러지.
[웃음] 그리 농담도 하고 그랬구만. 맨날 그냥 안 간다 하니까.

그러면 애 보느라고 기술 배울 시간도 없었을 거 아니에요?
그렇지. 심부름이나 하고 배울라 해도 없지. 하나 출퇴근하는 거는 하
루 종일 아이 업고 댕기고 이거를 하나, 인제 먹고 자고 하는 거는 기술도
배우고 아이도 보고 이랬어요. 시골엔 다 아는 사람들이 소개를 해줘서
데리고 있는 거지.

그 당시 밥해 먹는 사람을 식모라고 그랬어요?

예, 그땐 식모라 그랬어요. 지금은 가정부 이렇게 하지만은. 그때 열일곱을 먹은 애가 했지. 편물 하고 출퇴근 하는 아이들은 저들이 밥 먹고 도시락 싸 가지고 다니고, 뭐 먹는 애들은 머슴애들 둘, 밥 먹는 거는 그걸 다 해 먹여야 되니까. 남자 둘 중에서 한 사람은 시다바리고, 그 밑에 보조, 혼자 해도 한 오십 개씩 만드는 날이 있었어요. 위에 거만 오십 개지. 속에 입는 이런 나이롱 샤스.

그때가 나이롱이 처음으로 나왔을 때?

예, 나온 지 얼마 안 됐지. 그때 전부 다 나이롱 실이고, 옷감도 전부 다 나이롱으로 양장 짓고, 양복 짓고, 전부 나이롱 썼어요. 예, 나이롱 양말, 모직 그런 게 귀할 때니까.

여주에 잠시 살다가, 수원에서 양장점을 다시 시작함

여주에서는 얼마 안 계셨다고요?

여주서는 두 달. 시장에다 방도 있고 이런 가게집을 얻어 가지고 있었어요. 그걸 장사를 해보겠다고. 여주는 작은 도시라 장사를 하지 못했지. 이천서 선거운동 하면서 사귄 친구가, 내가 이리 돼 가지고 작업하다가 다 떨어 먹고, 고향에 못 있어서 서울쯤으로 갈라 하는데, 서울도 뭐 처음 가 봐서, 그것도 나는 갈 데가 없다 하니까, 그러면 여주로 오라, 내가 여주 시내에다가, 시장에다가 가게를 얻어 줄게. 그래 가지고 바로 여주로 가 가지고, 야간도주하고 여주로 간 거예요. 그래 가지고 여주에 방 하나 있고 뭐 이리 시장을 얻어 줘서 다 갖다가 공구 같은 거 갖다 다 놓고 도저히 인제 장사는 못하겠더라고. 김천도 적은 도시지만은 그래도 옛날로 말하면 김천은 큰 도시였었거든. 해방되고 이 년 만에 시 되었는 기라. 김천시가 굉장히 빨리 되었거든요. 그때 경북에서 시가 셋밖에 없었어요. 대구시하고 김천시, 포항시. 그러니까 그때 내가 알기로는 시가 전국에 열두 개인가 그렇게밖에 없었을 거예요. 그 포함되었으니까 상당히 빠르게 시가 된 거지. 발전이 안 돼서 그런 거지. 그런께 은근히 교육도시고, 상주, 성주, 예천, 영동 이런 데서 좀 괜찮은 아이들이 고등학교는 다 모여들었어요. 딱 김천으로 왔어요. 그러니까 그 당시에 교육도시라 그랬었어요. 구미는 그때 면이었었고, 선산군 그거는 구미면에 있었고. 그 선산 애들 다 김천으로 학교를 나와요. 저희 집이 잘살고 그러면 좀 괜찮은 아이들은 고등학교, 중학교 다 김천으로 나와요. 그러니까 은근히 교육도시거든. 여주 시장에다 방을 얻어 가지고 그냥 가가 있었지. 가게 문은 안 열었어요. 무작정 올라왔는 게 여주로 올라왔다가, 거기서 인제 두 달을 그냥 썩인 게, 수원에 우리 고등학교 동기생이 하나 목수를 하고 있었어요. 자기 자형이 미군부대 다니는데 오라 해 가지고, 거기도 취직이 안 돼 가지고. 그때 그 친구 고등학교 나와서 취직시험을 봐도 잘 안 돼 가지고 목수일을 했어요. 원래 그런 솜씨가 있어 가지고. 이 친구가 우리 처갓집의 동네 친구거든. 그 친구 때문에 우리 집사람하고 결혼을 하게 되었거든. 그러니까 굉장히 친한 친구지. 내가 그리 직장에 다니다 그리 되어 안타까워 가지고. 그리 여주로 와서 있으니까 도저히 장사를 못 벌리겠다고 하니까, 그라면 그러지 말고 지가 살고 있는 수원으로 옮겨라 그래.

여주에 한, 두 달 있었어요?

예, 두 달, 딱 두 달 있다가 그래서 서울로. 아무 일도 안 하고 두 달 동안 그냥 세만 주고 놀았어요.

그때 애들은 셋이 있었을 거 아니에요?

예, 한 살, 두 살, 세 살이든지, 안 그러면 두 살, 세 살, 네 살이든지. 그라고 인제 애기 보는 애애를 데리고 왔어요. 따라왔어요. 열두 살인가 열세 살인가 먹은 아가 우리하고 같이 왔어요. 계속 있다가 나중에 엄청 커 가지고 그 애 이모가 데리고 갔어요. 그래 인제 수원에 가게를 하나 얻어 줄게 그리로 온나. 가서 설마 양장기술 없어도 하다못해 뭘 해도 밥은 안 먹고살겠나? 좋은 데는 못 얻고 변두리에 가게 집을 하나 얻어 줄 게 있어 봐라 그래. 그게 아마 연무동일거야. 수원농고 있는 데, 변두리야. 그리고 우시장이 있어요. 소, 우시장이 있으니 변두리지. 좋은 데면 우시장이 있겠어요? 우시장 뒤에 요래 가정집 동네가 자기 집이 있어요. 고게 바로 길가 집을 얻어 줬어요. 그게 월세가 한 달에 이천오백원이에요. 그것도 가정집인데 마루가 있고, 방이 두 개가 있고 그렇더라고. 그걸 간판을 붙여 놓고 쪼매난 걸 거기서 양장점을 시작을 했지. 기술 없거나 말거나. 그게 칠십일년도지. 올라온 해니까. 시기가 그러니까 봄에 올라왔거든요. 거기는 마루에서 가게를 한 거지. 그러니까 장사가 되는 거예요. 바로 길가니까. 그 바로 앞에는 우시장이고. 그래, 되던 안 되던, 지금은 수선 하지만은, 전에 수선 그런 거는 없었으니까. 뭐 쉬운 거는 할 수 있으니까. 바지, 치마, 예를 들어서 블라우스 이런 거 홑겹데기 간단한 거는 하니까. 인제 그리 했지. 그걸 하니까 밥은 먹고살겠더라고. 뭐 있더라도 그때는 맞춤 말고는 패션 없을 당시니까. 하나를 해 입어도 와서 맞춰야 하니까. 고급 그런 사람들은 그런 걸 안 하지만은, 변두리 가난하게 사는 사람들은 싸게 하니까, 다른 데보다 뭐 삼분의 일 값이나 이래 하니까. 조금 옷이 잘못돼도 치마, 바지 이런 거는 쉬우니까 할 수 있어요. 그 거는 큰 차이가 안 나고, 약간은 차이가 나지. 아무래도 기술이 있을 때는 섬세하게 하는데, 기술이 없을 때는 섬세한 걸 모르고 했거든. 그 당시는 이러면 옷이 편하구나, 불편하구나 그런 걸 모르지. 지금은 알지만, 그 래도 당시 입을 정도는 되거든. 그런데 그 근처에 공장이 하나 있더라구요. 뭐하는 공장인지는 알 수가 없었는데, 하여간 실 만드는 공장이 있었어요. 그래 가지고 아가씨들이 한 삼십 명 정도 있어요. 걔들이 우리 집으로 다 온 거예요. 그러니까 밥은 먹고살겠더라고. 그러다 돈이 조금 생겼어요. 거기서 육 개월인가, 한 일 년인가 했지요. 그때 가게 이름을 계속 장미사로 걸었어요. 갈 때 간판을 조금만한 걸 해 가지고 갔어요. 옆으로 이래 달아 놓는 그거를 인제 가져갔어요. 그래서 그걸 그냥 갖다 붙였지. 그러니까 '장미의상실'로 붙여 놨지. 그때 실할 때는 장미사라 했는데, 인제 아가씨들이 오니까, 시골에서 온 애들, 뭐 십대 후반 이런 애들, 그래서 거기서 일 년 정도 해 가지고 조금 인제 좀 먹고살 만하고, 하여튼 밥은 먹었어요. 그래서 거기서 좀 여유가 있어서 가까운 시장으로 나갔어요. 변두리 시장인데, 이름이 뭔가 모르겠다. 연못시장인가? 도랑이 있는데, 도랑 옆으로 다 시장이에요. 그래 가지고 그게 가격이 싸거든. 네 평 정도 되는 데를 얻어 가지고 갔어요. 월세가 얼마였는지를 모르겠네. 그래 거기로 옮겨 가지고, 일도 하고 살림도 하고, 거서 식구들하고 다 살은 거지.

거기도 연무동인가요?

그것도 연무동인지 싶어. 거기서 가까우니까. 내 생각엔 동네 이름이 연무동, 아니면 뭐 매산동인가? 연무동이 아니고 그 밑을 갔는데, 동 이름이 생각이 안 나네. 고래 옮겨 가지고 장사를 했어요. 그때는 인제 기술자를 들여서 한 거예요. 인제 스무 살도 안 된 미싱하는 아이를 하나, 수원 애를 하나 들여다 했어요. 그래 가지고 나랑 둘이 했지. 나는 재단만 해주고. 그러니까 우리 집사람은 마지막에 하는 거 그런 거 하고. 몇 년 있었는가 그거는 잘 모르겠는데, 그렇게 오래 있지도 않았지. 이 년 정도 있었나 보다. 거기 나가서는 '핑크의상실'로 나갔는가 봐요. 정식으로 간판을 달고 이랬는가 봐요. 장미로 안 하고 핑크로 했어요.

수원 종로의 번화가로 진출해 제법 큰 양장점을 차림

그래서 거서 돈 벌어 가지고 이제 좀 번화한 데로 나갔어요. 수원에도 종로가 있어요. 아마 거기가 바로 종로 경찰서 밑에 가, 가게를 얻었어요. 밑에도 쓰고 이층도 쓰고 큰 가게를 얻었어요. 거기는 엄청 중심지라요. 하여튼 큰길가에다가, 약간 번화한 데다 얻었어요. 거기서 또 벌어서 가게를 얻었겠지. 이층도 쓰고 상당히 가게가 컸었어요. 일층에서 가게하고, 이층에 방이 또 있었어요. 잠도 자고, 살림도 하고 하여튼 그런 걸 했어요. 일은 다 밑의 층에서 했고. 거기서 손님도 받고, 일도 하고, 그 뒤의 방도 있었고. 가게에서 바로 이층으로 올라가는 게 있었어요. 바깥에서는 올라갈 수는 없고. 이층은 창고로 쓰고 잠도 자고 그리 했어요. 일은 오르내리고 하면 불편하니까 일층에서 하고. 내가 재단을 개인지도를 시작했어요. 실력도 없으면서 일부터 해 가지고, 연구를 많이 했지요. 일본 재단하는 그런 책을 샀지요. 그림 그런 걸 보면 알고, 일본말은 어느정도는 대충 조금은 아니까. 국민학교 삼학년까지 배운 그거 가지고. 읽어 나가지는 못하지만 왠만한 거 쉬운 거는 알 수 있고. 그라고 옛날에 양장이고 모든 그런 게 일본말로 다 되어가 있잖아요. 지금 뭐 건축일하는데, 건축일 하는 책임자를 '오야' 라 하고 그렇잖아요. 지금도 그렇게 쓰고 있잖아요. 모든 게 일본 그런 걸로 되어 있잖아요. 그 자재고 뭐 공사하는 기고, 양재도 그래요. 일본서 했으니까 전부 일본말로 되어가 있었어요. 우리나라 말로 고친 지가 얼마 안 되었거든. 그러니까 그런 대로 하다 보니까, 이리저리 살다 보니까, 또 우리 둘이 사교성이 있으니까, 또 이웃 동네 사람들도 많이 알고 이러니까, 이리저리 모다 준 거지. 인제 그럭저럭 기술은 안 좋아도 손님은 많이 생겼어요.

주로 어떤 옷을 많이 만드셨어요?

그때는 인제 다 만들었죠. 기술자를 한 사람이 아니라, 몇 명 되었어요. 밑에 일하는 아이들은 한 두 명, 미싱하는 아이들은 한 세 명 정도 되었어요. 나는 재단하고 물건 해다 나르고, 우리 집사람은 손님 받고. 재단을 내가 하고, 그때 내가 미싱은 서투니까. 재담 기술자는 안 두고 내가 직접 했지. 이게 재단을 해주면, 인제 우리 제자, 그러니까 상제자, 중간제자, 마도매 이래요. 마도매는 바늘로 꼬매는 사람을 말해요. 미싱 하나에 네 명이 따라요. 인제 심부름 해주는 제자가 하나 따라요. 그게 인제 한 팀이에요. 그 당시 미싱사 밑에 네 명이 따라와요. 당시에 재단사가 해주면 상제자가 그걸 받아 가지고 미싱 할 수 있도록 만들어줘요. 심을 붙이고 카라를 그려 주고, 그러면 미싱사는 앉아서 미싱만 해요. 지금은 내가 머 이것도 하고, 저것도 하고, 다 하니까 그렇지. 그 당시에 미싱 하는 아이는 손가락 하나 까딱도 안 하고 미싱만 하고 있어요. 그러면 상제자가 옷을 안감을 떠 가지고 만들어 가지고 해줘요. 그러면 중간제자가 그 미싱 옆에 다리미 쥐고 붙어요. 미싱사가 박아 주면 그걸 뒤집어 주고, 뭐 안감도 하나 바닥에 던지면, 다려 주고, 이라는 거지.

아니, 뒤집어 준다는 게 무슨 말이에요?

음, 인제 옷 같은 거 이래 봐 가지고 미싱을 하고 이러잖아요. 그라면 이걸 다려 주고 옷을 이렇게 붙여 주면 뒤집어 가지고 그 옷을 안감하고 붙이며, 하여튼 중간 제자가 뒤집어 주고 그런 거 하는 거예요. 중간 제자가 미싱하고 붙어 가지고 하고. 거기서 하는 일을 다해 줘야 돼. 미싱사가 요거 다려 줘, 요렇게 하면 다려 주고, 요거 뒤집어 하면, 카라 같은 건 뒤집어야 되잖아. 뒤집어 가지고 속 같은 걸 이래 해 가지고 해 달라 하는 걸 중간 제자가 하는 거예요. 그라면 중간 제자가 그걸 다해 가지고 옷을 이제 꼬맬 수 있도록 만들어 줘요. 그러면 마도매 하는 아이가 그걸 잡아 가지고 전부 다 꼬매 주는 거예요. 그러면 인제 상제자가 그걸 다 잘되었나 못 되었나 검사를 해 가지고, 인제 모든 책임이 상제자한테 달린 거예요. 상제자 하는 애는 재단도 어느 정도 좀 알아야 되고, 미싱도 알아야 되고, 그러니까 상제자는 제자인데도 월급이 오히려 미싱사보다도 많은 애들이 더 많아요. 오히려 미싱사 허찮게 하는 애들보다 월급이 더 많아. 상제자는 재단도 할 줄 알고, 아주 고참이어야지 그걸 잘해 내지. 어린 애들은 못해요. 경험이 한 오륙 년씩 쌓아야 해요. 그래 가지고 한 팀이 되어 가지고 옷을 만들어 내는 거예요. 인제 큰 집에는 또 디자이너가 하나 붙지. 옛날엔 그리 다해. 그래 가지고 미싱이 두 팀이면, 종업원이 열 명씩 그래 돼야 돼. 그것도 한 열 명씩 그라면, 다 먹고 자고 하는 아이들이지. 시골 아이들이 올라와서 하니까 출퇴근 하는 아이들이 많지 않았어요. 그러니까 밥해 주는 식모가 있어야 돼요. 걔들 밥을 해줘야 되고, 그러고 자는 방이 또 있어야 되고, 출퇴근하는 아이들은 출퇴근하고. 여기서 먹고 자고 하는 아이들은 숙식 제공을 해주는 거지. 미싱하는 아이들은 다 수원 아이들이라서 출퇴근을 했고, 이제 시다, 마도매 이런 어린 애들은 시골 아이들이 올라온 거니까 다 밥을 먹여야 돼. 월급 많이 타는 애들은 다 출퇴근을 하고. 그래서 인제 거서 실력은 없어도, 그래도 배운 게 있으니까 남을 가르칠 수는 있거든요. 아무리 기술이 좋아도 뭐 배우지 않은 사람은 자기만 알지 가르치지를 못하잖아요. 그게 나는 기술은 실력이 없지만은 그래도 옛날에 공부를 배운 사람이니까 또 남을 가르칠 수가 있잖아요. 그러고 내 머리를 가지고 터득한 게 많고, 이런 게 있으니까 내가 그랬지. 그때 한 달에 백만원씩을 받고 재단을 가르쳤어요. 지금도 백만원이라 하면 큰돈인데, 그 당시로는 엄청 큰돈인가 봐. 백만원으로 알고 있는데 내가 잘못 알고 있나? 하여튼 백만원 받았는데, 그러니까 가르쳐 주는데 일 년치 월급을 받았는가 봐요. 그러니까 그때가 칠십사년도나, 뭐 칠십오년도 이래 되었겠네. 그렇게 하고 몇 년 세월이 흘렀으니까.

그 당시에 양장점을 배울려는 사람이 많았어요?

예, 이 사람들도 양장점을 하면서 이제 좀 부족하니까 배우려고 오는 거예요. 개인지도 하는 거는 석 달 작정하고 백만원을 받았으니까. 그래서 그때 백만원을 받았겠다. 예, 석달 작정을 하고, 이제 일주일에 한 두 번 오고 이라거든. 그런데 이 사람들이 보통 한 달 정도 하면 안 하거든요. 그런데 돈은 미리 받거든요. 그러니까 백만원 맞어. 다 가르쳐 주는데 백만원이니까. 그래도 그게 꽤 큰돈이에요.

쑥고개로 옮겨 장사에 실패, 다시 수원을 거쳐 부천으로

그래 가지고 내가 몇 사람을 가르쳤는데, 거기서 배우러 온 사람이 쑥고개서 양장점을 하던 사람이 하나 배우러 왔어요. 아주머니가 그래 인연이 돼 가지고, 그러지 말고 선생님 쑥고개 미군 부대 가서 장사를 해보라고 이래 되었어요. 그래 가지고 쑥고개로 내려간 거예요. 수원서 대략 몇 년 했는지는 자꾸 생각이 안 나네. 그래도 한 사 년은 안 되었겠어요? 한 세번째로 옮겼지. 돈만 벌면 자꾸 나갔는데 금방금방 옮겼어요. 그래도 한 사 년 정도는 된거 같아요. 쑥고개 간 게 대충 칠십오년쯤 되었나 봐요. 그때 가니까 미군 부대가 일부 철수를 했어요. 그래 허름한 가게에 살림을 해야 되니까 방 두 개를 넣고, 우리 그 친구가 목수니까 맨날 따라다니며 다해 줬지. 그래 가지고 했는데 영 장사가 안 되는 거예요. 수리를 다 새집으로 만들어 하니까.

수원에서도 장사 잘되었잖아요?

잘되었는데 더 잘할라고. 욕심을 내서 쑥고개 가서 미군 양색시들을 상대로 할라고. 인제 그 사람이 그리 하면 된다 해서 욕심이 나서 간 거지. 수원서도 그럭저럭 밥 먹고살고 돈이 이래 먹고살 정도는 되었었어요. 애들 뭐 어리고 이러니까. 그런데 돈 벌라고 그리 갔지. 아무래도 양색시 상대하면 인제 그거 하잖아요. 외국 여자들은 짜서 돈 못 벌어요. 외국 사람들은 우리나라 사람 반도 못 받아 먹어요. 까다로워, 검소하고. 우리나라선 양색시들이 펑펑 쓰지.

근데 왜 양색시들이 안 왔어요?

왔어요. 오기도 오고, 아니 처음 시작하니까 금방 많이는 안 오지마는 오기는 왔어요. 오기는 왔는데 미군 부대도 철수하고 간 지가 얼마 안 된 게 잘하는 양장점들이 안 많겠어요? 일류들이 단골이 잡히고. 이미 일류 양장점들이 많이 안 있겠어요? 그러니까 우리 같은 사람은 가도 잘 안 되는 거예요. 처음이고 아직 단골들이 안 잡히고, 막 보니까 길가에서 껴안고 키스하고, 이러니까 아이들 키우는 데도 그렇고, 장사는 또 어느 정도 잘되면 아이들 키우는 거는 그때 어리니까, 그렇게 생각은 안 했는데도 도저히 못 있겠더라고. 수원서는 그럭저럭 정이 들고 이랬는데 정도 안 들고 거기서는 못살 거 같아요. 그래서 장사도 몇 개월 하다가 안 했어요. 한 삼 개월인가 하고 문을 닫아 놓고 기한이 안 되었다고 돈을 내줘야지. 그래 인제 돈은 있는 건 다 거기가 꼬나박아 넣어 놓고 이제 갔잖나. 전부 짐 다 넣고, 방 두 개 만들고, 전부 다 만들었지. 헌 가게를 내 돈 들여 가지고 그래 했는데, 그래도 그런 거 아까워하면 안 되거든. 장사할 때는 과감하게 다 내버려도 할 때는 해야 되니까. 안 될 땐, 그런 거 아깝다고 붙들고 앉아 있으면 안 되거든요. 그걸 다 버리고 인제 다시 수원으로 갔어요. 수원으로 가 가지고 장사를 또 했어요. 하여튼 그 집은 아니고, 종로 그 근처 어디 얻어 가지고 한 것 같아요. 기억이 잘 안 나요. 그라고 하니까, 그전에 실공장 다니던 한 아가씨가 가발공장으로 갔어요. 그래 가지고 수원이 집이니까 수원 가게를 잘 들락거렸어요. 가발공장 갔는데도 단골이 돼 가지고, 옷을 우리 집으로 맞추러 오고 그랬어요. 그 아가씨가 김양이라고, 근데 얘가, 쑥고개 가서 돈 벌어 놓은 거 다 떨어 먹고, 여서 다시 장사할라 하니 가게 얻을 돈도 마땅치 않고, 이기 거지같이 벌어 놓은 거 다 털어 먹고 이래 돼가 있어 큰일이라 하니까, 얘가 경상도 아가씨에요, 그때 그 아가씨가 스물대여섯 살 되었어. 그러지 말고 아저씨, 자기 가발공장 있는데, 부천 약대 가발공장으로 가면 아가씨들이 수천 명 되니까, 내가 소개시켜 줄 테니까, 거기 가서 장사를 해보라고 하는 거야. 아가씨들이 그렇게 많고, 그것뿐만 아니라 다른 공장들도 여러 개 있고. 그 공장이 아가씨들이 제일 많고 다른 데도 몇 백 명씩은 있으니까, 거기 가서 장사를 해라 하는데. 자기는 아무래도 일개 공장 직원이니까 힘이 없다 이거라. 인제 남자 직원을 하나 소개시켜 줄 테니까, 경상도 출신의 무슨 기사인데 이름은 잘 모르겠다. 뭐 기계 고치고, 이런 거 하는 남자 기술자 중에 한 사람을 소개해 준다는 거야. 거기가 부천시 약대동이지요. 그때만 해도 약대동이 시골 동네였어요. 지금은 중심지가 되었지만. 우리 갔을 때는 시골이에요. 시골이니까 공장이 그 옆 변두리에 들어섰지. 여기저기 다 파편 돼서 약대 동네가 있었어요. 그러고 국민학교가 하나 있었어. 약대국민학교가. 그러니까 시골애들이 그 국민학교로 오더라고. 그러니까 그리로 오라 하는 거야. 수원이 부천이 꽤 멀죠. 버스를 타고 한참 멀죠. 그때만 해도 부천역이 아니라 소사라 했어요. 시가 되면서 부천시가 되었지. 옛날에는 거기가 소사읍이었어요. 지금은 그게 소사가 동이 되었지, 소사동. 그러게 그 역에 내리니까, 역이 조그만 하니 시골역 모양으로 그렇고, 논두렁으로 이래 나와요. 역에서 내려 가지고 논두렁 있는 데로 나오고 막 이랬어요. 그러니까 그 당시에 아주 시골 간이역이나 마찬가지죠. 지금은 그렇게 큰 부천이. 그래 역에서 내려 가지고 지명을 잘 모르니까 거서 택시를 타고 가발공장을 찾아갔지. 대우실업을 찾아갔지. 그래 가서 그 사람을 면회를 신청해 가지고 만났지. 그래 가, 이름을 모르겠는데, 김양 말고 김명자인가? 확실히 모르겠네. 걔가 소개를 해줘서 왔다 하니까, 아이고 그러시냐고, 경상도라고 얘기를 잘 들었다고, 반갑다고, 이렇게 하면서, 그래 여서 장사를 한 번 해보실라냐고? 그래 이만큼 저만큼 손해를 봐 가지고, 아가씨가 여기서 해보라 해서 왔다고. 아, 잘 오셨다고. 아가씨들 내가 많이 보내 줄 테니까, 그러면 한 번 해보시라고 그렇게. 생전 모르는 사람인데 그때만 해도 그 기술자라 하는 사람은 나이가 한 스무서너 살 되었겠어요. 그러니까 뭐 한참 동생이지. 이 아가씨는 그때 한 스물대여섯 살 되었어요. 서로 나이가 엇비슷하니. 그래 자기는 방을 얻어 놓고 있다 하더라고. 같은 집에 있으라 해서, 뭐 알았다고. 그래 방을 뭐 어디를 들어가는지, 그러니까 그 동네가 이래 있는 거 같으면, 동네를 한 이백 미터 떼어 놓고 그 대우실업 가발공장이 들어서가 있어요. 공장 끝으로 그 변두리는 다 밭이에요. 그런데 공장에서 한 이백 미터 내려와 가지고 그 돼지 키우는, 양돈 하는 데가 있었어요. 가정집이 하나 이래 있고, 마당이 있고, 그 밑은 다 돼지우리에요. 돼지를 키우면서 가정방이 두 개가 있고 사료 창고가 하나 있더라고. 집이 문이 안 터져 있고, 이쪽으로 문이 터져가 있는 거지. 그러면 마당이고 이쪽이 다 돼지우리인 거예요. 그래 가지고 이걸 터면 가게가 되잖아요? 한 백 미터에 아가씨들이 올라오는 골목이 있으니까. 그래서 그거는 처음 얻을 생각도 안 하고 무조건 그 앞에 초가집이 하나 있었어요. 가정집이 막 비가 줄줄 새고 그러는데, 그 방을 하나 달라 하니까, 두 노인네가 월세 준다고 하더라고. 둘이 살고 있는데 그래서 그 방을 하나 얻어 가지고, 거기 인제 짐을 풀어 놓고 있었죠. 거기서 몇 달을 있었죠. 몇 달 있었는 게, 거기 가게할 만한 데가 없어요. 가만히 생각해 보니까 돼지 먹이는 사람이, 그 동네서 동장을 하고 있어요. 그러니까 말하자면 유지 댁이라요. 동장을 하면서 돼지를 키우더라고. 그 사료창고 그기 얻어 가지고, 터 가지고 윈도우를 만들고, 문을 그쪽으로 내면 될 거 같더라고. 방들도 두 개 있지 이래서. 그걸 전체로 집을 다 얻으면 되겠다 싶어, 그래 인제 가서 얘기를 해 가지고, 이만큼 저만큼 옛날에 이런 걸 장사할 사람은 아닌데, 어쩌다 하다 보니 다 망해 가지고 이래 되었으니까, 좀 편리를 봐주소, 이렇게 하고. 그 당시에 그 사람이 나보다 나이가 한 댓 살 적은 거 같더라고. 그래 인제 그렇게 하니까, 말하자면 그 사람은 잘사는 사람이에요. 동장도 하고 돼지도 멕이고, 농사도 있고, 뭐 그 동네서 유지 택이라. 배운 것도 있고 그래.

7. 자식 교육과 주변의 일

부천 대우실업 가발공장 앞에서 장사를 시작해 돈을 벌음

인제 내가 거기 가서 산다 하니까, 이걸 얻어 가지고 방 두 개 쓰고, 사료 창고 뜯어 가지고 대우실업 아가씨들을 상대로 양장점을 한 번 해봤으면 좋겠다. 아, 그러면 그래라 하는 거예요. 인제 그거는 생각이 나네요. 월세 팔천을 줬어요. 보증금은 얼마 줬는지 모르겠는데, 하여튼 그때 뭐 큰돈이 없어서 보증금을 많이 안 줬을 거예요. 근데 월세를 팔천을 줬어요.

사료창고가 컸어요?

그게 엄청 크지. 말하자면 사료창고가 이쪽으로 가면서 그러니까 거기서 일도 하고, 다 하고, 방 하나는 우리가 사용하고, 방 하나는 거 애기 보는 아이하고 종업원들, 집 못 간 여자 종업원들은 거기서 자고 그랬지. 두 개 썼지. 그래 가지고 거기서 장사를 시작한 거예요. 그래 가지고 거서 각 반에 반장이 있어요. 뭐 미용 반장, 포스터 반장, 재무 반장, 무슨 반, 무슨 반, 가발 하는데 분업을 하기 때문에 있어요. 머리를 꽂는 사람, 머리 두상을 만드는 반, 머리를 심는 반이 있고, 그걸 머리를 다듬어 주는 미용반이 있고, 거기 이런 반이 한 여섯 개인가 일곱 개인가 그게 있었어요. 그런데 포스터 반 그게 제일 월급이 많아요. 뭐 하는지는 모르겠는데 그게 월급이 제일 많더라고요. 사람도 젤 많고 그 아이들이 나이도 좀 많고.

포스터는 화장하는 건가요?

하여튼 그거인가 봐요. 그게 하여튼 월급도 제일 많고, 제일 똑똑한 아이들이 거기에 다 몰려가 있더라고. 미용반 이런 데는 온 지 얼마 안 된 어린 애들이 있고 그렇더라고. 워낙 천 명이나 되어 놓으니까, 각 반에 반장이 있어요. 조장이 있고.

아유, 가발공장이 대단하네요.

그래 놓으니까, 반장들이 있잖아요. 반장 아가씨들이 서른 살씩 이래 먹고, 노처녀들이 시집 안 가고, 지 동생들 공부시키고, 인제 맨 그런 아가씨들이지. 시골서 올라와서 남동생들 공부시키고. 그런 애들이 공장서 십 년씩 있고. 걔들은 완전히 고참 언니들, 그러니까 이런 아가씨들을 우리가 다 포섭을 했지.

어떻게 포섭하셨어요?

아니, 인제 토요일마다 외출 나오고 이러잖아요. 일요일이면 자고 들어가고 이런 거든. 그라면 거기서 막 밥도 해 가지고 점심도 주고, 방 하나에 놀도록 해주고, 그리 대접을 한 거지. 그때는 옷을 맞추면 현찰로 안 맞추고 월부로 해요. 공장 아이들이 옷을 하나 맞추면 뭐 몇 달씩 끊는 거예요. 자기들 공장 돈 벌어 가지고 집에 보내 줘야 되지. 이게 한 번에 옷을 못 해 입거든요. 그러니까 그게 한 달에 한 얼마 해서 다섯 달 이래 해 가지고 해요. 오천 원 주고 맞췄으면 한 달에 천 원씩 끊고. 그때 바지 하나 이천원씩 했어요. 다른 거는 값을 모르겠는데, 바지 하나 맞추는 데 이천원, 뭐 천이백원에서 이천원 그런 사이었었어요. 그래도 집세가 팔천원인데, 그 정도면 엄청 비싼 거지.

그때는 어떤 바지들이 유행했어요?

그때는 나이롱하고, 스카이롱이라 하는 천이 유행되었어요. 예, 스카이롱 바지가 안 구겨져서. 옛날에 나왔을 때. 스카이텍스도 있었고. 뭐 이런 것도 그 당시만 해도 다 나이롱 종류고. 뭐 면 같은 게 많이 들어가질 않아 질긴 거지. 무조건 그때는 질겨야 되니까. 안 구겨지고 질기고. 그건 나이롱이 들어간 거거든. 지금도 제품 나오는 거, 안 구겨지고 막 빨아 입는 거는 그게 다 나이롱이 들어가서 그런 거예요. 고급 제품은 그리 구겨지고 그렇지. 막 빨아 입을 수 있는 그게 안 된 거예요. 지금도 나이롱이 다 들어가 가지고 그래 되는 거예요. 나이롱이 안 들어가면 구겨지고 일찍 찢어지고 이렇거든. 그러니까 옛날에 그게 한몫 했지. 한 번 하면 옷을 막 십 년도 입고 그러니까. 질겨개[질겨서] 안 떨어지고 실용적이지. 우리나라 못살 때는 한몫을 해준 거지. 나이롱이 통풍이 안 되지. 아주 통풍이 안 되지. 그게 사람한테는 안 좋은 거지. 말하자면 원료가 비닐 같은 제품 만드는 저런 거잖아요. 인제 자연섬유니 면 이런 거는, 나무 같은 데서 뽑아내 가지고 만드는 거지. 섬유가 인제 새로 나와 가지고, 모는 짐승 털 그런 데서 만드는 거지. 인제 거기서도 가게를 세 군데를 옮겼어. 그 공장 상대하면서 세 집을 옮겼다니까. 그래 가지고 인제 부천시로 옮겼지. 처음에는 그 사료공장을 뜯어 가지고 했는데 돈을 좀 벌고 나서는 조금 더 내려와 가지고 정식 건물에 괜찮은 집을 얻어 가지고 했고, 또 그걸 또 얼마에 했는지는 몰라도, 하고 나서 또 다시 상가를 지었어요. 그쪽에 인제 장사들이 되고 하니까. 거기를 또 세번째로 옮겨 가지고 장사를 했지. 그게 약대동도 있고, 그 중동도 있고. 그 경계선이에요. 예, 그 면에 중동아파트 하나 생겼잖아요? 거기서 길 위로는 약대고, 밑으로는 중동일 거예요. 거기 행정구역이 중동으로 들어갔어요. 그러니까 처음에 장사한데는 약대고, 아마 그 밑으로는 다 중동으로 들어갔을 거예요.

나머지는 동네 이름이 중동이지 싶어요. 가깝기는 요 몇백 미터 안인데.

사료창고에서는 얼마나 있었어요?

거서 얼마 있었는지는 자꾸 기억이 안 나네. 서울서도 얼마 했는지. 그게 기억이 안 나네. 하여튼 통틀어서 얼마 안 했어요. 약대에서 십 년까지는 안 했을 거고. 거기서 부천으로 나왔으니까. 어느 정도는 돈을 벌어 가지고는 이제 시내로 나왔으니까. 사료창고에서 인제 어느 정도 돈 벌어 가지고, 괜찮은 데로 나왔다니까. 약대 내에서라도 거기서 가게를 자꾸 옮겼다니까. 가만 있어 봐요. 집 샀는 게 몇년도에 샀는지 모르겠네. 그때 한참 막 건축 붐이 일어나 가지고, 정부에서 그걸 딱 사고팔고 못하도록 한 번 묶었었어요. 요 부동산을. 그때가 몇년도인지 모르겠네. 아, 맞어. 애들 셋 다 입학을 거기서 했는데. 다 약대서 했거든. 약대서 하다가 큰아가 그러니까 오학년 때 나왔으니까, 거기서 장사한 지가 한 오륙 년 되었네. 한 육 년 정도 되었는가 봐. 약대서 그거를 전체 한 게. 학교로 비유를 하니까 알겠네. 큰아이가 오학년 때 서울 미동국민학교로 전학을 왔으니까. 그러니까 한 오학년 후반쯤, 육학년 갈라고 할 당시에 학교를 미동국민학교를 옮겼거든요. 그러니까 거기서 한 지 육 년이 되었잖아요. 큰아개아이개 바로 가서 입학을 했던지, 안 그러면 한 일 년이 되었던지, 이런 거 같아요. 그러니까 거기서 육 년을 했는가 봐. 그러면서 시내에 부천 역전으로 나왔지. 그때 집도 이층집 방 여덟 개짜리 새로 짓는 거, 큰 거 가정집을 사 놓고. 지은 지 몇 년 안 되는 건데, 그걸 천오백만원 주고 샀어요. 그 근처선 제일 좋은 집이더라고. 그때 이층집 잘 없었는데. [웃음] 그러께 장사 하던 주인 처자가 자기 집에서 세 살던 사람이 큰 집을 가지고 있으니까, 아무것도 못하고 난리가 났다 하더라고. 서로 인제 친하게 되었잖아요. 우리 집사람하고, 그 여자하고 친구고. 그 주인하고 나하고도 친구고. 그 남자 주인이 어디 놓고 나왔더라고. 그 사람이 나보다 몇 살 적은데, 형님형님 이렇게 하고, 사장이라고 부르고, 그러면 그 동네 유지 택이지 말하자면. 돈도 많고 그러니까 학교도 어디서 나오고 했으니까. 이층집은 가정집만 있지. 가게는 바로 부천 북부역 있는데 세 들어 가지고 있고. 인제 양장점을 큰 걸 얻어 가지고 장사를 했지요. 양장점 이름은 계속 핑크로 갔어요. 전부 '핑크의상실', 분홍색으로 그걸 써요.

그 공장 아가씨들 얘기 좀 해주세요.

그때는 인제 미싱 하는 아가, 인제 부천 장사 잘되고 이럴 때는 그 뒤로는 아가씨가 아니고 전부 남자였었어요. 고객이라 하면 반장이라 하는거 말했잖아요. 그 사람들은 와서 맞추기도 하고, 저 반에 있는 아이들 맞추고, 돈을 안 내면 받아다 주기도 하고. 그런데 그거 말고 회사가 신진섬유라고 하나 있었어요. 섬유 만드는 공장이 좀 떨어져가 하나 있었어요. 거기는 종업원이 백 명 정도 되었어요. 여러 개가 있었는데, 거기 아가씨들이 노처녀들이 우리 집에 왔는데, 그때 우리 집사람보다도 나이가 하나 더 많은 노처녀 아가씨가 하나 있었어요. 포항 아가씨인데. 그러니까 그 오빠가 나하고 동갑이에요. 그러니까 그 아가씨가 우리 집사람보다 한 살 더 많으니까. 지금 하면 나이가 육십육이나 육십오, 그리 되었겠네요. 그러니까 그때 아주 노처녀지. 그 당시에 시집을 안 갔으니까. 우리 집사람은 아이가 셋이고, 국민학교 다닐 때니까, 그게 그 여자가 기숙사 반장 사감이야. 예, 그 여자를 막 친형제간같이 지냈어요. 그 사람을 그래 가지고 거기서는 신진섬유 아가씨들을 다 모다 준 거예요. 그 사람도 우리한테 은인이에요. 근래까지도 서로 연락하고, 지금 의정부 살고 그러는데, 거기서 늦게 결혼을 했었는데. 이름도 성도 모르겠네. 사감이라고만 맨날 불러 가지고. [웃음] 그 아가씨가 술도 먹고 막 이래 털털해. 서울서 만나면 같이 술도 먹고 맥주도 먹고 이랬어요. 늦게 시집을 갔는데도 그 남편이 또 죽었는가? 일찍 그래서 더 안 나오는가? 그래서 자기 오빠하고 나하고 동갑이라 하면서 같은 동성 김씨라 친했어요. 그 여사감이 손님을 많이 모다 줬어요. 신진섬유는 실 만드는 뭐, 아니 실 같은 거 만들었어요. 섬유인가? 옷감은 아닌데, 이름이 신진섬유라 했어. 근데 확실히 뭐 만드는지는 모르겠네. 그것도 실 그런 거 만들었지 싶어. 옷감으로 만들었으면 우리한테 갖다 주고 그랬을 텐데. 그런 게 없었는데. 옷감도 만들었을란가? 섬유니까 옷감도 만들어야 되는데, 양장재가 아니고 뭐 광목 같은 걸 했는지 하여튼, 그거 기억이 안 나네. 부천 그쪽에 공장이 많았었어요. 조그마한 오십 명, 몇 명, 그런 게 많았었어요. 근데 이게 두 개뿐이 회사 이름을 모르겠네. 신진섬유하고, 대우실업 가발하고, 에[이것밖에 모르겠네. 그 사람들 때문에 이제 일요일날 하루에 삼십 명씩, 사십 명씩 옷을 맞춰 입고, 이래 한 거예요. 계속 하루 종일 재야 돼. 토요일, 일요일 되면 막 치수를 재고, 이제 명절이고 이러면 하루에 오십 개도 들어오고 이랬어요. 애들이 추석에 서울에, 집에 갈라 하면 옷을 해야 되니까.

돈을 뜯긴 일과 당시 여공들의 어려운 생활상

그때 돈을 반짝 다 벌었는가 봐요. 그 당시 그 큰 집을 살 정도가 되었으니까. 그러니까 아는 후배들이, 이런 것들이 나한테 돈을 빌려가서, 많이 뜯기고 그랬어. 사촌 형은 이렇게 잘사는데, 왜 자가용도 안 타고 다니냐고 이러더라고. 이 정도 벌면 뭐 상류생활 해도 된다 그러대. 김천서 한 번 떨어 먹었기 때문에 검소하게 살았거든. [웃음] 그래 가지고 도의원을 했다 하는 그 친구 동생한테도 그리 내가 돈을 많이 떼였어. 이놈의 새끼가 와 가지고 돈 빌려 달라 해 가지고 빌려 줬더니, 맨 농땡이 짓 돌아댕기더니 저희 형한테도 얘기를 하니까, 그걸 어떻게 받아? 못 받았지. 적금 같은 거 많이 떼였어. 친구 동생이니까, 저희 집에 신세 지고 있었으니까 내가 믿었지. 그때 내가 알고 보니까, 순 여자 좋아하고, 막 장가갔는데도 마누라가 미장원 하는 데 돌아 가지고 맨 바람만 피운 거야. 아, 새끼가 여자를 좋아하더라고. 이것도 인창고등학교 나왔지. 그놈한테 돈을 많이 떼였어. 걔 형이 "아유, 형 왜 돈을 빌려 줬어?" "아, 그럼 멀쩡하게 와 가지고 빌려 달라 하는데, 내가 뭐 기집질하고 다니는 줄 알았나?" 동생 같은 아이니까 빌려 주지 어쩌겠어요. 그거 한 채하고 조카한테 내가 집 한 채를 떼였다니까. 백오십만원 주고 그 큰 집을 샀는데, 뜯긴 칠십만원이면 보통 집이 한 채예요. 그런데 그놈 새끼가 농땡이거든. 순 깡패고 농땡이거든. 우리 큰누님 아들인데, 그게 우리 큰누님이 이혼을 하고, 그래 가지고 우리 집에 와서 크고 이랬단 말이에요. 그래서 나보다 네 살 적은데, 내 동생보다, 외삼촌보다도 나이가 한 살 더 많아. 그래 가지고 이게 와서 무슨 장사한다고 외삼촌, 외삼촌 지랄하고. 술집을 한 번 크게 해보겠다고 지랄해서 줬더니만은 아예 돈을 받아 가지고 소식이 없어서 가 보니까, 내 돈을 해 가지고 구미로 싹 내려가고 없네. 아이, 그놈이 그 당시만 해도 좀 쪼들릴 때인데, 장사도 안 되고, 인제 붙여 나 가지고는.

그때 여공들이 할부를 하면 잘 갚았어요?

아니, 떼어먹는 애들도 많았어요. 그래 가지고 내가 돈 받으려 저 군산까지 갔었지. 결혼을 얼마 앞둔 아가씨가 비싼 오바를 해 가지고 돈을 안 내고 가고 없어요. 그래서 거기까지 내가 가니까. 지금도 우리 집에 오바가 비싸지. 최고가지 인제. 결혼을 한다 하니까 좋은 걸로 했을 거 아니라. 그래 가지고 돈도 조금을 냈는지 어쨌는지, 아유 비싼 걸 맞추면 가서 괘씸한 생각도 들고, 확실히 주소도 모르면서 막 물어서 물어서, 그때만 해도 대단했다고. 지금 같으면 그까짓 떼이고 말지, 뭐 그러는데. 물어서 물어서 그것도 또 혼자 안 가고 태권도 사범을 데리고 갔던가 싶으네. 그래 군산서 어디로 어디로 해 가지고 어째 알고 간게, 아유, 그 아버지가 무슨 국민학교 속에 있다 그래. 아, 가 보니까 집이 국민학교 안에 살고 있더라고. 예, 군산에서 얼마를 더 가는 시골이에요. 그러니까 주소만 보고 찾아갔지요. 그러니까 어느 동네인지는 알아도, 촌동네 여러 동네라서 몰라서, 뭐 버스 타는 아줌마들한테 여쭤 보고, 물어보니까 알더라고. 어떻게 되는지 어째 그게 인연이 되더라고. 시집갈 날 받아 놓고 그 집 딸인가 이렇게 하더니만 그래서 학교 내에 산다 하더라고. 버스를 타고 얼마를 더 들어가는 그게 어딘지는 모르는데. 하여튼 무슨 국민학교 가니까 사택에 살고 있더라고. 그래 학교마다 인제 청소해 주고, 뭐 그런 거 있잖아요. 거기로 가니까 그 아버지가 이놈의 기집애 죽인다고 막 난리가 났더라고. 그러니까 받으러 갔다가 보태 주고 오고 싶더라고. 그래서 두 말도 안 하고 돌아왔지. 딸은 어째 뭔가를 알았는지, 어쨌는지 그 당시에는 못 봤어요. 그래서 보지를 못했어요. 인제 아버지만 봤지. 아버지께 그런 얘기를 하니까, 자기 딸이 아니라고 할 거 아니라요? 나한테다 딸

욕을 하는데, 사는 형상을 보니까 보태 주고, 돈을 도로 주고 오고 싶더라고. 오히려 내가 차비를 주고 오고 싶더라고. 그래서 그냥 왔어요. 술이나 한 잔 먹고서. 돈 받으러 간 적이 많아요. 많이 떼어. 월부해 가지고 안 떼는 게 어딨어요? 돈 많이 떼지. 안 갚으면 떼는 거지 뭐. 월급도 받으러 가서 맨날 기다리고 있고, 도망댕기면 가서 기다려요.

어떻게 돈 받으러 월급 때면 회사로 가는 거예요?

예, 회사 앞으로. 회사가 안 들여보내 주니까, 정문 앞에 있지. 인제 돈 받을 사람이 우리뿐만 아니라, 양품점 뭐 수도 없지. 수십 명이 돈 받을라고 대기하고 있는 거지. 그니까 내가 아까도 얘기했지만 반장들 뭐 이런 처녀들을 아니까 우리는 덜 떼는 거지. 걔네들이 받아다 주고. 그렇게 갚아야 되지. 그라고 딴 데는 안 갚아도 핑크핑크의상실는 갚아라. 그래도 덜 떼도, 많이 떼지. 이건 오바 하도 액수가 크니까 내가 찾아간 거예요. 다른 옷에 비하면 가격이 한 열 배에서 열다섯 배 정도 되겠네.

당시 오바를 뭘로 만들어요?

그때도 캐시미어 같은 거 했을 거예요. 모직이 순모 이런 거. 결혼한다 하니까 얘가 좋은 거 했을 거 아니라요? 능력도 안 되면서 인제 고가품으로. 그래도 우린 시집가는 줄도 모르고 다달이 갚을 줄 알고 그걸 그렇게 해줬는데.

시집가면 그 당시엔 회사를 그만둬야 했나요?

예, 그라고 시골 아이들이니까 시집가면 고만이지. 그라고 결혼하고 갚은 아이는 한 명도 못 봤어요. 전부 서른 넘은 노처녀이지. 그러니까 사감 하는 사람은 그 당시에 아마 사십이지. 우리 집사람보다 한 살 더 많으니까 그렇게 되는 거예요. 그러니까 우리 집사람이 스물넷, 다섯에 딸을 낳았는데, 딸이 열 살이라 해도 여자가 서른다섯이나 서른여섯이나 이래 되었어요. 완전히 노처녀지. 대부분 다 동생 대학생이고, 벌어 가지고 가정에 부쳐 줘 가지고 먹여 살리고. 그 당시에 시골이 가난해 가지고 다 서울로 올라왔으니까. 자기 치장하고 뭐 그런 걸 못해요. 자기 돈 같은 거 못 모아요. 그러니까 시골에 보내 줘야 되니까, 결혼도 못하는 거지.

아이들 교육을 위해 서울에 방을 얻어서 서울 학교로 보냄

그러니까 집은 부천에 있으면서 가게만 청파동에?

가게만 그것뿐이 아니라, 서울에는 미동초등학교 다닐 때에 통학을 하다가 방을 얻어 가지고, 이제 우리 누님이 데리고 있었어요. 에, 우리 제일 큰누님이 우리 살림을 다 살아 줘서, 인제 그러면 내가 돈 떼었다 하는 게 누님 아이들이에요. 그러니까 내가 준 거예요. [웃음] 그러니까 사학년, 오학년, 육학년 때 셋 다 미동으로 옮겼어요. 근데 육학년 되면 몰리니까 오학년 후기 방학 때 이리로 옮겨, 육학년 초기부터 미동학교서 공부를 한 거지. 방은 미동학교 가까운 데에 얻었지. 우리가 부천서 장사를 하고, 서울 장사를 하고 두 개를 했어요. 양장점을 부천에는 디자이너를 하나 들여놓고 하고, 서울서 또 처음에 숙대 앞에서 한 게 아니고 서대문에서 계속했어요. 서대문에서도 한 세 번, 네 번 가게를 옮겼나? 그러다가 숙대를 갔어요. 이대 앞으로 갈라 했는데 세가 너무 비싸더라고. 숙대 거기 청파동에는 우리 집사람 친구가 거기서 살았어요. 그래서 인제 연결이 돼 가지고 그리로 간 거예요. 그 사람이 자식도 없고 신랑이 교회

장로고, 그래 가지고 그 교회 손님들 다 보내 줬어요. 정문 앞에서 한 게 아니고, 우리는 한참 내려와서 올라가는 데서 했어요. 숙대 입구 삼거리에서 숙대 올라가는 골목 있잖아요? 거기서 우리 가게는 한 백 미터 올라 갔어요. 그러니까 가게서 숙대는 한 오백 미터, 육백 미터 올라가야지. 숙대 앞에 하얀집이라고 제일 큰 안경점이 있었어요. 숙대 앞에 맨 양장점이었지. 그 당시는 거까지 내려오면서 한 집 걸러 양장점이 있었지. 자고 나면 간판 붙고, 자고 나면 양장점 간판 붙었어. 양장점이 줄창 있었어. 패션 안 사 입는다 해도 옷 맞춰야 했으니까 줄창 있었어요.

그때는 아이들이 중고등학교 다닐 때인가요?

그러니까 미동학교 다니면서 방을 얻어 가지고 둘 다 데리고 있다가, 통학이 안 돼 가지고, 부모가 없으니까 또 안 될 거 같아서 그래서 천이백만 원을 주고 전세 이층집을 큰 걸 전체로 얻었어요. 그러니까 우리 집에 도배하러 오는 사람이 왜 이걸 천이백을 주고 전세를 사냐고 말을 하고, 그 어디지? 팔팔체육관 있는데가 무슨 동네지? 서대문에서 그리 가면 천만 원만 주면 스무 평짜리 집을 사는데 집을 사 가지고 살지, 왜 천이백이나 주고 전세를 사냐? 거기서 학교까지 이백구십번 버스가 다니는데 거기서 다니지, 왜 여기서 사냐고 자꾸 나한테 그러는 거야. 그때 내가 그런 머리가 안 터져 가지고 그때 그런 걸 샀어야 되는데. 버스 타고 다니면 되는데. 그런데 우리는 뭐 그런 데 관심이 없었으니까. 식구가 없으니까 이층은 쓰지도 안 하고, 다 비어가 있고, 우리는 밑의 층밖에 안 쓰는데. 그러니까 우리는 학군이 괜찮으니까 아이들을 이쪽으로 옮긴 거예요. 학군 문제로. 머슴아들 둘이는 양재중학교로 떨어졌고, 딸애는 풍문여중으로 떨어졌어요. 그러니까 고등학교는 딸은 이화여고로 떨어졌고,

아들 하나는 인창고로 떨어지고, 작은애아이는 한성고로 떨어졌지. 그러면서 우리 집은 또 부천에 있었잖아요. 한동안 애들이 통학을 많이 했어요. 양장점을 집에서 양쪽으로 하니까, 집에서도 많이 다녔어요. 그러니까 고등학교 다닐 때도 집에서 다녔어요. 세를 안 살았었나 보다 그러니까. 작은아가 아버지 제발 부천고등학교로 옮겨 달라 하더라고.

자식에 대한 헌신과 타고난 건강 체질

작은아들이 전철 타고 다니기 힘들다고, 전세를 안 하고 다시 또 부천으로 가고 싶은가 봐. 그래 한성고등학교를 찾아갔지. 담임선생님한테 가서 얘기를 하니까, 아유 아버님 무슨 말씀을 하시냐고, 부천서 여기 올라면 하늘의 별 따기인데, 한성 올라오는데 안 된다고 딱 거절을 하더라고. 내가 너 담임이 안 된다. 그래서 거기서 졸업을 했어요. 내가 극성이지. 또 그래 부탁을 받고 미안해서 아들이 소풍을 간다 하더라고. 그냥 있으면 안 되겠다 싶어서 사과를 한 궤짝 가져가 가지고, 한성고등학교 버스 타고 갈라니까 없어. 택시를 타고 지금으로 말하면 강남 쪽에 밑에 무슨 관광진가, 유원진가가 있어. 그리 소풍을 갔다 하더라고. 하여튼 양재동이 서울 시내 끝이더라고. 거기가 끝인지 경기도인지. 그래서 택시 타고 갔지. 그때만 해도 우리 집이 잘나갔던가 봐. 무슨 산이 거기 있다 하더라고. 아이들 소풍 가는데 거기까지 택시를 타고 가는데, 택시비가 좀 많이 나왔겠어요? 거의 한성고등학교서 거기를 갔으니. 이대 가는 쪽에 그 끝에 아현동에 한성고등학교 거기 있잖아요? 그래 가지고 선생한테 가니 깜짝 놀래면서, 아버지 왜 이러시냐고. 아이들이 놀러를 가는데 사과를 갖다 놓는데, 집에 가져갈 수도 없고, 어떻게 할까 이 사람이 어쩔 줄을 몰라요. 미안해 가지고. 아이고 나도 미쳤어.

하여간 자식에 대해 열성이셨어요.

하하하 그랬어요. 대단했지. 부천에서 미동학교를 맨날 차 태워다 주고. 그거는 국민학교 사학년 때, 그거를 한 일 년을 했지.

아니, 부천 소사역에서 서울역까지 매일?

소사역에서 전철 타고 서울역에 와 가지고 거기서 학교 데려다 주고 오고 이라는 거지. 택시 탈라면 택시 타고. 아침에 안 갈 때는 소사역까지 데려다 주고, 혼자 가게 그렇게 놔두고. 그냥 내가 일해 놓고 오후에 걔들이 공부를 다 마쳐야지. 강당에서 태권도를 하거든요. 일반 수업을 다 하고 하니까. 그러면 그 시간 되면 인제 내가 가는 거지. 가게는 우리 집사람한테 맡겨 놓고. 안 그러면 일을 다해 놨으면 아침에 일찍 따라가는 거지. 그거는 꼭 그 아이를 위해서 하기보다도 나를 위해서 그런 게 더 많은 거 같아요. 심심하기도 하고, 친구도 없고, 거기 가야 학부형들하고 말벗이 되고. [웃음]

아니, 그때 제자는 안 하셨어요?

왜 했지. 새벽에 두시 세시에 일어나서 하니까. 옛날엔 더 그랬지. 옛날에는 뭐 일이 많으니까, 두시 일어나면 하는 거지. 그라면 두시부터 일을 하면 세시, 네시 해서 아홉, 열시까지 하면 내가 여덟 시간 하루 일을 다 하잖아. 하루도 안 빠지고 그러니까, 얼마든지 낮시간이 있잖아.

낮엔 노시고?

그때 손님을 우리 집사람이 받으니까. 그래 내가 피로도 풀어야 하고 해야 되는데, 친구가 있나 뭐가 있나, 아는 사람이 없으니까, 거기 가면 태권도 학부형들하고 아버지들, 엄마들하고 노닥거리고, 사범하고 얘기하고, 뭐 아이들 하는 거 구경하고, 그래서 더 간 거예요.

옛날부터 초저녁에 주무시고 새벽에 일어나 일하셨어요?

예. 하여간 고등학교 친구가 일찍 일어난다고 나를 새벽노고지리라 그러지. [웃음] 하여간 난 시계를 안 맞추어도 스스로 깨져요. 그 대신 일찍 자요. 뭐 어쩔 때는 여섯시고, 술 먹고 그러면 일곱시에 잘 때도 있고, 여덟시에 잘 때도 있고, 초저녁 텔레비 프로는 못 봐. 그러면 한시나 이렇게 잠이 깨지. 아니면 열두시나 두시나 이래 깨지. 그러면 너무 일찍 일할 수는 없으니까, 세시나 이래 돼서 시작하는 거지. 그때는 일이 많으니까. 그 당시는 매일 해도 못 당하니까. 지금은 뭐 일이 없으니까 그냥 심심하니까 하는 거지. 자구 일어나서 일을 하고 그러지. 그런 거에서 말하면 나도 대단하지. 아직까지 난 술 먹고 술국을 한 번도 안 끓여먹고, 아직까지 일어나서 '식사하세요' 이런 소리를 한 번도 들어본 적이 없어요. [웃음] 일찍 일어나니까. 소화기관이 좋은가 봐요. 그러니까 소화가 잘되니까 그러지, 소화가 안 되는 사람은, 우리 집사람 같은 사람은 소화를 못 시켜 가지고, 우리는 뭐 소화가 잘돼 가지고. 요새는 나이가 들어 가지고 소화가 잘 안 되지만은, 그 당시는 소화가 잘되는 거지. 그리고 아프지도 안 하고, 감기도 없고, 이러니까 몸살은 가끔씩 한 번 앓는 거야. 심하게 일을 그래 계속하면 한 번씩 몸살이 나는 거야. 그래서 병원에 가면 쉬라고 그래요. 인제 무리하지 말고.

옷의 유행과 기성복 등장

그러면 의상실에서 맞추고, 양품점에서 사기도 하나요?

예, 양품점. 그때는 인제 의상실도 있고, 그 좀 괜찮은 아이들은 막 사입고, 안 그런 아이들은 양품점에서 사 입었거든. 지금으로 말하면 그게 패션이지. 소위 기성복이 나왔을 때지.

기성복이 언제쯤부터 나오기 시작했어요?

기성복은 아주 옛날부터 있었고, 인제 크게 고급옷이 나오고 난 뒤, 패션이 나오고 부터 양장점이 사양길로 들어섰거든요. 그때 양품점이 있을 때는 싼 거는 양품점에 가서 사고, 다 돈 쓰는 사람은 고가품으로 양장점에 가서 맞추니까. 그 당시는 근데 패션이 생겨 가지고, 양장점보다 더 좋은 옷으로 해 가지고 백화점 같은 데로 나오니까, 그때 인제 양장점이나 양복점이 안 되기 시작한 거지. 칠십년대 말, 팔십년대 초에 와서 패션이 나왔을 거야. 아마 그러니까 그때도 장사가 잘 안 되었지. 아마 그 당시에 패션이 시작했을 거여. 패션 이름이 있었을 긴데 잘 모르겠네. [옷이] 유명한 그런 게. 인제 맞춤도 하면서, 그것도 하고, 맞추면 자기 마음대로 할 수가 없잖아요. 천도 보고 또 디자인도 어떤 걸 할지 모르는데, 해 가지고 마음에 맞을란지 안 맞을란지 모르는데. 패션에 가면 여러 색깔의 옷들이 디자인마다 쫙 있으니까, 내가 맘대로 골라서 잡을 수가 있잖아요? 양품점에는 옛날에는 그런 고급품이 없으니까, 돈 있는 사람들이 못 골라 잡았는데, 싼 거는 사지만, 인제 패션이 나오니까 여기서 맞출라 하니까 옷이 잘 나올란지 못 나올란지 뒷일을 모르잖아요. 이걸 내가 해 가지고 색깔이 맞을란지, 디자인이 맞을란지, 그리 의심이 많았는데, 백화점이라고 막 큰 매장들이 가면 만들어 놓은 고급품을 입맛대로, 막 색깔마다 디자인마다 마구 해 놨응께, 입맛대로 골라 입잖아요. 그러니까 맞추려 안 오는 거지. 돈 있는 사람들이 그쪽으로 가는 거지. 오히려 돈 없는 사람들이 맞추는 거지.

맞추는 거하고 패션하고는 그 당시에 가격은 어땠어요?

뭐 고가품은 비슷비슷했지요. 그래도 맞추는 게 고가품은 비싸기는 더 비쌌어요. 그 당시에 처음에 우리나라에서 제일 유명한 양장점이 명동에 송옥양장점이 제일 유명했는데. 예, 인제 서울에서 옷 좀 해 입었다 하는 옛날 할머니들이 송옥 모르면 그거는 아무 옷도 안 해 입은 거고. [웃음] 그게 우리나라에서 제일 유명한 양장점이었어요. 명동에서 송옥의상실이 그건 언제부터 생겼는지는 모르지. 옛날부터 있었어요. 그게 제일 유명하고 제일 이름났었어요. 그라고 나서 디자이너 이름 걸고 돈 많이 벌고 했는데. 송옥의 디자이너는 내가 안 가 봐서 여자인지는 모르겠어요. 여자인 거 같았어요. 옷 해 입는 사람이 나한테 와서 얘기하자면, 그 집 주인은 여자고, 남자 하나가 유명한 게 있었는데, 잘 알았는데 이름이 생각이 안 나네. 그 남자 이름으로 가지고 했는데, 패션도 그렇고, 의상실도 그렇고, 이제 의상실 하면서 패션을 양 가지로 한 거예요. 고급으로 의상실 크게 하던 사람들이, 다 패션하고 양 가지를 한 거예요. 인제 그래 가지고 백화점마다 다 점령을 한 거예요. 이대 앞에서 러브오거라는 게 제일 잘되었어요. 정문 앞에 있는 그게 제일 유명했어요. 뭐 그런 게 들어가는, 암튼 무슨 뜻인지는 몰라도. 그게 패션도 막 백화점마다 크게 했었어요. 러브오거가 양장점 하면서 패션으로 들어서 가지고 그기 인제 크게 했고, 앙드레 이것도 뭐 크게 해 가지고 백화점에 진출하고. 백화점에 그 사람들이 이름을 걸어 놓는 거는 그 이름 낼라고 걸어 놓는 거예요. 그 당시는 걸어 놓고서 안 팔아먹어도, 자기 양장점 와서 맞추고 이러라고. 그때는 인제 명동이 제일 유명했었지. 옷 좀 해자 그러면 다 명동 양장점으로 갔어요.

옷이 시대별로 모양이 많이 바뀌었잖아요?

많이 바뀌지. 좁아졌다가 길어졌다가 뭐 남방바지 되었다고 판타롱 되었다가. 우리 고등학교 댕길 때 나팔바지가 유행이 되었지. 그걸 여서 십삼 센티인가 십사 센티인가 제한이 돼 있어요. 그게 인제 그 멋쟁이들은 그걸 더 크게 해 가지고 맞춰 입거든. 학교서 단체로 맞출 때는 넓이가 지정되어가 있으니까 안 되지. 돈 있는 아이들이 다시 양복점에 가서 더 넓게 해 가지고 다시 맞추는 거지. 더 넓게 할라고 하니까 수선을 못하지. 좁히는 거는 해도. 그때 우리 고등학교 댕길 때 그게 유행이었어요. 나팔바지, 판타롱. 밑으로 내려오면서 딱 퍼지는 게 판타롱. 아까 앨범에서 본 친구도 십오 인치 해 가지고 선생님한테 매 맞고 그랬어요. 우리야 가난하니까 주는 대로 입었지. 십오 인치 하니까 무슨 치마 같잖아. 학교서 지정을 해주는 것도 십이 인치, 십삼 인치 정도 되겠네요. 이걸 더 크게 해 입을라고 맞춰 입는 거예요. 그러니까 위에는 교복이니까 할 수는 없고 바지만 넓어지고.

여자들 유행은요?

여자는 그때 학교에서 바지를 안 해 입었어요. 치마 입었어요. 그때는 다 주름 치마. 여자는 위에는 세라복 해가. 앞의 요쪽 면에 넥타이, 그건 여학교마다 다 그거였던 거 같아요. 여자들은 바지를 안 해 입었어요. 지금도 여학생들 바지 안 입잖아요? 여자는 그런 판타롱 없었고 남자들만 있었지. 양장점 하고 나서 언제 때 맘보가 유행했고, 뭐 맨날 넓어졌다 좁아졌다, 길어졌다 짧아졌다 (그러지). 이제 판타롱을 여자들도 막 입었잖아요. 한참 유행돼 가지고. 예, 여자들도 그때 판타롱을 많이 입었지요. 여자들은 더 넓었지. 여자들은 오히려 치마같이. 그러다 그게 한 이년 이래 가면 맘보로 들어가는 거예요. 맘보는 딱 맞는 거. 밑의 폭이 칠 인치, 육 인치로 오히려 좁아지는 거예요. 고래 입지. 몇 년 주기로 하여튼 그게 돌아갔어요. 넓어졌다가 좁아졌다가, 옷 기장도 길었다 짧았다.

부천에서는 대개 어떤 바지들이 유행했어요?

그때는 뭐 판타롱 그런 것도 아니고, 맘보도 아니고, 그냥 보통 바지 입었었어요. 치마도 그렇고. 보통은 그 당시는 십 이 인치, 구 인치로 다 한 거 같아요. 지금은 미디어가 차이가 많이 나는데, 그전에는 미디어를 길게 입었어요. 지금은 올라가다가 말잖아. 요새 애들은 요 배꼽을 보일라고 바지가 올라가다 말잖아요. 여자고 남자고. 바지 앞 부분 길이가 얼마 안 되는 거예요. 옛날에는 보통 십일, 십 이 인치 이렇게 입었었어요. 보통 남자고 여자고 그렇게 입었어요. 요즘은 팔 인치, 구 인치이래요. 요새 여자들만 아니라, 남학생들도 남자들도 젊은 사람들은 올라가다 말아요.

무슨 골반바지?

네, 이거를 골반바지라 하대. 그러니까 경험이 없으면 당신 허리가 몇 이요? 이래 하면, 만약에 삼십 인치다, 삼십이 인치다 나올 거 아니라요? 그라면 그거 수선하는 것도 이래요. 그 사람들이 얼마 입는다고 그래 하면 옷 다 버려요. 요 길이에 따라서 틀리는 거예요. 요게 짧으면 허리 둘레가 많이 먹잖아. 골반 밑에 가서 붙으니까. 그러니까 허리가 삼십이라고 삼십에 해 달라고 하면, 옷이 들어가지도 안 해요. 들어가다 말아요. 경험이 없으면 모르고. 이거 길이도 차이가 나는 거예요. 내가 바지 삼십만약에, 보통 남자들이 이 미디가 길 때 삼십팔에서 사십을 입는데, 요새 짧을 때는 사십에 입던 사람도 삼십칠이나 삼십팔이면 되는 거예요. 이게 올라가다 마니까. 이게 짧으면 더 위에까지 안 올라가잖아요. 이거는 올라가다 마니까 길 수가 없잖아요. 그런께 이기 고치는 것도 경험 없는 사람은 실컷 고치고 계속 다시 물어 줘야 돼요. 세탁소 이런 데는. [웃음] 나 삼십오 인치로 해주세요, 삼십육 인치로 해주세요. 그러면 이걸 생각 안 하고 경험없는 사람은 이런 생각이 퍼뜩 안 떠오르거든. 나도 이거 터득한 게 시간이 걸려서 터득했지. 옛날에 그렇게 생각을 안 했어요. 미디 길이 짧았다 길었다 이런 거는 없었으니까. 항상 머 그 정도로 길었으니까. 그런데 요즘 특히 여자들, 이거하고 허리하고 요기 입을 때도 이게 이십육 입는 거 하면, 요 밑에 가면 삼십 이렇게 들어가야 돼. 올라가다 마니까 골반이 중간허리지. 그러니까 이제 옷 위의 것도 차이가 나는 거예요. 지금 전부 짧게 입어요. 노인들도 이거 기장 길이를 전부 고쳐가. 노인들이 할머니들도 옛날에 긴 건 다 고쳐 입어요. 지금은 전부 짧게 입어요. 안 해 입는 바지 가져와 가지고 해 달라 해서. 많이 하면 뭐 원가 비슷하게 되었어. 맨날 뭐 싼 거 만원짜리, 이만원짜리 엄마 옷 사 주는 이런 애들이 여기 맞춤 고가를 말하면 깜짝 놀라지. 저런 거는(완성된 여자 옷을 가르치며) 공임비만 삼십만원씩 받는데. 손님이 천 가져와도 금사로 막 누비면 비싸요. 지금 여기서도 시내 가면 저런 거 한 오십만원, 육십만원 받아요. 저건 안에다 솜을 넣어 가지고 금실로 누빈 거예요. 저거는 인제 별도라 그러는데, 저거 누비는 사람은 서울 시내 기술자가 그리 흔치 않으니까. 저건 경력이 없으면 못하는 거고. 저런 건 안 하니까. 요새는 분업을 많이 하니까. 그래서 내가 맨날 자랑하잖아요. 대한민국에서 혼자 옷을 다 만들 사람 몇 사람 있는가 하면 나와 보라 해요. 분업이기 때문에, 재단하는 사람은 재단만 할 줄 알고, 미싱하는 사람은 미싱하는 거만 알고, 꼬매는 사람은 꼬매는 거만 알고, 이렇잖아요? 그러니까 혼자가 저거 다른 사람 손 하나 안 빌리고 단추까지 다 다는 사람, 그런 기술자가 누가 저걸 배우겠어요? 이걸 전문으로 혼자 다할 수 있는 장인 있으면 나와 보라 하는 거지. [웃음] 나도 이렇게라도 큰소리치면서 살아야지, 사는 맛이 나지. [웃음]

언제 적부터 미니스커트가 나오기 시작했어요?

미니스커트가 나오기는 육십년도에 나왔어요. 예, 윤복희가 육십년도에 미국서 나오면서 제일 먼저 입고 나왔을 거야. 육십몇년도인지는 모르겠는데. 칠십년대 초에 대학생들이 한창 입었지. 하여간 그때 유행은 꽤 되었는데, 윤복희가 입고 온 게 하여튼 육십년대. 내가 육십육년도에 결혼을 했으니까. 그러니까 육십육년도 안 돼서 그 사람이 입고 나왔길래, 나라가 번뜩 뒤집어졌지. 미니스커트 입고 나왔다고. 시집 안 갔을 때니까. 그러니까 학교에 칠십년대에 유행되었겠네. 윤복희 그때 나이가 스물대여섯 돼서 그거를 입고 나왔구나. 윤복희가 지금 나이가 예순하나, 예순둘 그리 되었어.

부천서는 미니스커트가 언제 유행했어요?

부천 살 때는 미니스커트가 유행 안 했어요. 그때는 그 공장지대니까 유행이 되었다 하더라도 아가씨들이 그런 건 못 입지. 옛날에만 해도 공장 다니는 시골 아이들이 얌전하고 이런께. 요새 애들이 발랑 까졌지만 그때만 해도 공장 아가씨들이 주로 바지 입었었어요. 예, 그 공장 아가씨들은 일하고 활동하는 데에 주로 바지를 입어요. 아마 열 명 맞추면 바지 열 개, 치마 하나 하거나, 출입복 하는 거만 위 아래로 치마 정장으로 하지. 막 입는 거는 바지를 다했어요. 그런데는 바지가 많이 필요하게 되지. 출입복만 치마 그런 거를 투피스로 해 놓으면, 어디 나갈 때만 한 번씩 입으니까. 여자들은 그땐 다 바지를 했어요. 여자들은. 그러니까 여자들이니까 다 의상실로 오지. 양장점에서도 사지만. 전부 블라우스 맞추지. 블라우스도 있고 뭐 바지 맞추고. 치마, 바지에도 여러가지 종류가 있는데, 벨트 달고 하는 거 벨트 바지 있잖아요? 롱벨트 바지 이런 거. 그 전에는 허리 없는 바지를 많이 입었어요. 벨트 없이 하는 거, 노 벨트 하는 거 그걸 많이 입었어요. 거기 고무줄 같은 거 안 넣고, 허리에 딱 맞춰 가지고 입지. 그라고 공장 아가씨들은 맞추면 주름치마를 많이 맞춰요. 편안해야 되니까. 타이트니, 미니 이런 거는 잘 안 맞춰요. 타이트는 딱 들어오게 맞춘 거. 공장에 일하는 아이들은 편안해야 되니까 주름이 많이 들어간 주름 스커트을 많이 입어요. 정장으로 여름에 주로 원피스 많이 입고. 여름에 제일 많이 더우니까.

천은 무엇을 사용했나요?

그때 유행이 지나기는 해도, 깔깔이라 하는 게 그때 막 고급품이었어요. 지금은 안감으로 쓰는데. [웃음] 옛날엔 고급품이야. 이거를 가지고 멋쟁이들이 겉옷으로 제일 많이 해 입었어요. 그전에 시청 여직원들도 돈 좀, 멋 좀 즐기는 거는 이 천을 가지고 원피스를 해 입었어요. 이거 다 비치는 거. 이걸 깔깔이라 하는 건데, 그걸 시대가 지나 가지고 안감으로 하는 거예요. 그 당시 제일 고급옷이지. 저거를 옛날에는 돈 있는 사람이 맞춰 입었다니까. [웃음] 생각나는 게 지금 다른 거, 모직 이런 거는 잘 모르겠고. 기억 나는 게 저거하고, 아까 스카이텍스 얘기했죠? 그게 그때 유행되었어. 스카이텍스라는 게 남자고 여자고 그거를 바지를 많이 해입은 거예요. 그때 스카이텍스하고, 그리고 스카이텍스가 이중으로 된 게 있었어요. 스카이텍스 그게 많이 유행되었어요. 그건 뭐 십 년 동안 계속 그걸 해 입었어요. 그게 모도 섞였고, 별로 구겨지지도 안 하고 그랬어요. 그러니까 그걸 많이 선호했었어요. 이거는 인제 나일롱이 별로 안 섞이고, 자연섬유에다가 모가 섞이고 이러면서 나이롱이 조금 섞이던지. 팔 프로 십 프로 이래 섞인 거. 구김이 안 가기 위해서 인제 넣은 거지. 그러니까 그 당시에 이게 고급품도 사용했고, 없는 사람도 입었고, 이게 제일 많이 선호했어요. 인제 남자도 아마 이거 바지 안 입은 사람이 없었을 거고, 여자도 이 옷을 안 입은 사람이 없어요. 지금도 제일모직에서 나온 십호 이중직으로 하는 그게, 아마 한 마에 육만원 칠만원 할 거예요. 비싸요. 지금도 나와요. 그거를 남자 바지로 지금도 해 입으면 뭐 최고 좋아요. 겨울 뜨뜻하고. 그 기지가 샘플이 있지 싶은데. 정리 잘 안 하는데, 혹시 갖다 놓으지 싶어. 없네. 그리고 마도 유행이 되었잖아요. 마제품. 요새는 하도 많아서 말도 못하고. 좋은 천이 속옷까지 나오니까.

본인이 무슨 천으로 해 달라고 요구를 해요?

아니, 우리들은 맞춤을 하면 이게 천을 다 못 갖다 놓잖아요. 그러면 좀 괜찮게 장사를 할 때는 이런 거 취급을 하는 게, 전부 수입품을 주로 취급하는 거예요. 그래야 돈을 벌거든. 한때 우리나라 사람들이 가난하게 살다가 조금 살게 되니까, 이제 뭐 외제를 입고 이러면 큰 벼슬 했는 거 같이 여자들이 그럴 때가 있어요. 요새는 그게 지났으니까. 아무도 뭐 명품 입었다 자랑하는 사람도 없고, 명품 입었다고 아따 그 사람 좋은 거 입었다 하는 사람도 별로 없잖아요. 한 십 년, 이십 년 전에만 해도, 뭐 외제 하나 입었다 그러면, 큰 부잣집 마님 되는 거하고 같은 거예요. 으시대는 그런 시대니까. 돈을 벌라면 외제를 갖다 놔야 돼요. 이제 일제, 이태리제, 이런 거 갖다 놓고 해야지. 왜 그거를 선호를 하는가 하면, 우리 한국에서 옷감이 나오면 양장점, 양복점들이 집집마다 다 있잖아요. 근데 외제는 그렇게 집집마다 있을 수가 없잖아요. 조금씩 갖다가 취급을 하니까. 자기 혼자만 입었다고 볼 수가 있으니까. 돈 있는 여자들이 그걸 선호를 하는 거예요. 그라면 그거는 예를 들어서 이런 옷이 한 벌에 삼십만원 하는 거 같으면, 그거는 한 육십만원, 백만원 막 해요. 옛날에 옷값을 보통 백만원씩 받아 먹었어. 지금은 더 싸졌지. 그러니까 그때는 양장점이 돈을 막 깔아. 머리만 잘 썼으면 돈 무지 벌었을 거야. 나도 일 들어오면 재단사도 들어서 하고, 태권도 학부형들 상대했으면 경영 방법을 몰라 가지고 내가 못 벌었지. 그때는 왜 돈을 벌 수가 있었냐면 결혼식 하는 사람들이 전부 양장점 와서 맞추니까. 예를 들어서 그때 고급으로 일류 기술자들을 데리고 있어야 되는데, 그때만 해도 우리는 기술이 시원찮으니까 고급 손님을 못 받잖아요. 그라면 그 당시에 일류 재단사하고, 일류 디자이너 이런 거를 들여다 놓고 내가 경영만 잘했으면, 외제 갖다 놓고 했으면, 그 결혼식 손님만 받아도, 뭐 아는 사람이 많으니까 주일날 되면 하루에 수십 명씩 맞출 수가 있으면 그냥 부르는 게 값이잖아요? 예복 같은 거는 한 벌에 이십만원 하는 거 같으면 오십만원, 육십만원 불러. 왜 그렇게 부르지 않으면 안 되냐 하면, 싸게 부르면 나쁜 기지로 알기 때문에 값을 싸게 부를 수가 없어. 예를 들어서 막 돈 좀 있고, 이래 졸부들이 있으면, 이거는 얼마니, 얼마니 이십만원이다 삼십만원이다, 예를 들어서 지금보다도 그때는 더 고가였었어요. 요새는 비싸게 못 받지만은, 그때는 벡만원 밑에는 잘 없어요. 옛날에 옷 맞췄다 그러면, 고급 손님도 오면, 그라면 인제 이거 (보다) 더 좋은 거 없나 하면, 더 좋은 거 갖다 드릴게요, 하잖아요. 그러면은 싼 걸 가져다 놔요. 있기는 있는데 좀 비싸 가지고, 그라면 그걸 비싸도 그걸 해 달라 하는 거야. 원칙으로 하면, 더 싼 거인데도. 이제 자꾸 손님이 고가를 찾으니까, 좋은 걸 찾으니까, 없으니까, 그러면 이건 어떻겠냐? 있기는 있는데 값이 좀 비싸서 권하기가 좀 뭐라 하다고 그래. 인제 아 괜찮다고 그라면 그게 낙찰이 되는 거지. 그래 숙대 앞에서 할 때도 한참 세일을 많이 했는데, 세일할 때도 그때는 이제 막 제품 나오고 이랬었는데, 매 한 달에 두 번씩 세 번씩 세일을 하면 막 사람들이 들어와서 샀어. 세일 가격을 이만원, 삼만원 이래 붙여 놓으면, 한 일주일 돼도 안 팔리는 옷이 있어요. 그라면 만원 붙여 놓은 걸 삼만원 붙여 놓으면, 그 다음에 잘 팔려요. 그러니까 싸다고 되는 게 아니에요. 싸면 점점 더 싸구려 집만 취급이 되는 거지. 양장점은 고가여야 돼요.

숙대 앞에서 장사하신 때가 몇 년쯤이었어요?

숙대 앞에서 할 때는 우리 아가 고등학교 댕길 때네. 고등학교 삼학년이면 나이가 몇이지? 이학년인가 삼학년인가? 그때 그 들어갔는데. 그때 인제 우리 기집애가 공부를 안 해 가지고, 막 연예 이런 데 소질 있어서, 우리 집에 단골로 오는 숙대 교수가 음대 교수가 우리 집에 와서 계속 드레스를 맞추는 사람이 하나 있었어요. 노처녀인데. 이 사람이 음대 피아노 교수더라고. 내가 저놈이 어릴 땐 잘했는데, 공부를 안 해 가지고, 고등학교 다니니까, 대학 가기가 힘들어졌는데 좋은 학교는 보내고 싶고. 서울대학 국악 계통에 갈 수가 있겠는가? 그라니 국악을 가르쳐 가지고 해보라 하는 거야. 뭐 그거는 점수는 크게 안 많아도 되니까. 그래도 하면 이학년이니까 늦은 거 같아서 내가 망설이다가 말았어요. 얘가 그런데 소질이 있거든요. 이런 계통으로 노래하는 데 여러가지로 소질이 있어서. 국악을 하나 가르쳐 가지고 하여튼 서울대를 해 가지고 안 되면, 이대라도 보낼 수 있겠다 싶어 가지고 그 교수가 우리 딸을 많이 가르쳐 줬어요. 그 교수가 연주할 때마다 우리 집에 와서 드레스를 맞췄어요. 그 사람이 연주할 때마다 내가 드레스를 해줬어요. 그 사람이 그때 결혼을 안 했더라고. 우리 가게 하는 주인도 숙대 교수였었어요. 여자분이 나이가 많았고. 주인은 뭐 집 수선하라, 뭐 하라 지랄을 했었고, 꼴보기 싫어서 다른 데로 옮겼다니까. 교수라 하는 게 무슨 교수인지도 모르겠다. 그때 나이가 엄청 먹어서 사십 넘었던 거 같은데. 남자도 교수던가? 다른 걸 하던가 하여튼. 예, 교수가 여자더라고. 이거는 주인이 말하면 집사람이 한 일주일 동안 싹 아프고, 거품 물고 쓰러진다니까. 사람 죽이겠다 싶어서 내가 다른 데로 옮겼다니까. 우리 아들 그때 고등학교 댕기고, 그때 장사가 안 돼 가지고 막 고전할 때였었어. 그때는 애들 공부시키는 것도, 전부 부천에 있는 집 방이 여덟 개니까, 방세 해 가지고, 전세 올려 가지고 일 년 쓰고 그랬어요. 그것도 방이 여덟 개니까, 우리는 두 개밖에 안 썼다니까.

재테크에 무관심해 돈을 모으지 못함

양장점은 어느 계절이 특별히 바빠요?

하여튼 그전에는 항상 바빠요. 계절 그런 것도 없어요. 그때 잘될 때는 여름 옷 하면 봄 옷 하고, 봄 지나면 여름 옷 하고, 지나면 가을 옷 하고, 가을 지나면 겨울 옷 하고, 하니까 놀 여가가 없어요. 그 당시 맞춰 입을 때는 계속 일을 하는 거야. 일 년 열두 달. 그러니까 그때 아이들 기를 때 돈을 많이 벌었지. 뭐 건축 재테크 알았으면 지금 집 열 채는 되었을 거야. 싼 집 그런 거 하나씩 사 놓고 그런 거를 몰랐어요. 그냥 막 벌어 가지고 쓰고만 다니고 이랬어요. 나이 많아 가지고 또 집 사 가지고 모을 이런 생각을 안 해봤어요. 그냥 젤 살기 좋은 데, 편리한 데, 바로 전철이 가까워야 되고, 이런 데 얻어 가지고 살지. 그 당시에 뭐 돈이 될 만한 데 이런 생각을 한 번도 해본 적이 없어요. 지금 같으면 그렇게 했을 거 같은데. 그때 그런 생각을 안 해봤어요.

땅을 사셨으면 갑부가 되셨겠네요?

예, 그런 건 말도 못하지. 그때 안 그래도 소사에 있을 때 부천에 있을 때, 수원에 땅 사 놓으라 해서 친구랑 갔었어요. 가 가지고 백구 평 땅을 이백만원에 사게 되었어요. 바로 그때만 해도 수원시에 변두리니까, 거기 면 자리인데 시로 편입이 되었는데, 뭐 시골 장터이더라고. 거기가 서울 쪽에 가깝고 그래서 살라고 갔는데.

부천에 이층집을 사기 전이에요?

예, 사기 전에 얘기지. 그때 보건전문대인가 있더라고. 동남보건전문대. 거기 집을 사던지 땅을 사던지 할라 하는데, 땅이 좋은 게 상가 점포

지을 땅이 하나 나왔어. 그런데 자기 아버지가 작은마누라랑 바람을 펴서 아들이 판다 이렇더라고. 그래서 그게 이백만원 달라 해요. 그거 평수가 백구 평인데. 그 사람 직업이 전매청에 운전수에요. 그래서 낮에는 시간이 없고, 천상 아침에 출근하기 전에 계약이 된다 하더라고. 그라고 거기 친구집도 있고 그런데. 그 수원 여관에서 잤으면 되는데. 계약금을 가지고 간게 내일 아침에 된다 해서 집으로 왔어요. 부천에 오니까 자고 나서는 내가 마음이 바뀐 거예요. 에이, 무슨 땅을 살라 했나. 그거 사 놨으면 진짜 지금 몇십억짜리가 되는 건지 모른다. 수원 한복판인데. 그런데 우리 손위 처남이 나보다 세 살이나 적은데 손위에야. 인제 서로 벗 해요. 뭐 하다 잘 안 돼서, 택시 하나 살라 하는데 돈 빌려 달라고 왔어. 택시 운전을 할라 하는데 돈이 좀 모자라다고. 그러니까 내가 땅 살라고 계약금 받아 놓은 거를 은행에 넣어 놨는데 이거 가지고 가라 줘 버리고 그라고 안 샀어요. 그게 안 될라는가 봐요. 그때 계약을 하고 왔었으면 거기다가 상가를 지어 놨으면 세나 받아 먹고 앉아 있으면 되는데. 그런께 안 돼요. 그래 가지고 그 친구는 택시를 사 가지고 돈벌이를 했지. 그 친구가 나중에 갚았지. 부잣집 아들이니까 안 갚을라 하면 땅이라도 달라 하지. 그러고 나서 집 산 거는 그 뒤의 일이에요. 그 다음에도 서울 신대방에다 집을 샀어요. 그때 내가 집장사를 해 가지고 그래도 세 번을 사고 팔고 해서 돈을 많이 벌었다니까. 그때 한참 건축붐이 일어났어요. 하룻밤 자고 나면 몇천만원씩 뛰어 올랐어요. 지금 강남 아파트 뛰어오르는 모양으로. 그런 시기가 있었어요. 칠십년도 후반인가, 팔십년도 그래서 정부에서 그걸 딱 묶은 거예요. 지금으로 말하면 거래를 못하게. 그래서 그 뒤는 사고팔고 못한 거예요. 그러니까 신대방에다 육백팔십만원을 주고 전체

땅 하나를 샀어요. 신대방 새로 지은 새집을, 그것도 또 안 될라고 상가가 하나 이래 있었는데, 다 찌그러져 가는 점포가 두 개 있고, 방도 여러 개 있었는데. 그걸 살라 그러니까 그 뭐라 하지, 예전에 도의원 하던 그 아이가 서울 와서 할 게 없어 가지고 복덕방을 한 거야. 데리고 와서 내가 보여줬네. 보여주니까 이기 또 부잣집에서 큰 새끼가 되어 가지고, 재테크 그건 생각도 안 하고, 새집 좋은 걸 사지, 그런 다 찌그러져 가는 걸 사냐고, 이렇게 하는 거야. [웃음] 그걸 샀으면 점포가 또 되는데. 들어가기 전에 거기가 방이 많으니까 세를 받을 수가 있었는데. 신대방에 왜 집을 사러 갔는가 하면 수원에서 서울 물건을 받잖아. 거기 공장이 많더라고. 그래서 거기서 장사를 할라고 가정집을 하나 살라고 한 거야. 사러 갔는데 이 친구가 복덕방 한다고 해서 들여다 보여주니까 이런 거 사면 뭐하냐고 새집 짓는 거 번듯한 걸 사라는 거야. 나 또 그걸 듣고 새집을 샀대이. 반대로 그걸 샀으면. 병신 짓만 계속한 거야. 그래 가지고 새집을 샀는데, 가니까 지하에 물이 들어와 안 좋은 거야. 그래서 팔라고 내놨지. 내놓으니까 내가 딴 사람한테 팔려 하니까. 내가 파는 사람이 아니고 그 사람들하고 개하고 계약을 한 거야. 내가 팔라고 다른 사람한테 등기를 넘기기 전에 다른 사람한테 되판 거야. 복덕방에서 그리 했지. 그러니까 나는 에이(A)라는 사람한테 주고 등기를 받아야 하는데, 비(B)라는 사람한테 등기를 받았다니까. 그 중간에 저들이 얼마를 받아 먹고 올라간 거지. 난 육백팔십만원 줬는데 거기서는 칠백팔십만원 이래 받은 거지. 근데 뭐 나는 내 돈 받으면 그만이지. 그거는 원망할 것도 아니고. 그래 가지고 내가 부천에 와서 집을 또 바로 샀지. 샀는데 그게 잘못 샀어. 그래서 그걸 얼마 더 받고 팔았지. 그러니까 육백팔십만원에서 그런께 집 두 번 세 번 팔아 가지고 천오백이 되었으니까 배를 벌은 거지. 육백팔십도 내가 돈을 다 있은 건 아니지. 왜냐면 그 집 전체의 전세를 떠 안고 샀으니까. 그때 내 현금이 사백만원 있었어. 집 몇 번 사고팔고 이래 가지고 천오백짜리를 샀으니까는. 그걸 벌어 가지고 산 게 아니고 한 일 년 사이에 그러니까 지금대로 하루면 막 뛰어올라요. 뛰어올랐지. 그런데 그게 딱 묶인 거야. 그 뒤에 사고팔고 못하게. 그런데 그 집을 샀다 하는 게, 이층집이 있는데, 소방도로가 있더라고. 그 당시만 해도 그걸 그린벨트로 묶어 놨어. 도시를 발전시킬라고 그린벨트부터 먼저 묶어야 돼요. 무슨 말인지 알겠어요? 요 조그만한 부천시가 있으면 이 시를 인제 오만 인구인데, 한 오 년, 십 년을 내다보고 오십만 인구를 만들 생각을 하면, 정부에서 그러던지, 시에서 그러던지 그 중간에 요지를 그린벨트로 딱 묶어놔 버려요. 그린벨트를 집을 못 짓게. 다른 데 변두리 다 발전되고 난 후에 그걸 풀어 놓는 거예요. 무슨 말인지 이해가 되죠? 그러니까 부천역에서 그 한 십 분 거리밖에 안 되는데, 그린벨트를 딱 묶여 놓은 거예요. 도랑 있는 길이 소방도로가 있는데, 밭도 있고 이런 걸 집을 못 짓게 만들어 놓은 거예요. 딱 그 앞에다가 땅을 샀어요. 이층집 살 때 그라면 틀림없이 아파트가 들어설 거 같아서 그때는 그런 걸 좀 알았던가 봐. 그거를 사 놓으면 아파트가 들어서면 상가가 되겠더라고. 이층집이랑 그 밑의 집에는 십일 미터 도로가 있으니까. 그런데 그게 아파트가 안 들어서고 도로가 났어요. 사십 미터 도로가 났어요. 그 도랑을 복개를 해 가지고 인제 복개천을 만들어 가지고 다 직선으로 서울로 역곡으로 뚫은 거예요. 그러니께 인제 그게 상가를 해도 안 되는 거예요. 이게 도로가 크게 나니까. 물고기도 그렇잖아요. 물이 팍팍 내려가고 이런다고 거기서 물고기가 고이는 게 아니거든요. 요기 약간 웅덩이가 있다던가, 뭐 여기 바위가 있다던가, 그래야지 물고기가 모이거든. 장사도 고런 데 해야지. 사람이 어디 내려야 장사가 되지. 탁 터진 데는 길만 흐르지 안 되는 거예요. 지금 현재도 그래요. 장사를 오래 해 가지고 그걸 터득하는 건데. 지금도 경험 없이 사업하다가 젊은 사람들 사업해 가지고 구십구 프로 망하는 건, 그거를 몰라서 그렇거든. 우리 같은 사람은 지금 내가 만약에 장사를 하면 삭월세 거리만 있으면 뭘 해도 먹고살아요. 내가 식당을 해도 먹고살고, 뭐 옷장사를 해도 먹고살고, 땅을 해도 먹고살고, 이거 내가 기술이 없다 그래도, 멀 해도 먹고살아요. 성냥 두 갑만 있으면 먹고산다 하잖아요. 하나 팔고 하나 사서 하나 팔고. 그게 인제 장사 경험을 쌓는 사람들은 성냥 두 갑 가지고 밥은 먹고산다 하지. 그러니까 인제 그게 그렇게 도로가 터져. 그 당시는 그게 빈터니까 쓰레기장이고 그랬어요. 그러니까 거기다가 채소를 해 먹고 그랬지. 도로 나기 전에는 그때 집을 번듯하게 지어 놨는데. 그래서 그걸 내가 다시 몇 년 후에 연립상가로 허가를 내 가지고, 밑에는 가게를 네 개 내고, 우리는 이층에 살고, 점포 세를 놓고 그랬지. 그것도 안 팔았어야 하는데, 그거 또 팔아 가지고 실수를 했고. 그때 보통 가정집은 부천에 평당 한 이백만원 했어요. 그런데 내가 평당에 육백팔십만원을 받고 팔았어요. 그래 가지고 서울로 올라와 가지고 잠실에 살라고 몇 번 가서 찍었는데, 에이 우리 사람이 그리 멀리 갈 필요 있나 서대문 사는데. 서대문 여서 사 가지고 편하게 살지. 이렇게 하는 바람에 서대문에 그 빌라를 사 가지고 망했거든. 빌라를 사니까 팔 년 전에 샀는데 팔 년 후에도 샀는 가격보다도 도로 적어. 다른 데는 열 배씩, 스무 배씩 올라가 있는데, 그래 가지고 거기서 큰 실수를 한 거지. 그 당

시에 내가 잠실에 가서 왜 찍었는가 하면 농구를 좋아해 가지고 운동장
엘 많이 다녔어요. 농구 보러. 그래서 거기 가까운 데 살라 그랬는데, 태
권도 사범 하는 사람이 선수촌아파트에 살았어요. 걔가 자꾸 그쪽으로
오라 하더라고. 아버님 그쪽으로 오세요. 태권도 사범이 맨날 아버지라
불러요. 그렇다가 거길 갔으면 되는데 안 될라 하니 또 내가 여기서 사업
하다가 망해 가지고 다른 데로 갔어요. 그래도 살라고 돌아댕기다, 이웃
할라고 틀림없이 갔을 거야. 그런데 그놈아도 찌그려져 가지고 서대문
서 살아서, 여기서 한데서 지내 가지고, 그 뒤는 아들이 그래 가지고.

신명이 좋은 형제들과 암으로 일찍 세상을 떠난 두 형님

동생은 어디 사세요?

추풍령 거기 있는데. 휴게소 있는 데 바로 옆의 동네에요. 예, 열목이
라 하는 데 사는데, 그 잘살아요. 동생은 동장 하고, 밭 같은 거, 땅 같은
거 사 가지고, 포도밭 그런 거 사고, 그게 몇억씩 한대. 예, 나는 땅을 살
줄 몰라 가지고. 그 동생은 돈 있는 대로 자꾸 땅을, 밭을 사 가지고 저 논
들이 가까우니까, 밭들이 다 비싼 거래. 그러니까 요번에 가니까 동생이
용돈 하라고 십만원을 넣어 주더라고. [웃음] 그러니까 내가 줘야 되지.
내가 용돈 받았다 이래. 쓰세요 이러면서 용돈 십만원을 주더만. 그러니
까 행복은 성적순이 아니란 거야. [웃음]

옛날에도 동생을 많이 보태 주었을 거 아니에요?

예, 옛날에 많이 보태 줬지. 큰돈은 안 줬지만. 옛날에 잘나갈 때는
저는 나한테는 크게 생각을 안 나는데 해줬을 거에요. 생전 용돈 받아 본

적이 없는데, 요번에 처음으로 한 번 받아 봤어요. 그런데 내가 나이가 들고, 요새 좀 초라하니까 안 좋던가? 뭐 고속버스까지 동생 아들 조카가, 우리 아들들은 못 갔거든요. 대전 살 때는 갔는데, 요새는 김천서 살아 가지고 못 가서 혼자 갔었더니, 그까지 조카가 태워다 줘서 거서 나를 용돈을 주더라고. 처음 받아 봤어요 용돈을. 누님 둘에다가 아버지가 사대독자거든요. 사대독자 외동에다가 우리 큰형님을 낳아 놓고 나서, 옛날로 말하면 금이야 옥이야, 누님들 둘이가 국민학교를 업어다 날랐다 하니까. 학교까지 업고 가고, 또 업고 오고. 예, 누님 두 분이 그만큼 귀하게 키웠다 이 말이지. 사대독자에서 낳은 아들이라고. 그때만 해도 형님 학교 다닐 때만 해도 가까운 데 학교가 없었어요. 한 사학년까지는 가까운 데가 있었는데, 금릉국민학교가 있었는데, 그기 학교 생긴 지 오래 안 돼 가지고. 사학년이 넘어가면 일 개 면에 한 개 있거나, 고학년이 되면 김천에 몇 개 없는 국민학교로 가요.

그때 사년제였던가 보죠?

우리 가까운 데는 학교를 늦게까지 안 하고, 초급학교로 끝을 냈길래, 그 위에 학교 가는 거는 같은 국민학교인데도 먼 데로 가니까, 막 삼십 리 이런 데를 업고 가고 업고 왔다 그러지. 학교가 김천시가 아니고, 금릉군 어모면이라 하는 데에 학교가 있는데. 거기 학교가 있었고, 또 봉산면에 봉계국민학교가 있었어요. 근데 그리 갔다 하던가? 온 식구들이 그걸 업고 다니고. 같이 밥을 하면 맛 없다고 혼자만 별도로 냄비밥을 해줬대요.

참 대단한 아들이었네요.

그런데도 누님들이 조금만 뭘 잘못해도 자기 맘에만 안 들면 맨 방에서 '이놈의 가시나들, 이놈의 가시나들' 막 그래 가지고 누님들만 혼나는 거지. 우리 누님들이 커서 맨날 그런 얘기를 하니까 내가 알지. 내가 봤어, 어쨌어? 난 태어나지도 않았는데. 그래서 커 가지고 세상물정을 몰라요. 아버지, 어머니 생신이라 그래도 조기 한 마리 사 오는 줄을 몰라요. 우리들이 커서 다했지. 습관이 안 돼서 그거를 몰라요. 그라고 내가 다 커 가지고 뭣 때문에 무슨 말을 좀 하고 이라면, 뭐 무슨 집의 대소사 잔치가 있다던가 이라면, 바로 위의 형님하고 나하고 알아서 하지. 우리 형님이 양화점 해서 돈을 버니까 걱정을 해 가지고, 돈을 다 대고 이러는데. 형은 그때만 해도 돈을 얼마 있다 하더라도, 우리가 걱정을 하면 막 이래요. "너는 왜 쓸데없는 걱정을 하냐?" 뭐도 사야 되고, 뭐도 해야 되고, 잔치에 뭐도 하고 그러면, "왜 쓸데없는 걱정을 하냐, 돈 걱정 하나만 하면 되는데." 그런 소리 하는 사람은 이때까지 살면서 우리 형님한테 처음 들어 본 소리에요. 그러니까 내가 가만히 생각해 보니까 말이 돼. 그래서 나도 별 걱정 마, 돈 걱정만 해. 돈만 있으면 뭐든 돼 그러지. [웃음] 동생도 연필 하나 사 주는 줄을 몰라요. 지 노트 하나 사지. 요만한 도움을 받아 본 적이 없어요. 둘째 형님이 가방 사 주고, 신 사 주고, 시계 사 주고 그랬지. 우리 큰형님한테 요만한 거 받은 적이 없어. 내 생각엔 노끈만 내밀어 줄 거 같애. 그런 사람이에요. 그래도 머리는 좋아. 형님이 형무소 간수도 하고 그랬지. 그때는 형무소라 했어요. 인제 교도소지. 그러니까 그래도 옛날에 직장에 다니는 사람이 별로 없잖아요.

탱크 해체도 하셨다면서요?

아, 그 사상이 문제 되어 가지고 육이오사변 나고 나서 형무소를 다니지 못했지. 간부를 했으니까 직장을 못 다녔지. 그러니까 그때 탱크 일

하고 그리 했지. 사변 나고 나서 못 되었지. 그래 가지고 다시 또 아버지가 적산 땅 때문에 변호사를 잘 아는 사람이 있어요. 그 변호사 부탁을 해 가지고 재취직을 했어요. 했는데 또 일 년도 안 돼서 신원조회 거기 가 가지고 쫓겨났어요. 그리고 나와서 사는 게 타락 비슷하게 되었지. 농사도 못하지. 그래서 있는 땅 자꾸 팔아 가지고 아이들 공부시키고, 자기 있는 재산 다 팔아 가지고 공부시켜서, 애들은 그래도, 둘째 아이는 성공을 시켰어요. 건축감리사 하니까. 건축에서는 최고 그거니까. 뭐 연봉이 암만 적어도 오, 육천은 넘을 거야. 그러고 형님은 일찍 돌아가시고. 형님이 나보다 딱 열 살 차이인데, 지금 있어도 여든세 살이면 한창인데, 쉰아홉에 간암으로 돌아가셨어요. 그리고 아들 둘이 있지. 또 둘째 형님은 쉰다섯에 돌아가셨어요. 왜 그렇게 일찍 돌아가시는지 잘 모르겠어요. 그 형님도 암으로 돌아가셨어요. 간암으로. 그래 가지고 두 형님 돌아가시고 나서, 내가 또 상상암에 걸려 가지고, 밥도 못 먹고, 검사를 받으러 가니까, 아무 이상 없다 하니까, 일주일 만에 다 나았어요. [웃음] 상상임신처럼 상상으로 간암이라 하는 거.

몇 년 사이로 그렇게 세상을 돌아가신 거예요?

일 년 사이로. 그러니까 작은형님 먼저 돌아가셨어요. 예, 쉰다섯 살에 돌아가셨으니까, 그러니까 형님하고 나이 차이가 한 네다섯 살 이리 되었나 봐요. 작은형님은 인제 뱀띠인데, 살아 계시면 일흔아홉인가 보네. 맞아요, 그러니까 나보다 여섯 살 위예요. 그 중간에 누님이 하나 있거든요. 일흔여섯 살 먹은 누님이 하나. 우리 큰형수가 뱀띠예요. 둘이 동갑이에요. 둘째 형님이 형수하고, 작은형님이 양화점 했어요. 학교를 안 보내 가지고 일찍 기술을 배워 가지고, 인제 사람이 아주 되었어요. 김천시가 모르는 사람이 없고, 팔씨름을 하면 김천시에서 제일 일등이고, 체격이 좋아요. 그 형님이 힘도 세고 그래 가지고. 성격이 좋아서 노는 것도 좋고, 사람들을 좋아해 가지고 인기가 하늘을 찌르고. 술 좋아하고 노는 거 좋아하고. 우리 식구들이 다 잘해요. 누님들도 농악 그런 거 풍악을 잘해요. 나만 잘 못하지, 다 상쇠에요. 큰누님도 상쇠, 둘째 누님 상쇠, 셋째 누님 상쇠. 참말로 아버지가 장구 전문가셨어요. 보니까 젊을 때 장구 전문이더라고. 근데 내가 실제로 하는 거는 못 봤어. 인제 그때 아버지가 접근을 안 했었으니까. 그걸 잘 친다는 얘기를 들었어요. 젊을 때 장구를 그렇게 잘한다고. 그 풍악할 때 아버지가 장구놀이를 했다고.

   집안의 식구들이 신명이 있으시네요.
   놀러 가면 대부분 그런 편이라요. 어머니는 안 그래요. 아버지가 좀 그래서 아버지 피를 이어받았는가 봐요. 그러니까 전부 누님들도, 여자들이 이거를 하는 게 쉽지 않잖아요. 하여간 누님 셋이가 다 해요. 양화점 하는 나 바로 위의 형님도 그거 했지. 내동생도 그래요. 나는 뭐 소질 없어서 안 되겠더라고. 노래 이런 거 잘하고, 춤추는 거 이런 거는 잘하는데. 그거는 못하겠더라고요. 꽹과리 치고 이런 거는 안 되더라구요. 그게 장단이 맞아야 되는데. 안 배워도 자동적으로 돼야 되는데. 제가 박자관념이 없어요. 노래 불러도 박자가 틀려 가지고 노래자랑 대회를 못 나간다니까. 노래자랑 대회를 나갈라고 배운 노래가 추풍령이라니까. 그거 하나밖에 박자 맞는 게 없어요. 아, 목소리는 좋은 편이에요. 목소리 맑고, 대신 박자감이 없어요. 처갓집 형제들이랑 놀러 가면, 그 처남들 아이들이 고모부 마이크 주지 말고 그냥 해도 목소리가 크다고. 참 우리 집 식구들이 신명이 있어. 그중에서도 우리 제일 맏누님은 별명이 이미자

요. 이미자보다 연세 많지만은. [웃음] 맨날 우리 큰형님이 너의 누님이
이미자만 되었으면 우리가 그 덕을 봤을 텐데. 노래를 잘해요. 춤, 꽹과
리도 잘하고, 그 연세에 하여튼 뭐 모르는 노래가 없고, 온 동민이 명절되
면, 할머니들이 우리 집에 여러 수십 명씩 진을 치고 있어요. 누님 노래
들을라고. 그라고 누님이 술집을 했어요. 그라고 옛날에 서울 살다 내려
갔으니까 뭐 오죽하겠어요. 자연히 서울 사람이라. 그래 가지고 내려와
가지고, 자연히 이제 먹거리가 없어 가지고 누님이 술집을 했어요. 김천
시내 변두리 신흥동에서 했는데, 보통 왠간한 남자는 상대도 안 돼요. 막
패요. 힘도 좋고, 거세 가지고 여장부에요. 말하자면 우리 여자들이 다
그래. 바로 위의 누님도 완전히 여장부고. 학교 다닐 때도 공부 잘했지.
뭐 김천 시내 달리기 선수인데. 결혼하고 나서도 계속 선수로 뛰었어요.

그러니까 누님이 세 분이에요?

예, 첫째, 둘째, 셋째 누님이 있어요. 월선이, 월분, 월림이 그렇지. 형
님이 인제 두 분이고, 나하고 동생 있는데, 내 동생이 하나 어릴 때 죽었
고, 우리 오형제 한 사람은 일제 징용 가서 돌아가셨는지 행방이 없다니
까. 그래서 그걸 돈을 탄다고 형님이 신청하고 그랬는데, 동생이 또 다시
신청을 했다 하네. 그거 신청하는 게 있어 가지고 했다 하는데, 사망 그게
없으니까 그게 잘 안 되는가 봐요. 제일 큰형님은 영칠이, 그 다음은 상칠
이, 상칠이라고 하는 사람이 징용 가서 행방불명되었고, 그 다음엔 홍칠
이, 그 다음이 점칠이, 내 밑에는 순칠이인데 이게 어릴 때 죽었어요. 그
다음에 살아 있는 게 계칠이라요. 끝 계 자를 써 가지고 계칠이라고 그랬
어요.

칠자가 돌림이에요?

우리 족보에는 영할 영 자가 돌림이에요. 그러니까 큰형님만 영할 영 자 족보에 올라가 있고, 아버지가 돌림으로 안 짓고 획수로 해 가지고 아홉 획, 두 홉으로 다 지었지. 이름을 획수를 다 맞춰 가지고. 돌림은 내가 커서 보니 영할 영 자가 돌림이더라고. 아버지는 돌림으로 지었더라고. 그러니까 종 자가 우리 할아버지인데 종필이가 우리 할아버지 그거라요. 쇠북 종(鍾) 자 우리 할아버지를 쇠북 종 자라 그래요. 그 위에는 그렇게 다 지었는데. 아버지가 왜 그랬는지, 돌림으로 안 짓고 그래 했어요. 그래도 어느 정도 한문을 아니까, 홉수를 맞춰 가지고 그랬겠지요. 왜 내 이름을 그리 지었나. 이름이 별로 안 좋다고 얘기를 하니까. 아버지가 획수를 맞춰서 아홉을 두 홉을 했다. 점 점 자에다가 일곱 칠 자에요. 그러니까 그것도 아홉 글자잖아요. 요 등에 여기 북두칠성이 있었다는 기라. 그런데 점이 크면서 없어졌지. 그래서 이름을 그렇게 했대요. 점자가 간단하고 획수도 맞고. 어머니가 나 가졌을 때, 금붕어 좋은 꿈을 꿨대요. 점에 대해서는 말이 없었고. 그런데 태몽을 금붕어를 꿔서 어머니가 그런 소리를 했어요. 옛날에 나무들이 꽃잎으로 보인다. 너는 다른 사람 눈에 꽃으로, 잎으로 보인대요. 좋잖아요? 남들한테 내가 꽃과 잎으로 보인대요. [웃음] 항상 다른 여러 사람한테 좋게 보인대요.

항상 다른 사람들을 즐겁게 해주시니까.

예, [웃음] 맞는 말이네요. 그런 말은 들었어요. 태몽꿈이 그래서 그렇다고. 금붕어를 싫어하는 사람이 누가 있냐고. 금붕어가 어항에 있으면 다 좋아하는데, 너는 그러니까 여러 사람이 널 보면 좋아하는 그거다. 태몽으로 아들인지, 딸인지 모르셨대요. 사월 초하룻날에 내가 나왔거든요. 사월 초하루에 낳아서 딸인 줄 알았대요. 방정맞아서. [웃음] 그러는데 또 아들을.

초하루날이 딸이라고?

아니, 초하루날에 좀 조심해야 되고 그런데, 재수 없이 딸이 나오려나 보다 이래 생각을 했었대요. 그런데 아들이더래요. 아들이 많으니까 딸이고 아들이고 기다리지도 않았지 뭐. [웃음] 그래 보니까 십남매를 낳았어요. 아들 일곱에 딸을 셋을 낳는데, 아들이 그러니까 어릴 때 둘 죽고, 일본 가서 하나 죽고. 맨 첫아를 아들 낳았대요. 그런데 그것도 죽었대요. 홍역 그런 거로 죽었는지 어쨌는지. 하여튼 그렇게 낳기는 일곱을 낳았대요. 어머니가 아들들을 일곱을 낳아서 맨날 어머니가 그러지, 저놈의 영감 일곱이나 아들을 낳아 주니, 작은마누라 하고 남의 속을 썩힌다고, 일본에 다니면서. 연세 들어 가지고 그러지, 젊을 때는 아버지한테 꼼짝도 못했어. 한마디도 못했어요. 너무 점잖아 가지고. 아주 점잖아요. 현모양처 스타일.

아버님이 몇 살 때 세상을 떠나신 거예요?

아버지하고 어머니하고 일 년 사이에 돌아가셨어요. 아버지는 유월 십이일날 돌아가셨고, 어머니는 오월 십사일 한 달 차이인데, 그때 인제 돌아가신 걸 알겠구나. 그때 내가 미국을 갈 수 있었는데, 어머니가 돌아가서 가지고 못 갔거든. 그러니까 큰아가 국민학교 오학년이니까. 그때 태권도하고 어린애들 가는데 같이 미국을 갈라고 그랬었는데, 어머니가 돌아가서 가지고 못 갔거든.

어머니가 먼저 돌아가신 거예요?

네 어머니가 일 년 전에 먼저 돌아가셨어요. 내 큰아들이 지금 마흔이지. 오학년 때면 열두 살 잡고, 한 이십팔 년 전쯤 되네요. 이십팔 년 전이면 내가 몇 살이야? 그러면 내 나이가 얼마 안 되었다 하는 건데. 하기야 그렇겠구나. 그때 어머니 돌아가셨을 때 마흔 몇 살밖에 안 되었나 보구나. 그러니까 어머니 아버지가 동갑이에요. 나이가 동갑인데 열네 살 때 결혼을 했어요.

왜 그렇게 결혼을 일찍 하셨지?

옛날에는 열여섯 안 돼서도 하잖아요. 아버님이 거기가 고향이에요. 어머니도 거기 가까운 데 김천시에 신흥동이라고 하는 곳이에요. 우리 누님이 장사했다 하는 거기. 그러니까 열네 살 때 했다니까. 그런데 아버지 어머니가 연세가 얼마였던가를 추리하면 알 수가 있는데. 띠를 내가 알거든. 개띠거든. 지금 일흔네 살이 개띠거든요. 거기서 자꾸 열둘을 한 번 해보세요. 여든여섯 살, 아흔여덟 살, 어머니가 몇 살 때 나셨어요? 지금 일흔셋이잖아요. 그러면 지금 살아 계시다면 아흔일곱, 거기서 열둘을 더 보태야지 싶은데. 예, 백여덟 살. 지금 살아 계시면, 그러면 나하고 몇 살 차이인가 봐요. 백팔에다가 칠십삼을 빼 봐요. 그러면은 서른다섯 살쯤에 낳으셨나 봐요. 그런가 보다. 내 동생이 나랑 다섯 살 차이인데, 한 마흔 살 이래 낳았다고 하는 거 보니까 맞네. 동생을 마흔 살인가, 마흔하나인가에 낳다는 걸 내가 얼핏 기억이 나는갑네. 하여튼 옛날로 말하면 늦게 낳았는가. 늦둥이 있잖아. 그래야 맞을 걸 아니에요? 그럼 우리 큰누님이 몇이야? 큰누님이 살아가 여든여덟인가 그렇거든요. 아흔을 아래로 먹었어. 그렇게 낳을 수가 있나? 그러니까 생질이, 누님 아들이 내동생보다 한 살이 더 많아요. 나보단 네 살 적고. 그러니까 누님이 애 놓고, 일 년 있다가 우리 어머니가 막내동생을 낳았어요. [웃음] 외삼촌이 한 살 적다니까. 그러니까 누님이 어머니 같지. 어머니가 칠십구년도쯤에 돌아가셨는가 봐요. 하여튼 큰아이 오학년땐가 육학년때 그때 돌아가셨어요. 안 그랬으면 혹시 학부형으로 미국에 따라갔을런지도 모르는데. 이십팔 년 전이면 한 팔십 돼서 돌아가셨네요. 예, 오래 사셨어요. 두 분 다 오래 살았어요. 형님이 늦게인데. 예, 우리 아버지 돌아가시고 한참 있다가 형님 돌아가셨는데. 이게 어머니가 고생을 너무 많이 했어요. 두 분 다 혈압이 높아 가지고. 그리고 우리 식구들 다 혈압이 높아요. 나는 지금은 약을 먹으니까 정상으로 나오지요. 안 먹었을 때는 이백이십까지 가 가지고, 코피가 터져 가지고. 응급실에 가서, 그래도 코피를 터졌으니 그렇지, 머리로 터졌으면 죽던지 병신이 되었던지. 그러니까 코피 터졌을 당시에는 거기 가서 재니까 이백이십까지 나왔다고. 그전에 젊었을 때 혈압이 높은지도 몰랐어요. 몰랐는데, 아는 사람이 보험을 하나 들어 달라고 보험을 들어주는 게 병원에 가서 혈압 검사를 하는데, 거기서 혈압 높은지를 알았는데, 혈압이 높아서 안 된다 해요. 무슨 생명보험인지, 뭔지. 인제 그래서 그거는 안 되고, 적금 형식으로 내가 하나 들어 줬다고. 그래서 내가 혈압 높은지 알았어요. 그래 가지고 젊었을 때는 혈압이 높으면 높은가 보다 했지. 뭐 그전에는 혈압이 높아서 약을 먹고 그런 거는 없었잖아요. 삼십대는 그래서 여기 부천에 와 가지고 태권도 관장 마누라가 보험을 하는데 들어 달라고 해서 갔으니까. 그러니까 서른은 아니고 마흔이 넘었겠지. 우리 애가 국민학교 삼학년 이랬으니까. 미동학교로 전학 가기 직전이었으니까.

그때 생활할 때 불편한 거는 없었어요?

불편할 것도 없었어요. 그래 그때도 혈압이 높다 하는 거만 알았지. 혈압이 높아 약을 먹는다던가 이런 생각을 해본 적도 없고, 그러니까 인제 나이가 어느 정도 들어 가지고 혈압약을 먹으라 해서 혈압약을 먹다가 심층적으로 갔지. 오래돼 가지고. 전에는 약을 안 먹었어요. 혈압이 높아도 병원에서 먹으라 해서 가서 먹었지.

부모상을 꽃상여로 치르고 고향에 찬조를 함

시골에서 돌아가실 때 상여도 나가고 그랬어요?

그럼요. 우리 아버지 돌아가셨을 때 돈 잘 벌 때여서 꽃상여를 했어요. 꽃상여 하는 집 별로 없어요. 그런데 전부 꽃상여로 했어요. 부천에서 장사 잘될 때니까, 두 분 다 그때 돌아가셨을 때니까. 애들 국민학교 때 돈 쏠 때도 없을 때고, 그 당시가 제일 전성기 때니까.

그땐 부모님한테 용돈도 보내 드리고 그러셨어요?

용돈은 많이 드렸는데, 보태 주고 그런 거는 했는데, 생활비 이런 거는 안 줬어요. 형님이 미워서 그랬는지. 내가 그래 곤란해 가지고 올라와 가지고, 자꾸 벌어야겠다 그런 생각이 있어서 그랬는지는 모르지만은. 그러니까 그때 아버지 어머니 용돈 정도는 쓰라고 많이 줬으니까. "돈가방 아들 왔는가?" 이런다 그러지. [웃음]

돈가방 아들?

부모님이 놀러 나가면, 그 노인들이 하이고 돈가방 아들 왔는가? 돈이 많이 있어서 돈가방이 아니고, 어머니를 용돈 같은 거를 많이 드리고, 아들 자랑을 하고, 뭐 동네 무슨 일 있을 때 내가 돈을 좀 내놓고, 뭐 노인들 갈 때마다 술 사 주라고 몇 번씩 돈을 놓고 가고. 그러니까는 소문이 그리 났지. 돈이 많아서 그런 거 보다도 그래서 소문이 난거 같아요. 그라고 내가 시청에 있다 보니까 동장, 동서기들이 다 우리 후배, 동료 그런 사람들이잖아요. 그러다 보니 자연히 또 같이 어울려서 술도 먹고, 야외를 가면 또 얼마씩 놓고 가고, 그라면 동네 어른들한테 누가 돈을 놓고 갔다, 돈 잘 번다고 소문이 나고. 그랬을 때가 한 때가 있었어요. 추석 쇠고 김천시민운동회를 했는데, 객지에서 오는 사람들한테 찬조하라고 하면, 동 대표들한테 쓰라고 내고. 시민운동회하면 각 동에서 동대표로 나가잖아요. 그라면 동대표 선수들한테 좀 돈이 있어야 하잖아요. 그라면 그 마을에서 객지에 가서 돈 잘 버는 사람들한테 와서 손을 빌리는 거예요. 객지에 가도 누구는 곤란하다 이러면 그 사람들한테는 손 벌리기가 힘들잖아요. 찬조금이라던지 운동회 하는 거예요. 그러면 그때 내가 최고로 냈어요. 나보다 돈 잘 버는 사람이 많았지만은 나는 시에 있었고, 동에 근무하는 친구들이 다 내 친구들이고, 후배들 이러니, 내가 안 쓰더라도 내놓는다고. 예를 들어서 내가 한 번은 그런 적이 있었어요. 인제 그걸 주는데, 내가 하여튼 많이 냈나 봐요. 예를 들어서 한 이십만원을 낸 거 같으면, 그걸 거두는 대표가 그 사람도 형무소 다니는 큰형님 친구였어요. 서갑득이라고. 그 사람이, "야, 동생. 이거 반만 내도 니가 최고 많이 내는 거니까 너무 많이 내지 마라." 날 생각해서. "니가 아무리 그렇게 한다 해도 넉넉해서 내는 건 아닌 걸 알아. 니 기분파라 내는 걸 아니까 반만 내라." 그래서 반만 넣어 줬어요. "그래도 동네서는 니가 최고 많이 냈는데, 너무 많이 내도 욕먹는다. 너가 잘난 척하는 것처럼 다른 사람들이 욕한다." 내고 간 사람은 몰라도 그 형제들이 시건방지게 말한다고. 그러니까 돈을 반 내줘요. 그게 소문이 날 거 아니라요? 단 둘이 있을 때 돈을 준 건 아니니까. 가뜩이나 점칠이한테 돈을 받았는데, 손이 적어서 다시 내줬대. 그게 소문이 나서 그게 별명이 돼서. [웃음] 서씨들은 빈정대는 거야. 그런 말까지 있었지. 그때 상여 나가고 그때 보면은 동네 친목계원들이 다 상여를 뗐을 거 아니에요?

친목계원들이 있었어요?

형님 친목계원들, 동생 친목계원들이지. 친목계원들이 동생 나이가 적당하면 동생 친목계원들이 메고, 형님 친구들이 나이가 많으면 안 메고. 이런 식이었지. 우린 형제가 많으니까, 동네서 계는 못 움직이지.

상여 나갈 때도 동네에 얼마씩 돈을 내놓죠?

그럼요. 인제 우리들은 객지에서 돈 좀 버는 사람 있다 하면, 막 군데군데 내려놓고 서는 거지. 이제 뭐 다리 건넌다, 뭐 코너를 돈다던가 이러면 안 가는 거예요. 돈 내놓으라고. 그러면 미는 사람이 그러잖아. 무슨 뭐 몇째 아들 뭣 때문에 못 가니까 뭐. 그걸 얹어서 앞에서 하는 거야. 선창을 하는 거야. 선창이라 하나 뭐라 하나?

넷째 아들 때문에 못 간다고요?

예, 인제 돈을 자꾸 요구를 하는 거예요. 요령잽이가 "어 야 어 야 어 영차." 이래 하면서 "언제 가면 언제 오나, 셋째 아들 돈도 잘 버는데, 셋째 아들 밟혀서 못 가겠네." 예, 셋째 아들 눈에 밟혀서 못 가겠네. 여기 지금 떠나지를 못하는데 셋째 아들이 와서, [웃음] 절을 해야 되겠다. 인제 그러면 돈을 놓고 절을 하는 거지. 하면 또 가는 거지. 나뿐 아니라

형제들 다 부르고, 사위들 다 부르고, 조카들도 다 부르고, 그중에서 인제 여유가 좀 있다 싶은 사람은 인제 자꾸 그걸 하는 거지. 안 그런 사람들은 한 번씩만 하면 되고. 어느 집안이던 다 그렇게 하죠? 우리 처갓집에도 가면, 워낙 부자니까 그 동네 개구쟁이들이 얼마를 예상을 해요. 그 청년 회 회비를 쓰거든.

그거 가지고 청년회 회비를 써요?

예, 그거를 개인적으로 하는 게 아니고. 인제 부잣집에서 그걸 많이 먹을라고, 계획을 세우는 거예요. 그러면 우리 처갓집 같은 건 워낙 부자지. 형제도 뭐 십남매 되니까 많지. 이래 놓으니까 예를 들어서 이백이면 이백, 삼백이면 삼백, 우리 동네는 그렇진 않은데, 거기는 그렇더라고. 삼백을 그 집에 예상을 했는데 만약에 돈이 이백밖에 안 나왔으면, 끝이 나고 나서도 계속 그 얘기를 하거든요. 우리 동네는 마을이 적어. 한 사십 호 되니까 돈이 어디에 나올 때가 있나? 그래 가지고 내가 한 번은 내고, 처갓집에 동네 청년들도 내가 다 잘 알아요. 학교 다닐 때 다녔기 때문에, 그래서 인제 내가 중간에서 그런 거를 잘하거든. 잔치 때 그런 때도 내가 그런 걸 잘하거든. 내가 그럼 코치를 하지. 내가 받아 가지고 줄 테니까 그렇게 하지 마. 처남들 모셔 놓고, 애들이 중간에서 얼마 달라 하는데, 처남들이 안 쓰더라도 얼마 내놔야 된다. 내가 반만 주고 해결해 줄게. 이렇게 내가 갖다 줄 테니까, 그렇게 해 가지고 부조 들어온 데서 얼마 줘. 그런 거 해준 적도 몇 번 있었어요. 장인 돌아가셨을 때 그렇게 했고 장모 돌아가셨을 때 그렇게 했었어요. 그라고 처남들을 얄밉게 생각해요. 동네 청년들은 우리 처남들을 있는 체하고 건방지고. 있어서 그런 게 아니라 그 사람들 성격들이 그래요. 처남들이 성격이 다 그래요. 거만

한 거지.

양장점 허가 문제와 영업 방식

양장점 하는 사람들끼리 친목 모임이 있습니까?

양재협회는 있는데 가입을 안 했어요. 그걸 안 들었어요. 바쁜 것도 아니고, 아, 이런 말 하면 안 되는데. [웃음] 영업허가를 내야지 장사하게 되어 있잖아요? 뭐 음식점이나 이런 거 하고, 이발관, 미용실 이런 거는 해를 끼치니까 그리 하지만은, 이거는 뭐 그런 건 아니지만은, 그래도 영업 감찰이 시작되거든요. 허가를 내면 영업세를 내야 되고, 그걸 안 할라고 내가 영업허가를 안 내고 계속했거든.

영업 허가를 내면 세금을 내야 되나요?

세금을 내야 되지. 그러니까 귀찮지. 그전에는 세무서에서 영업 감찰이 있어 가지고, 영업허가를 내서 장사를 하나 그거를 조사를 해 가지고, 인제 세금을 매기고 그라고. 영업한다 해 놓고는 또 안 하고, 또 세금 나오면 내어 버리고. 그래 또 안 하고. 왜 그때는 수시로 조사를 와요. 허가를 내고 하나 안 하나. 그런데 내가 시에 댕기고 그걸 잘 알다 보니까, [웃음] 난 그런 배짱은 좋아. 그래서 안 했어요. 그래서 거서 뭐 할라 하면 몇 번하고, 딴 데로 옮겨 버리고, 또 다른 데로 옮겨 버리면 담당자가 틀리잖아요. 그라면 또 그만이고.

대개 다른 데서도 그런 허가는 안 낸 경우가 많아요?

글쎄 그거는 잘 모르겠는데. 그래도 보통 사람은 다 내 가지고 할 거 같애요. 인제 그거를 그래야지 된다, 이래 생각을 하고 있으니까. 나는 겁이 있고 그러니까는 그까짓 내라 하면 내지 뭐. 안 낸다고 하면 몰라서 안 냈다고 하면 그만이지. 이기 뭐 피해 주는 것도 아닌데. 뭐 허가가 필요하냐? 나는 그런 식으로 알아서 내라고 해도 그게 무슨 허가가 필요하냐? 뭐, 이발관, 미장원처럼 피해를 주나? 내가 음식점 마냥 독극물을 넣나 말이야. 음, 난 허가 내 가지고 하는 줄 몰랐다 하면 그만이지.

어느 정도 세금을 때려요?

고거는 뭐 일 년에 네 번이지. 분기별로니까. 그 액수는 잘 모르겠네. 그래도 엄청 세금이 나오니까 내가 안 할라고 자꾸 피했겠지. 그게 부담이 되었으니까 그걸 안 하려고 그랬겠지. 안 되면 그거 몇 푼 된다고 안 했겠어요?

부천 같은 데 한참 잘될 때는 소문났을 거 아니에요?

공장지대니까 소문 안 났지. 수원 시내에서 할 때는 뭐 우리 일도 모르지. 우리 양장점 이런 걸 모르지. 장사도 안 되고 이럴 때니까. 잘될 때는 시골이고 공장지대니까 모르지. 뭐 사람들이 양장점 있는지 없는지도. 그때는 그냥 간판 붙여 가지고, 시골 사는데 무슨 허가를 내고 하겠어요?

지금은 어떻게 되어 있어요?

영업을 하면 영업신고를 하게 되어 있어요. 모든 영업이 그런데. 인제 사람들한테 피해를 주는 것도 아니고, 이런 걸 조사, 그런게 별로 없잖아요. 그게 원칙으로는 영업허가를 내 가지고 하게 되어 있어요. 영업세를 내서 하게 되어 있어요. 허가증 안 냈다. 이거 하는데 뭐 내 가지고 하냐? 나는 그런 식이지. 몰랐다 나는 배운 것도 없고 말이다, 아무것도 모르니까, 이걸 뭐 허가 내가지고 하는지는 꿈에도 몰랐다. 허가 내야 된다면 내야지. 이런 식으로 하지. 그러고 나서 난 모른다. 그리고 사람들이 강제적으로 세금을 매기면, 그때 돈 내라 하면 갖다 내고. 뭐 그래서 안 갔어요. 감찰하면 내가 갔는지. 일 년이면 아마 영업세가 딱딱 두 번씩 나올 거예요. 근데 계속 안 했지.

지금도 그냥 신고 안 하셨어요?

안 했지. 옛날에도 안 했는데 하겠어요? 지금도 만약 그런 일 있었다 하면, 노인네가 이걸 해 가지고 용돈이나 벌어 쓰라 하는데, 쓸데없는 소리 하지 말고 큰 거나 단속해. 그 수백억씩 먹는 거 그거나 단속해. 그거나 가서 조사해. 이런 거는 백 개 취재해 가지고 가 봐요, 그거 하나만도 안 돼. 그렇게 닦달해 가지고 보내지.

양재하는 사람들끼리 모임 그런 건 원래 없었어요?

원래 있는지 없는지는 모르지만은, 난 나이 많아가지고 남자가 하니까, 그런데 갈라고 생각을 안 했지. 예전에도 안 갔어요. 하나도 안 했지. 내가 어릴 때부터 이런 거 종사했으면 모르겠는데, 내가 명색이 그래도 관청물 먹다가 이런 거 하는데, 그런 사람들한테 할라 하겠어요? 오라고 해도 안 간다 싶어요. 예를 들어서 교복단합 이런 거는 할 수 있는데, 맞춤 하는 거는 액수를 그리 맞출 수가 없잖아요.

교복 쪽은 손을 안 대셨어요?

안 했어요. 그거 뭐 교복 재단해다 주고 하면 뭐. 일 하나 갖다 놓고 맡겨 놓으면 하는데, 그거는 그전에 학교에다 아는 사람이 있어야 되고. 그걸 할라 그러면, 사람을 여러 사람 들여 가지고, 그거 하게 해야 되고, 양장은 그것만 전문으로 해야 되지. 양장하고 섞어 놓으면 이것도 안 되고 저것도 안 되고. 양장은 소규모고, 그거는 공장식으로 하는데, 그거는 일 년에 하복, 동복 두 번 만드는 거밖에 없잖아요. 그런데 지금은 교복을 큰 회사서 만들어 가지고, 메이커 그런 데서 팔고 이러지만은, 옛날엔 그걸 학교서 인제 어느 양장점을 지정을 하는 거예요. 여고도 그렇고, 남고도 그렇고, 이제 그걸 학교서 입찰 형식으로 하던가, 안 그러면 아는 사람을 주던가, 아니면 여기저기 양장점 하는 가게를 알아보고 싼 데를 주던가, 또 그 시간 내에 만들어 줄 수 있는 여건이 갖춰졌는 데를 주던가. 한 학 교에서 한 양장점을 지정을 해서 주거든요. 한 번 지정을 당하면 계속 그 학교 양장점 옷을 해주게 되지. 그땐 그렇지. 지금은 이래 상점에 가서 사지만은, 그때는 그게 아니거든요. 이화여고 같으면 이화여고 옷을 어 느 집에서 하고, 뭐 배화여고는 어느 집에서 하고, 그기 또 교복 모양이 다 틀리니까. 지금은 여러 가지 모양을 해 놓고 팔면, 학교서 지들이 사 가지고 가면 되는데, 옛날에는 그거 아니거든. 인제 학교 학생회에서 선 생들하고 의논을 해 가지고, 우리는 이런 교복을 하자. 양장점 같은 데서 샘플 같은 거 가져오면, 이걸 낙찰하자 하여, 무슨 색깔에다가 무슨 색깔 을 한다 그러면 그리 주고, 이러기 때문에 그거는 크게 할라고 생각을 안 해봤어요.

간혹 개인적으로 와서 교복을 맞춰 달라던지.

그러면 그건 해주지. 입다 그러던가. 그런데는 옛날에는 그런 게 없었 지. 하나 사면 삼 년까지 입으니까. 만약에 다시 한다고 해도 지정된 데 가서 하지. 왜냐면 거기로 가야지 천도 공장에서 자기들만 갔다가 그대 로 하는 게 있으니까. 우리들은 구해 가지고 하기는 힘들지.

회사 같은 데는 유니폼을 입잖아요. 그런 건 안 하셨어요?

우리는 유니폼을 조금 하기는 했는데, 소량으로 하지. 그런 거는 다량으로 할 수가 없어요. 첫째 그거는 영업 감찰 있어서 못해요. 주문을 받았다 해도 그걸 해줄 수가 없어요. 그런데 우리가 소량으로 하는 것도, 우리 옆의 양복점 하는 사람들을 끼고 넣어야 돼요. 그기 영업신고가 되어가 있어야 되거든요. 무허가인 데는 할 수가 없잖아요. 그거는 지금 뭐라하나? 계산서라 하나? 세금 되는 거 그걸 딱 써 가지고 줘야 되거든. 그래서 우리들은 이거를 안 했기 때문에, 하고 싶어도 못한 거지. 영수증에다가 내 상호가 들어가 있고, 근데 그거 없으면 못해요. 그러니까 단체복을 소소한 거를 하기는 많이 했어요. 우리 명의로 안 하고, 옆의 친한 삼신양복점 명의로 해요. 그 사람들이 남자, 여자 주로 유니폼을 전문으로 해요. 서대문 충정로에 있을 때요. 옆에가 다 양복점인데, 걔들이 맞춤하는게 아니라 단체복을 했어요. 아주 큰 회사는 못하고, 작은 회사들 일 년 내내 단체복을 했어요. 그때 삼신에서 했는데, 거기서 여자 옷이 섞여가 있잖아요. 그라면 인제 우리를 하라 하고 주는 거예요. 그라고 인제 그렇게 아니더라도, 우리한테 와 가지고도 이제 열 벌이면 열 벌, 스무 벌이면 스무 벌, 이런 소량은 그런 전문하는 데서 안 받아 주거든요. 그러니까 그런 거는 우리 양장점으로 들어와요. 그런걸 하면 우리 핑크의상실로는 못 넣는 거예요. 납품을 못하는 거예요. 삼신양복점에서 했는 걸로 납품을 넣는 거예요. 하하, 이거 처음 알았죠?

기한에 맞출라면 밤새는 일은 없었나요?

예. 그런 적도 있지. 유치원복 이런 거 할 때는 밤샘하고. 예, 딸도 나와서 하고 그랬지. 유치원복도 많이 하고 그랬으니까. 갑작스레 그리 하면 기술을 요하는 거라서 아무나 들여다 할 순 없고, 있는 인원 가지고 밤을 새고 그러는 거지. 기술자를 둘 수는 없고, 오직 아는 사람이나 들여다 쓰는, 그런 사람들 뭐 기술이 없으니까, 그런 거 하는 일밖에 못하잖아요. 예를 들어서 뭐 개어 주고, 잘라 주고, 어쩌다가 다리는 거, 그런 거 전문으로 하는 사람 아니면 못하니까. 다 태워 먹으니까 그러지. 날짜 못 맞춰 가지고 크게 곤욕을 당한 일은 없어요. 워낙 주문이 밀려오면 그거는 생각을 해보고 주문을 받는 거지. 언제까지 해 달라 하면, 계산해 보고 안 하는 거지. 예, 우리는 그리 못한다. 갑자기 사람을 구할 수도 없고 그랬지. 우리가 할 거 같으면 밤을 새워서 하고, 부수가 많아도 날짜를 늦게까지 해주면 하지. 교회 이런 단체도 하기는 많이 했어요. 교회도 여자들 투피스를 맞추더라고. 거기서도 아주 정장을 맞추더라고. 성가대를 하는지, 어디 갈라 그러는지. 평상시에 입을라고 그런 건 아닌데, 똑같이 맞춰 놓으니까 단체복이지 뭐. 똑같은 체구로 똑같은 디자인으로. 그것도 서대문에 있을 때 했어요.

따블 양복과 자식 결혼식 예복

그러니까 나 결혼할 때는 제일모직에서 인제 박정희 옷 해줄라고 천을 조금을 짰대요. 그래 가지고 우리 처남이 거서 자기들이 그 옷감을 가져와 가지고, 모르지 말이 그러니까, 봤어 어쨌어? 자기들도 해 입고, 나 결혼할 때, 맞춤 재어 가지고 내 양복을 했는데, 그런지 진짜 좋데요. 지금 대를 물려 가지고 우리 아가 그 오바를 입고 있어요. 우리 큰아이가 나하고 치수가 똑같아 가지고, 대물림해 가지고, 왜냐면 애들이 안 입을라 한다 말이야. 아버지꺼 워낙 좋으니까. 인제 양복은 입고 떨어졌지만은 오

바는 아직도 야가 안 버렸으면 있을 거야. 아버지 대물림해 가지고, 치수
도 내 신체하고 딱 맞어. 하도 좋아서. 검정색이에요. 양복도 검정색, 오
바도 검정색. 진짜 천이 그렇게 좋더라고. 처남 말이 그러더라고, 박정희
대통령하고 높은 사람들 옷 해줄라고 특별히 짰는데, 이제 자기가 해 입
을라고 얻어 가지고 왔다고. 그래서 마침 내가 결혼하게 돼서, 인제 매제
니까 싫다고 처음에는 반대를 했지만, 내 집사람 되었으니까 그래 좋
은 거 했다고 그렇다 하니까. 진짜 입어 보니까 좋더라고.

그러면 육십육년에 결혼하셨으면 한 사십 년 되었네요?

예, 그 당시 옷을 안 주고 그랬다니까. 그리고 디자인이 그때나 지금이
나 똑같애요. 신사복은 똑같애요. 지금하고도 남자 꺼는 약간은 차이가
있는 거는, 지금은 그 단추가 주로 세 개로 되잖아요. 그때는 딱 두 개뿐
이 없었어요. 그러고 나서 단추가 세 개가 되고 따블이 유행이 되었지.
그 당시엔 따블도 없었어요. 그 뒤는 따블이 유행돼 가지고 난 지금 옷마
다 다 따블이에요. 건넌방에 들어가 있는 거 따블이라서 그래서 입고 나
가지를 못해요.

따블이라는 게?

단추를 양쪽으로 다는 거. 예, 그게 한때 유행이 돼서 한 이십이 년인
가. 그 당시에 계속 유행될 때 따블로 옷을 맞춰 입고, 사 입고 그랬었어
요. 그러니까 따블 옷이 주로 많으니까. 그 뒤 유행이 가 버리니까. 못 입
겠더라고. 이 단추를 남자들이 주로 풀어 놓고 입는데 따블은 풀어 놓으
면 곤란하잖아요. 그래 가지고 따블 옷이 많이 있는데 지금 입지를 못한
다니까. 어디 출입할 때만 넥타이 매고 입고 나가는 거예요. 나이 많은

사람들은 양쪽에 다는 게 보기 싫다고 안 다는 거예요. 한쪽 편에 있는 단추는 쓰지는 않는 단추이고, 그냥 달아만 두지. 그러니까 따블이에요. 따블이 유행할 때는 언제냐면, 서울 와서 얼마 있다가, 우리 막내 결혼식 때 그 당시에 그게 유행되었어. 걔 결혼식 때도 내가 따블로 입고 예식장에 나갔어요. 말하자면 뭐 멋쟁이라 그럴까. 멋을 부리는 그쪽에 사람들이 주로 따블 옷을 입었어요. 이게 젊은 사람들이 입는 거고, 나이 많은 사람들은 잘 안 입었고. 근데 나는 나이가 있지만은 젊은 사람 그런 거를 좋아해 가지고 따블을 입은 거지. 작은아들 예식장에도 따블로 입고 나갔었고, 그 뒤도 우리 큰아들 제대하고 나서도 내가 맨 처음에 미도파백화점에 들고 가가지고 양복을 샀는데, 예복에는 따블로 안 할라 하더라고. 그래서 그냥 내가 싱글로 두 벌 사 주고, 나는 또 거서 따블을 샀어요. 하하. 그래서 요새도 어디 잔치 갈 때 그것을 입고 가는데, 따블 아닌 옷을 안 입어 가지고 마땅한 게 없어 가지고.

   유행한 지 한 이십 년 되었어요?
   그러니까 우리 아들이 한 살씩 되었으니까, 십오 년 이렇게밖에 안 되었나 봐. 한 십삼 년? 십 년 조금 넘었나 보다. 우리 작은애 결혼식 할 때 예식장에 따블로 젤 먼저 입고 나타난 거 같으니까. 그러니까 얘가 육십구년생이니까. 언제 결혼했는지 모르겠다. 형보다 작은아가 먼저 결혼했거든. 애인이 있어 가지고 나이가 비슷하니까 여자 쪽에서 하도 하자 해서. 그러니까 야가 스물여덟이나 삼십에 했다 해도 구십년대밖에 안 되잖아요? 따블 유행한 게 한 십 년 전인가 봐.

   저는 따블 입어 본 적이 없는데요. [웃음] 워낙 유행에 둔감해서.

유행한 게 십 년밖에 안 돼요. 그래도 지금도 따블 옷이 세 개인가, 네 개인가 있을 거예요. 그래서 딸 여울 때는 그때 따블이 유행이 안 되었으니까, 싱글로 입고 갔지. 그리고 둘째 결혼을, 셋째 결혼할 때 따블을 입고 갔고, 우리 아 제대할 때 따블을 내가 샀으니까. 그때 유행이 되었는가 봐. 우리 아가 제대를 했으니까. 예를 들어 스무네 살에 제대를 했다 그래도 한 십 년도 채 안 되었네. 오래 안 되었네. 그러니까 입고도 가고. 우리 큰애 결혼식 할 때는 내가 한복을 입고 들어갔거든요. 두루마기하고 한복을 입고 나타났더니 난리가 났어요. 형수들이 한복을 입을 줄 어찌 생각을 했냐고. 죽기 전에 발광을 한 번 해봤다고. 며느리가 한복을 해가 왔는데, 나 치수도 안 재 보고 해 가지고 왔어. 왔는데 옷이 커서 못 입겠더라고. 그리고 색깔도 어차피 할 바에야 내가 어떤 색깔을 해 가라 지적을 했거든요. 내 마음에 드는 걸 해야 안 되겠나? 위에는 무슨 색깔, 밑에는 무슨 색깔, 그렇게 지적을.

옷에 대해선 까다로우셨네요?

예, 지적을 해줬어요. 그러면 그 사돈양반도 참 머리도 잘 안 돌아가나 봐. 아, 직접 눈으로 보고 같이 가 가지고 해주고, 치수 재 가지고 맞추면 되는데, 이 사람들이 좀 형편이 안 좋아요. 그러니까 내 생각에 아유 좋은 걸 골라 가지고 하면 우리가 따라가겠나? 이런 생각을 했는 거 같애. 내가 뭐 그런 스타일은 아닌데도. 그리고 남에게 피해를 주고, 암만 그 사람들이 좋은 거 해준다 해도 그리 할 사람이 아닌데. 그 사람들 생각으로는 그랬던가 봐요. 그러니까 저들 맘대로 해 가지고 왔으니까. 천을 만지는 사람이니까, 천도 돈 몇 푼 안 줘도 우리는 좋은 거를 얼마든지 해 입을 수가 있는데. 왜냐면 한복도 괜히 맞추러 가면 원가 십만원도 안 먹히는

데 백만원씩 이래 받거든요. 우리는 그걸 알고 떠 가지고 거기서 직접 하면, 그기 암만 고가라도 이십만원이면 해 입거든요. 그런데 그 사람들은 한 백만원, 백오십만원 줘야 되거든. 그러니까 겁이 나서 그런가? 그래 가지고 왔는 게 치수도 안 맞고 천도 내가 도저히 입고 나갈 천이 못 되는 거예요. 그거는 명주 이런 걸로 해야 되는데. 두루마기는 제대로 해 가지고 왔어요. 두루마기는 그걸 입고, 한복은 내가 가서 다시 맞췄지. 그러니까 두루마기 안에 입으니까 그 사람들이 모를 거라고 생각을 한 거지. 안에 옷은 사람들이 못 보니까. 안에 옷을 만약에 보면 그 사람들이 얼마나 실망을 하겠어요? 자기 해준 옷을 안 입고 다른 걸 입으면 굉장히 그거 할 거 아니라요? 뭐 민망히도 하고, 괘씸하기도 하고. 나부터라도 내가 마음에 안 들도록 해줘서 그런가 보다, 시아버지가 저리 강단 있는 사람인가 안 그러겠어요? 그래서 속에 안 보이니까 그래 입고, 두루마기는 그 사람들이 해준 걸로 입고 예식장을 나갔더니만 난리가 났어요. 예식장에 한복 입고 아버지들이 나타나는 게 흔치는 않거든요.

거의 못 본 거 같은데요.
  한 번도 못 봤지? 그러니까 예식장이 난리가 났어요. 형수들이 난리가 났어요. 친구들도 난리가 나고. 그라고 우리 결혼식을 하면 우리 집사람이 어떤 옷 입고 오는가? 태권도 학부형들, 뭐 친목계, 이모, 단골 손님들, 여자들이 많잖아요? 그러니까 우리 집사람이 뭐 입고 오는지 그게 젤 관심이 큰 거예요. 여자들은 어떤 색깔로 받쳐 입고 나오나? [웃음] 그러니까 우리도 굉장히 고민을 하는 거야. 나하고 신경을 많이 쓰는 거예요. 우리 집사람도 쓰지만은 내가 요번에는 어떤 저고리에다가 어떤 치마를 입나 그런 거를. 보통 사람들을 보면 신부 엄마는 옷을 분홍색 쪽을 입어요. 신부 가지[신랑]는 옥색이나 초록 계통을 입어요. 대부분은 한 구십 프로는 그렇게 입고 나타나요. 신부 엄마는 분홍색을, 신랑 엄마는 연초록 옷이나 파란 계통으로 가고. 한복집에 가면 그리 하라 그래요. 인제 요새는 그리 멋쟁이들이 많고 한 게 그렇지. 그래도 요새 한 오십, 육십 프로는 예식장에 가면 유심히 보세요. 어느 쪽 입어도 그리 입고 나온 사람 있을 거예요. 대부분은 어느 쪽 한쪽이라도 그 색깔을 입고 나와요. 예식장에 가면 앞으로 유심히 봐 봐요. [웃음] 신부 쪽의 엄마는 어떤 옷을 입었는지 보면 알아요. 지금도 대부분 사람들이 그리 입어요. 근데 우리는 그런 걸 떠나서 입고 나가거든. 그래서 우리 집사람 아는 사람들이 관심이 많았어요. 아유, 저 댁의 엄마는 어떤 옷을 예식장에 입고 나오는지 한 번 봐야지. 그라면 우리는 엉뚱하게 한복을 입고 나가는 거예요. 꽃분홍 치마에다가 노랑 저고리. 아주 튀잖아요? 이 색깔의 치마에다가 이 저고리를 입은,[웃음] 안 그라면 또 한 번은, 딸 혼인할 때는 곤색 치마에다가 초록 저고리를 입었나 봐요. 그때도. 그러고 애 하나 혼인할 때는 연한 거를 맞췄어요. 아주 색깔이가 연한 톤으로. 그래 가지고 한복을 그렇게 입고 나가 가지고 난리가 한 번 났다니까. 또 머리를 섣버섯 머리 그렇게 하고. 다 깜짝깜짝 놀라는 거야. 그리고 우리 큰애[이들] 할 때 마지막으로 한복을 입고. 별소리를 다 하네. 옷 색깔까지 얘기가 다 나오네.

두루마기는 뭘로 하셨어요?

두루마기는 진회색. 두루마기는 주로 회색 많이 안 입던가요? 나는 곤색이 좋은 데 진회색을 했어요. 그래도 마음에 들더라고. 천도 맘에 들고 두루마기도 맘에 들고. 그러고 그건 치수도 맞더라고. 왜 그런지. 바지 저고리는 첫째 커서 못 입겠더라고. 그날은 식사할 때도 계속 입었지. 그날은 하루 종일 집에 갈 때까지 두루마기를 입었었지.

고교 동기들의 친목회

계 같은 거 있으시죠? 친목계요?

아이, 고등학교 동기들, 요 서울 와서 있는 김천농고 사람들끼리 하는 동창회 있죠. 동창회 이런 데에 맨날 참여를 했어요. 총동창회도 참여하고 뭐 그전에 내가 우리 육회 회장했거든. 예 육회 서울 재경회장. 육회 우리 기만. 그러니까 대표를 할 때도 전체회의 할 때도 가고, 김천학교 뭐 그거 할 때도 가고, 또 시청에 있었기 때문에 다른 사람보다도 우리 동기 생들 중에 아는 사람이 많아요. 인제 시청에 오래 근무를 하다 보니까 자연적으로 이 사람 저 사람. 다른 사람들은 동기생이라 해도 선후배 이런 거는 몇몇 사람 잘 알지 못하잖아요. 그러니까 자연적으로 나서게 되고, 자꾸 오라 하고 이래서. 김천에서 또 동기회를 해도 오라고 초대장이 와서, 그전에는 몇 번 가고 뭐 기부금도 하고 그랬었어요. 내가 두번째 회장 했는데 감사패도 하나 받아 놨는데. 내가 재경 육회 동기회 두번째 회장 을 했거든. 첫번째는 제일 나이 많은 사람 시키고, 두번째는 투표해 가지 고 했어요. 몇번째야? 지금 여섯 번 바뀌었구나. 여섯번째 회장이 지금 갈린 거예요. 한 삼 년 정도 한 거 같아요. 내 바로 밑에 있는 애가 한 십 년을 했을 거야. 그리고 나서 그 뒤에 한 사람들은 뭐 일 년도 하고, 이 년 도 하고, 뭐 딱 일 년 만에 자꾸 그만두고 그랬던 거 같아요. 안 할라고 그 래 가지고.

회장 하면 찬조 좀 해야 되죠?

아유, 찬조를 해야지. 회장이 찬조 안 하면 뭘 하나요? 그러니까 어느 정도 말발도 쎄야 되고, 돈도 어느 정도 여유가 있어야 돼요. 그것도 내가 잘나갈 때니까.

부천에 있을 때 하신 거예요?

예, 그러니까 회장할 수 있었죠. 그러니까 돈을 쓸 수가 있으니까 한 거지. 내가 쓸 형편이 안 되면 절대 안 하지. 하라 해도 사양을 하지. 그래도 어디 놀러 간다던가 뭐 이런 거 할 때, 그라고 처음 회장되었을 때 회비로 얼마 내고 싶으면 내고. 자기 마음이니까 그거는. 요새는 나이가 많아 가지고 아무도 회장 안 할라 하지. 누가 돈 내라 하면 회장 하겠어요? 안 내지. 그때 젊은 때는 서로 할라 그랬어요. 젊을 때는 그거를 다 하고 싶어 했어요. 지금은 서로 안 할라 하지.

지금은 회비를 얼마 내세요?

이만원씩. 그라고 회비도 없어요. 나이가 어느 정도 들어 가지고는 회비 들어온 거를 다 나누어 썼어요. 예전에 저축해 놓은 걸 가지고. 그라고 인제 길흉사 할 때 내는 거 있잖아요? 아들 장가가고 할 때 이런 거. 부모 돌아가셨을 때 그런 거 있잖아요? 그거를 다 안 받아 먹은 사람이 있잖아요. 그러니까 거진 다 끝났어요. 왜냐면 자식들은 둘만 해주기로 했어요. 아들이 여럿이 있는 사람하고 적은 사람하고 그라면 너무 공평치 않잖아요? 개인 부조는 괜찮은데. 내가 그리 하자 그랬어. 그래도 외동인 사람은 한 번을 못 타 먹잖아요. 그런데 네 번 다섯 번 되는 사람하고, 한 번 하는 사람하고, 뭐 친구간에 그걸 따지는 건 아니지만은. 개인 부조하는 거는 열 번이고 상관이 없지만은, 계에서 하는 거는 그걸 따져야 된다 그래 가지고 두 명만 해주기로 했어요. 부모는 두 분이거나 한 분이거나 돌아가시면 다 같이 하는 기고.

장인 장모도 다 포함하고요?

아니, 장인 장모는 포함을 안 해요. 부모가 없는 사람은 장인 장모를 해 줘요. 인제 나머지 부모 안 돌아가신 분도 지금도 있거든요. 그런 사람들 하고, 자식들도 결혼 안 한 사람들은, 두 번 못 타는 사람은 주는 돈을 그냥 내줬어요. 인제는 공식적인 부조는 없앴어요. 개인만 하고, 화환만 하나 해줘요. 그러니까 못 타 먹은 사람은 돈을 다 내줬어요. 그전에 주는 돈을 어떻게 결정을 하는가 하면 쌀로 결정을 했어요. 그전에는 쌀로 하다가 금을 하다가 그랬는데. 그러니까 정월달에 쌀 한 가마니 시세가 십만원 같으면 일 년 열두 달 십만원으로 계산해서 주는 거예요. 몇 가마값 그건 확실히 모르겠네. 한 가마값은 아닐 거야. 아마 계모임에서 두 가마 값으로 했지. 인제 일월달에는 쌀 한 가마니가 만원이 갔는데, 이월달엔 오만원이 갔더라도, 만원으로 계산해가 주는 거예요. 쌀로 주면 이월달에 받은 사람은 훨씬 득이지만. 그렇지만 계산은 그런 식으로 금을 했다가, 쌀로 했다가, 이랬던 거 같아요. 금값으로 했다가 쌀값으로 계속했는데, 쌀값이 요새는 들쑥날쑥하고 약간 그런 게 있잖아요. 그러니까 금값을 해요. 왜냐면 쌀값이 너무 안 올라가니까, 오 년 전이나 지금이나 쌀값이 비슷비슷하니까. 쌀이 값어치가 없으니까. 그라면 너무 억울하잖아요. 물가를 따질라 하면, 그러니까 그 뒤에 공평하게 하기 위해서 금값으로 하자. [웃음] 오 년 전에 쌀 한 가마니 만원 받은 놈이, 오 년 후에 쌀 한 가마니 만원 받으면 말이 안 되잖아요. 오 년 후에 받은 놈은 다른 물가랑 비교해서 한 오만원은 돼야 되는데. 값어치를 따지면 그건 말이 안 되잖아요. 그래서 이건 안 되겠다. 도저히 쌀값을 하지 말자. 금값으로 하자. 금값 기준으로. 금 한 돈에 얼마, 금값을 기준으로 주자.

회원이 많아요?

처음 시작할 때는 한 이십 명 되었는데, 많지 않아요. 그게 동기생이라고 다 들어오는 게 아니니까. 동창회 할 때는 다 모이지만은, 친목계로 하는 거는 들어오는 사람만이 들어오지. 육회 졸업생 한해서 원하는 사람만 해도, 거진 여기 다 있으니까. 뭐 동기생 중에서 얼굴 내밀 만한 사람이 여기 다 있으니까. 지금 열세 명인가? 나머지는 죽은 사람이 많아요. 일흔이 안 돼서 죽었지. 다 암으로 죽었어요. 이상하게 정년퇴직해 가지고 일 년도 못 살고 죽고, 이 년 만에 죽고 그렇더라고. 하나는 경찰관 있다 정년퇴직해 가지고, 하나는 농산물 있다가 죽고, 하여튼 공무원 생활하는 사람도 참 운이 없어서 연금을 다 쓰지도 못하고 죽고. 그런 사람이 많아서 참 억울하더라구요. 지금도 암 걸린 친구가 한 대여섯 명 돼요. 회원 중에서 시청에 같이 다닌 친구가 한 명 있어요. 나이는 약간 차이가 있지. 세 살 정도 차이가 있어요. 그러니까 칠순잔치 한다 하는 아이들, 나보다 세 살이 적잖아요.

초등학교 동문회는 없으세요?

그런 거는 안 해요. 중학교는 하는데 안 갔어요. 그게 농림중학교지. 그게 인제 졸업장을 보니까 우리가 일회네. 육년제에서 삼년제로 바뀌면서 우리가 일회로 졸업을 했네. 바뀔 당시에 내가 육년제에서 삼년제, 고등학교에서 중학교로 바뀌었다 그랬잖아요. 그거 졸업사진을 써 놨는데, [웃음] 일회 졸업생하고, 그리고 우리 밑에 하나가 있고 끝났어요.

8. 남은 이야기

육식을 별로 좋아하지 않는 식성

지금도 고기는 잘 못 먹어요. 못 먹기는 해도 내가 시청 다닐 때 몇 번 먹어 봤어요. 친구들이 좋다고 해서 먹어 보니까 맛있긴 맛있대요. [웃음] 따라가 같이 먹는데 혼자 빠질 수가 없잖아요. 술 먹으러 가 가지고 그것도 비싸더라고. 그게 무엇인가 말 안 하고 먹으면 굉장히 맛있어요. 예. 우리 집사람은 미쳐요, 미쳐. 맨날 내가 술 먹고 하나씩 사다 주고 그랬어요. 우리는 애도 닮아서 안 먹고. 처가가 좋아해요. 그 집에 매년 개를 잡아 가지고 넣어 놓고, 그러니까 우리 집사람이 그렇게 좋아하지. 처가에 글쎄 놀러를 갔다 하면 처남들이 개 잡아먹자 이래요. 돼지 잡아먹자 소리 안 하고. 하도 좋아하니까 한 마리 잡아도 누가 다 먹었는지도 몰라요. 번개같이 없어져요. 식구가 많아 갖고. [웃음] 예, 구남매니까. 형제들도 생일 때 저 장인, 장모 생일 때 모이면 다 모인다 해도 손자들하고 몇 사람이 되겠어요? 마당으로 하나지. 돼지 한 마리 잡아가 나는 고기를 안 좋아하니까, 고기도 잘 안 먹거든요. 삼겹살 그런 거 술집 가서 먹지, 삶아서 그런 거는 잘 안 먹어요. 집에서는 절대 안 먹고. 수육 같은 것도 잘 안 먹어요. 안 좋아해 가지고. 스무 살 넘어 고기를 먹었다니깐요. 철들고 나서. 아 고기는 먹어야 되는구나 싶어서. 그래서 그게 습관이 안 된게 먹고 싶어서 먹은 적이 한 번도 없어요. 고기 먹고 싶은데, 고기 좀 꺼내 보이소, 이런 적 한 번도 없어.

그래서 술안주 같은 것도?

예, 그래서 고기를 안 먹으니까. 술안주를 먹을 게 없잖아요. 술안주는 다 고기요. 갖다가 놓으면은 다 고깃집에 가잖아요 애들이. 가난할 때도

김점칠의 가족사진(전면 좌측에 부부, 우측에 딸부부, 뒤에 두 아들).

그때 고기 먹을라고. 그러면 나는 그걸 안 먹으니까. 별도로 다른 안주가 별로 없으면, 안주 뭐 아무렇게나 먹고 말지. 자꾸 먹으라 해도 내가 안 좋으니까 뭐 안 집어먹죠. 그러니까 직장에 다니고 나이가 들고 이러니까 고기는 안 먹으면 안 된다 싶어서, 자꾸 먹다 보니 습관이 드니까, 삼겹살 그런 거는 맛있더라구요. 이제 보쌈 나오는 그런 거도 조금씩 먹지. 좋아서 먹는 거는 아니에요.

거기 광장시장에서 전 같은 건 드세요?

전은 우리 집에서 자주 해 먹어요. 인제 며칠 만에 한 번씩 파전 같은 거 해 먹는데, 거기서는 내가 잘 안 먹어요. 내 입에 안 맞아 가지고. 예, 억지로 한두 개씩 먹지. 집에서는 잘 먹어요. 오늘 아침에도 부침개 해 놓고 갔지. 먹고 싶어서. 오징어 넣어 가지고. 그런데 거서는 구어 놔서 그런지. 보기보다 입이 까다로워서 그런지, 하여튼 잘 안 먹게 되더라구요. 술 먹기 위해서 앉아서 먹는 거지. 다른 사람들은 보면 배 고플 때 잘 먹더라구요. 근데 나는 착착 안 집어먹어요. 어쩌다 하나씩 먹지. 빈대떡, 그거 고기 넣어서 하는 거는 맛있대요. 안주라 하는 거는. 빈대떡은 먹어요. 하는 집이 한 집이 있어요. 먹자골목에도 안주라고 이천원 받아요. 요만한 거 돼지고기 넣어 가지고 하는 거는 먹지. 그냥 빈대떡은 밥 먹는 데는 좋지. 술안주로는 별로 안 좋더라구요. 고기를 넣어서 하는 거를 완자라 하대.

그러니까 육식보다는 뭐 해산물 같은 거?

예, 주로 해산물을. 예, 그중에서도 성질이 급해 가지고 오징어, 낙지, 쭈꾸미 그것만 좋아해요. 다른 가시 있는 거는 별로 안 좋아해요. 아 명태 종류 다 좋아해요. 북어, 북어찜 뭐 생선을 좋아하는 거 같아요. 고등어 좋아하지. 고등어 반찬 좋아해요. 묵은 김치하고 쫄여 가지고, 근데 고긴 잘 안 좋아해요. 근데 난 염소 고기 그런 것도 못 먹어요. 글쎄, 건강을 위해서 조금씩 먹어야 되는데. 그런데 난 안 먹어서 탈이에요. 안 먹어서 탈이니까 좀 먹어야 되는데. 한 달내 고기 한 줌 안 먹어도 고기 먹고 싶은 생각이 없어요. 글쎄 보통사람들은, 우리 동생 같은 사람은 형님나 삼 일만 고기 안 먹으면 병병이 난다 그래요. 병병이 뭔지, 병병이 나서 혼자라도 그저 추풍령 속에서 사니까 그거 인제 휴게소 나와야지 고기를 먹을 수가 있고 추풍을 나가야지 먹는데. 일부러도 자기 혼자라도 나가서 먹는대요. 돼지고기 삼겹살을 사 가지고 술하고 하하. 추풍령 휴게소 바로 옆의 동네 살아요. 휴게소 도로공사에 근무했었거든요. 예, 옛날에 그러다 저 옆에서 동네가 사는데 좋더라구요. 살기에는 경치가 좋으니까. 물하고 산하고 뭐. 그 동네 가 보니 휴양지, 그래 가지고 조립식으로 지어 가지고 사니까 아파트 같고 말이야. [웃음] 아이고, 좋더라구요. 아이고, 좀 심심해서 그렇지, 거기 가서 살았으면 하는 이런 생각이 들더라고. 빈 집도 많이 있는데.

식사를 하실까요?

아유, 뭐 아침밥도 꺼지지 않았는데. 나중에 먹을게 그냥. 요새 난 하루 두 끼 먹을 때가 많아요.

필리핀에 있는 딸과 이산가족인 사위

필리핀에 큰딸이 가 있는데, 거서 손녀가 고등학교에 다니고, 손자는 소학교에 다녀요. 거서 대학을 나와도 한국말 하고 이러니까 관광회사 같은 데 취직을 할 수가 있다고 하네. 가이드 그런 계통으로 취직을 할 수 있다고, 이렇다고 거기서 대학을 나와도 관계 없다고 이렇다고 하더라고. 필리핀에서도 취직이 된다고. 한국 회사들 이런 게 많으니까. 그런데 형근이 말대로 딸 하나 고등학생이 되었으니까 안 되고 따른 애 같으면 모르지. 젊은 놈이 저들이 알아서 하겠지. 사위가 정보과 형사 출신인데 그걸 모르겠나. 지금 사위는 자기 부모집에서 자기 아버지하고 어머니 하고 같이 살지. 딸이 한 번 왔다갔어요. 사위가 가도 직장을 다녀야 되고, 돈을 벌어야 되니까, 한 일주일, 오 일뿐이 못 있다 오지. 며칠 갔다가 며칠 만에 오는 거예요. 서로 메일 주고받고 그러는 거지. 그런데 우리 딸 말이, 아버지 우리가 떨어져가 살아야 되지, 같이 살면 서로 돈을 못 번대. [웃음] 내가 볼 땐 사위가 착해서 뭐 다른 여자하고 살림 차리고 이런 위인은 못돼요. [웃음] 착하고 그렇기 때문에, 그냥 친구같이 지내는 그런 거는 몰라도, 처자를 버리고 그럴 사람은 못될 거 같아. 모르지만은 사람이 성격이 악하지를 못해요. 저 부모들이 다 그래요. 사돈들이 이북 사람인데 다 좋아요. 바깥사돈이 나보다 세 살 더 많은데 점잖더라고. 그래도 군인 출신이에요. 아들은 경찰 정보과에 있다가 나왔어요. 결혼할 당시는 거기 있었는데. 얘는 글을 잘 써 가지고 경찰서 내에 차트 같은 걸 전부 얘가 다 쓰더라고. 차트 만들어 주는 거, 그런 글씨를 잘 쓰더라고. 얘는 정보 뭐 그런 거만 맨날 하라 해서 끝까지 못하겠다고 하면서 나왔 잖아요. 내가 막 뭐라 그랬는데. 몰랐지. 사표를 내고 난 뒤에 알았으니까. 그런데 지가 나오고 싶은 걸 내가 어떻게 말리겠어. 나도 아버지가 그렇게 말려도 나왔는데. 지금은 다른 거 해요. 뭐 전경인가? 군대 안 가고 그거 가 가지고 거기서 눌러앉은 거야.

능원선원에서 흔들리는 마음을 가다듬던 시절

불교에는 관심 갖으신 게 오래되셨어요?

이 년 거진 됐네요. 거기 능인선원 과정은 대학원 과정까지 있어요. 대한민국에서 법당이 가장 크고, 우면산 밑의 포이동 큰길가에 있어요. 학생들이 이천 명, 삼천 명 돼요. 이제 정식으로 수원에 불교대학을 사년제 만들고 있잖아요. 난 처음에 가 가지고, 아이고 굉장히 불성자 해 가지고 막 따지고 그랬는데, 그런데 점차 나도 모르게 믿음이 생기더라고. [웃음] 그래서 내가 마음을 달래면서, 저 사람이 하루 세 끼도 안 먹고 두 끼 먹는다는데, 이걸 죽을 때 갖고 가는 것도 아니고, 불교 발전하는 데 절약을 해서 협조를 해줘야 되겠다, 이리 바뀌더라고. 내가 그런께 믿기 어려운 게, 우리 어머니가 절에 다닐 때, 그런가 보다 했지. 사실은 나는 절에 가도 절을 할 줄도 몰랐어요. 그 지강 스님이 배운 것도 많고, 그러니까 아는 사람도 많고 법당 지을 때도 자기가 거진 다 설계했대요. 그 사람이 민주 운동하던 사람이에요. 쫓겨 가지고 어떤 암자에 들어가 가지고 육 년 동안 있다가, 그거에 심취돼 가지고 스님이 된 거예요. 이 사람이 몸이 많이 아팠대요. 길을 잃었을 때에 노부부가 도움을 주었대요. 도와준 노부부를 찾아가서, 거기서 기도를 하고 병원을 다니면서 병을 고쳤대요. 그래 가지고 나중에 강남으로 노부부를 찾아갔더니, 건물 이층을 하나 줄 테니까 절을 한 번 해봐라. 그래 가지고 거서 사람들 모여 가지고 했는 기요. 머리가 잘 돌아가고 하니까 그게 커진 거요. 사람이 키도 조마하고 외관상 볼품이 없는데 아주 똑똑하더라구. 진짜 아는 게 많더라. 내가 처음에 가 가지고 놀랜 거는 처음에 입학생들이 가면 간부 소개를 하는데, 간부가 삼백 명 돼요. 어느 동, 어느 동 책임자, 책임자 머 간부도 무지 많어. 졸업생만 해도 몇만 명인지 모르고, 신도가 수십만 명 수백만 명 돼요. 거기 과정이 일반 과정이 육 개월이고, 다음 과정이 지금 생각도 안 나네. 그거 내가 다닌 건데, 그게 팔 개월인 거 같고. 대학원이 이 년이던가? 예, 이 년인 거 같아요. 절도 미국에도 있고 태국에도 있고 사방에 다 있어요. 서울에도 신림동에 하나 있고, 북한산 거기도 거창하더만. 내가 볼 때는 사방에 불자들을 많이 키우니까.

어떻게 거길 처음에 들어가게 되셨어요?

인제 내가 뭘 하다가 재미를 못 봤어요. 그래서 마음을 못 달래 가지고, 불교책을 보자 싶어서, 헌책 파는 청계천 평화시장 복개천 밑으로 갔어요. 거기 가서 내가 무조건 불교책을 여섯 권 골라 가지고 왔어요. 처음에 가서 여섯 권을 골랐는데 그중에 두 권이 지강 스님이 지은 책을 봤어요. 그걸 두 권을 사 가지고 봤는데, 그게 능인선원을 가는 대학이 있고, 책에 나와 있더라구. 그래서 전화를 해 가지고 체계적으로 한 번 배워 보자. 그렇게 찾아갔는데, 교과서 세 권 중에 두 권이 내가 샀는 그 교과서예요. 그러게 나는 헌책이 두 권이니까. 예. 그게 이천원 삼천원 이래 주고 샀는데 거기서는 책 한 권에 이만원, 삼만원 그래요. 그 안의 책 파는 데서 누가 소개시켜 줘서 왔냐고? 몇 기 졸업생이 소개시켜 줘서 왔냐고 묻더라고. 그래서 아니 난 아무도 소개한 사람 없고, 내가 책 보고 왔다고 이러니까, 그러면 잠깐 계시라 하는 거야. 그러더니만 자기가 가서 인제 나를 데리고 왔다고 하는 거야. 책 파는 보살이 그러더니만 책 한 권을 서비스로 주더라고. 원장 스님이 자꾸 사람 데리고 오라고 선전을 해요. 그기 교육이거든. 그니까 자기 이름으로 한 사람 데리고 왔다고 그러더라구. 보통은 몇 기 졸업생 누가 소개해 줘서 왔다 이래 되거든. 그런데 나는 그런 게 아니고 특이한 케이스니까. 그래 가지고 인제 거기를 다니기 시작했지. 저녁반에는 남자들이 더 많고, 낮반에는 여자들이 많아요. 저녁반에는 직장 다니는 남자들이 여자 보살보다 더 많고, 여자들은 저녁에 다니기 힘들지만, 우리는 또 밤에 다니기 그렇잖아요. 그러니까 낮반에 다니니까 맨 여자고 남자는 많지 않아요. 한 천 명 중에 열 몇 사람 될까 그렇더라고. 근데 마침 간 게 김천에 있는 사람이 같이 하게 돼서, 서울 어디 시청에 근무했다 하더니만. 그래 김천 어데냐 하니까, 어데라 하고, 나도 옛날에 김천시청에 다녔다 그래 가지고 친해졌지. 얘기를 하다 보니 또 대전중학교 나온 사람이 나보다 한두 살 적은 사람이 친구 되고. 다섯 명이 같이 그걸 했어요. 오인 일조가 돼 가지고 점심 먹으러 같이 가고, 커피도 마시고, 저녁 먹고 이야기도 하고, 그랬었어요. 그러다 경전연구반 일반을 마치고, 추려서 경전연구반을 가는데 사람들이 적어요. 인제 어느 정도 좀 알아야 되거든. 그렇게 배움이 적은 사람들 다 떨어져 나가는 거예요. 말하자면 옛날 국민학교 졸업하고 중학교, 고등학교로 올라가는 거더라고. 거기 인원이 적으니까 올라가서는 두 기를 합쳐 가지고 경전연구반을 만들었어요. 한 기가 졸업해서 나가면 이쪽에서 또 한 기가 그리로 보태지는 거예요. 거기 가면 사 개월을 먼저 배웠고, 인제 들어간 사람들은 처음 배우는 거예요. 차이가 나는 거예요. 그래도 하다 보면 다 거기가 거기니까. 그래서 일반 육 개월 하고 다시 경전연구반에는 사 개월 다녔어요.

끝까지 하는 게 어느 정도까지 하는 거예요?

아니 그 팔 개월을 하고 대학원을 가야 된다니까. 이게 졸업을 해야지 대학원을 가거든. 이걸 졸업을 하고 대학원을 가거든. 대학원이 이 년인 거 같애. 이것도 그렇게 대학을 가면 남자들이 더 많은 거요. 육 개월은 원래 과정으로 졸업했고, 다시 올라가서 사 개월 다니다가 그만두었어요. 거리도 멀고, 일주일에 두 번 수요일, 금요일 이런 식으로 두 번을 타서 양재동에 가면 학교 데려다 주는 버스가 나와요. 집에서 여섯시에 일어나면은 한 두 시간 걸려 가지고 여덟시면 거기를 도착을 해요. 참 나도 미치긴 미쳤지. 뭘 먹고살겠다고. 새벽 여섯시에 그때는 남양주시 평내지, 마석 가는 데 살았다구요. 아홉시에 시작하는데, 미리 가면 아무도 없어. 캄캄한 법당에 앉아 있으면 내 마음이 다 가라앉는 거 같고. 하여튼 워낙 법당이 크니까 끝이 안 보여. 법당이 커 가지고 다른 데 가면 다 조그만 하잖아요. 나는 법당 큰 게 맘에 들더라고. 첫째 내 마음을 다 훑어 주더라고, 내 괴로운 거를 씻어 주더라고. 그래도 처음에는 끝까지 할라고 갔었는데. [웃음]

어려운 집안 일을 이겨 내고, 덕소로 와 작은 수선집을 차림

아들이 사고 냈어요?

[웃음] 증권을 해 가지고. 생전 안 그러던 애가 그걸 손을 대 가지고, 저리 말아먹어 가지고 그러니께는 어떡하겠어요? 지 동생이 와서, 아버지, 형 죽는 거보다는 낫다고 도와 달라고 하데. 증권을 남의 돈을 빌려서도 하고, 내가 집을 지어 줬는데 그걸 지가 다 전세 준 거를 빼 가지고 하고, 그러고 평내 집 잡히고, 그걸 지 이름으로 했거든. 그런 식으로 해 가지고 막 빚이 이제 갈 때까지 간 거예요. 뭐 달러 빚인지 뭔지. 그걸 뭐 어떡하

겠어요? 야가 내성적이에요. 우리 야는 하루 종일 있어도 말 한마디 안 하는디. 근디 내성적이니 자꾸자꾸 손해를 보니까. 따로 사니까 난 전혀 몰랐어요. 우리 야가 그런 거 하리라고는 꿈에도 생각을 못했어요. 애가 좀 허풍허풍 하면 아버지가 뭐 조심을 하고, 돈 같은 거 안 맡기고 그랬을 텐데. 집을 얻어 줘도 지 명의를 했더니만 그걸 믿기 때문에 통장을 부쳐 주고 이랬거든. 그만큼 내가 애를 믿었으니까. 그런 허풍하는 게 있으면 은 내가 그랬겠어요? 그냥 내가 하지. 손에 쥐고, 무슨 일을 할지 모르겠 다 싶어서 꼬치꼬치 물어보고 뭐든지 다 하고 그러지. 워낙 애가 착하고, 착실하고, 태권도가 오 단에다가 우리 애는 미동학교 태권도부 국가대표 까지 했잖아요. 미동학교 태권도부 유명하잖아요? 막 외국 대통령 오면 인사를 가서 시범 보여주고 그러잖아요? 미동이 아현동 지나서 충정로 가는데 경기대학교 있는 데지요. 그래 가지고 내외 편안하게 살라 그랬 더니, 그 돈으로 할 수 없이 아이 깨끗하게 정리해 주었지요. 그랬더니 한 일 년이 지나니까 그게 어느 정도 잽혀 가지고, 또 직장이 좋으니까. ○○ 건설이라고 주로 타이루만 다는 조그만 회사예요. 그 회사가 요즘에는 타이루가 안 되잖아요? 요즘은 철로 다 집을 지으니까. 그러니까 대리석, 그걸 또 인가 내 가지고 해요. 우리 아들이 사장과 형동생하는 그런 사이 예요. 사장이 고아인데, 나한테 아부지라 해요. 그렇게 우리 아이하고 아 주 어릴 때부터 합기도 도장에서 만나 가지고, 서로 형동생하고 알고 지 내요. 사장이 자기 엄마가 첩이래요. 자기 엄마가 죽고 아버지가 죽고 그 래요. 그러니까 배다른 형들이 막 때리고 이래서 못 있겠더래요. 그래서 애가 중학교 다니다가 집을 나와 가지고, 타이루 하는 회사 사장 집에서 그저 심부름해 주고 기술을 배워 가지고, 나이가 드니까 일류 기술자가 된 거예요. 성공을 했어요. 그래서 쟤는 운동하고 와서 형동생하고 하니까, 우리 아이는 같이 하자. 그래 가지고 회사를 안 차리고 인제 계속 남의 이름으로 했지요. 그런께 다른 사람이 입찰을 해서 다시 하는 걸 뭐라 그러나? 입찰을 해서 따잖아요, 그라면 다른 사람 또 주잖아요? 아, 하청. 아, 이젠 생각이 안 나. 나이가 있으니까. 하청 하고 이러니까 수입이 없잖아요? 그러니까 회사를 차렸어요. 평내서 우리 아들이 주공아파트를 당첨이 돼 가지고, 남에게 세를 못 놔요. 그래서 인제 우리가 거기서 살았어요. 여기는 왜 왔는가 하면, 우리 집사람 친구가 우성아파트에 다니는데, 다니는 게 아니라 우성아파트에 살아요. 그러니까 고향 중학교 동기예요. 그러니까 고향 친구 잘 알지. 인제 우리 집 내용은 모르지. 우리 집사람은 자존심이 강해 절대 그런 얘기 잘 안 해. 나도 어디 가서 이런 얘기 잘 안 하고, 나하고 통한다 싶으면 다 얘기하거든. 우리 집사람은 자존심 강해서 어디 가서 망했다고 절대 말 안 해요. 형제들한테도. [웃음] 집

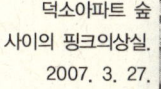

덕소아파트 숲
사이의 핑크의상실.
2007. 3. 27.

재단을 하고 있는 김점칠의 최근 모습. 2007. 3. 27.

사람이 친구에게, 우리 집에 아저씨가, 우리 집사람은 아저씨라 그래요, 아저씨가 맨날 술타령 해서 차라리 수선집을 하나 차려 드렸으면 낫겠다. 아, 그러면 잘되었다고. 이게 그런께 우리 집사람은 서울서 평내로 와 가지고, 여기 사는 친구를 맨날 놀러 온 거야. 그래서 평내서 여기 우성아파트로 이사를 왔어요. 그런께 인제 여기 다녀 보고 아파트들이 많은데, 보기보다는 수선집이 잘된다고, 논의 한 번 해본다, 그래서 내가 인제 하게 된 거지. 요기 수선집 한 지는 일 년 육 개월 됐어요. 그래도 인제 이거 할 생각은 안 했어요. 애를 다 키워 놓고, 그냥 평생 쓸라고 인제 돈을 은행에다가 넣어 놨는데, 아들놈한테 다 뺏기게 생겼어요. 야가 죽을 입장이 되었는데 어쩌겠어요. 아들을 살리고 지금은 얘가 우리에게 생활비를 보내 줘요. 가진 건 없어도 마음은 편해요.

가계도

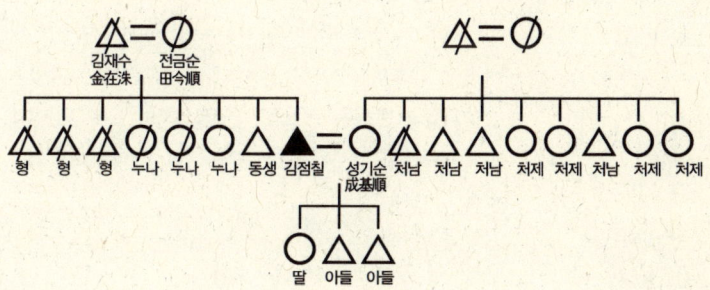

연보

1935년 4월 1일	경북 김천시 문당동 726번지에서 8남매의 7번째로 출생.(5남3녀, 김해 김씨 안경공파) 부친은 3대독자 대농이었으나, 일본을 드나들고 첩을 두어 재산을 탕진하였으며, 이후 우상인과 소 중개인을 함. 모친은 김천시 계룡면 행기동 출신으로 현모양처임.
1943년(8세)	김천 금릉국민학교 입학.
1945년(10세) 9월	김천 금릉초등학교 3학년 때에 해방.
1949년(14세)	김천 금릉국민학교 졸업.
1949년(14세) 6월	김천농림중학교(입학시 5년제) 입학.
1950년(15세) 9월	중학교 2학년 때에 전쟁이 발발되어 잠시 학업이 중단됨.
1950년(15세)	수복 후에 학교 다시 문 열었으며, 나이가 차지 않아(2살 미달) 학도병으로 끌려가지 않음.
1951년(16세)	김천농림중학교(중학 과정) 3학년 졸업. 부친의 반대로 고교에 진학을 못함.
1951년(16세) ~1952년(17세)	형님(형무소 간수, 절단 용접기술자)을 쫓아다니며 탱크 해체하는 일을 도와줌.
1952년(17세)	인근 구봉산에서 몇 달간 나무를 해서, 이것을 팔아 고등학교 등록금을 마련함.
1953년(18세)	일과 노래를 잘해서, 동네 모심기에 불려 가서 모를 심으면서

	노래(경기도 민요, 노래가락)를 부름.
1954년(19세)	김천농림고등학교 입학.
1957년(21세) 2월	김천농림고등학교 졸업(동생과 동기로 졸업).
1957년(21세) 8월 5일	영장을 받고 8월 12일에 군 입대함. 논산 30연대에서 3개월 훈련받고 10월에 수료함. 훈련 도중 장교시험을 보아 합격을 받았으나 폐가 나쁘다고 최종 불합격됨.
1958년(22세) 6월 28일	김해 공병학교에서 6개월 훈련을 수료함. 자대 배치 받아 6중대 연락병을 맡음.
	육군 정보학교에서 6개월 교육을 받고 정보요원이 됨.
1960년(25세) 4월	마산 데모 진압을 위해 실탄 휴대하고 출동 대기중에 취소됨.
7월	육군 제대
1960년(25세) 8월~	제대 후 군대에서 경기도 여주에서 군대 친구의 부친인 민주
1961년(26세) 5월	당 이해종 도의원의 밑에서 2개월간 선거운동원을 함. 당선 후 여주 친구 집에 거처하며 취업을 준비함.
1961년(26세) 5월	5·16군사혁명 이후 민주당이 무너지자, 여주에서 취업이 좌절되어 고향으로 돌아옴.
6월	김천시 봉산면 상근동 외딴집에 방을 얻어 친구와 공무원 시험을 준비함.
1962년(27세) 5월	농업학교 출신 대상의 공무원 시험에 합격하여 김천시청에 들어감. 산업과 축정계에 들어가 6개월간 도축장 검사와 합격필 도장 찍는 일을 함. 초기 월급으로 3000원을 받음.
6월 10일	화폐개혁 실시.
1963년(28세)	재무과에 들어가 1년 가까이 유흥업소에 다니며, 지방세인 유흥세를 받으러 다님.
1963년(28세) ~1968년(33세)	공보실에 발탁되어 홍보, 시보 제작, 행사사진 찍기 등의 일을 함.
1966년(31세) 1월 17일	김천문화센터에서 김천시 아포면 출신의 23살 신부 성기순

(成基順)과 그쪽 집안의 반대를 이겨 내고 신식 결혼을 함. 장인이 배재학당을 나온 지식인으로 부유한 집안임.

1월 27일   결혼 10일 후에 시청 근처에 20만원으로 상가 딸린 방을 사서 분가함. 당시 큰형수가 부모를 모시고 있었음.

1967년(32세)   큰딸(첫째) 출산.

1968년(33세)   큰아들(둘째) 출산.

1969년(34세)   작은아들(셋째) 출산.

1969년(34세)   시청 건설과로 옮기고, 일이 마음에 들지 않아 6개월이 지나 사표를 내고 시청을 그만둠.

1969년(34세)   김천에서 부부가 각각 나이롱샤쓰 공장과 편물점을 했으나 경
~1971년(36세)   험이 부족하여 어려움을 겪음.

1969년(34세)   나이롱은 여름장사이기 때문에 사철 할 수 있는 양장점을 처음 시작함. 대구 양재학원에 다니며 3개월간 양장 기술을 배움. 김천의 재단사에게 따로 보름간 개인지도를 받음.

1971년(36세)   장사가 되지 않아 70만원의 빚을 지고, 모든 것을 청산하였으나, 처고모와 친한 친구의 돈을 못 갚지 못하고(후에 돈을 벌어 갚았음), 김천을 야반 도주함.

                경기도 여주시장 근처에서 2달간 생활하다 살 길이 없어 다시 떠남.

                경기도 수원 연무동(수원농고) 우시장 뒤의 가정집에 '장미의상실' 간판을 걸고 마루에서 양장점을 시작하여, 싼 값의 옷을 만들어 팔기 시작함.

1972년(37세)~   수원 연무동 연못시장에 작은 가게를 얻어, 처음으로 '핑크의
1973년(38세)   상실' 간판을 내걸고 영업을 시작함. 이후 가게 이름은 지금까지 이것을 사용하고 있음. 점차 기술이 늘어 밥을 먹을 수는 있었음.

1974년(39세)   수원 종로의 종로경찰서 아래쪽에 2층 건물을 세를 내어 1층에

'핑크의상실' 가게를 내고 2층은 방으로 사용함. 양장 기술이 늘어 1달에 100만원을 주고 3개월짜리 기술을 가르쳐 주기도 함.

1975년(40세)　　　　송탄 미군부대 인근으로 가게를 옮겼으나, 일부 미군의 철수로 장사가 잘되지 않아 3개월 만에 철수하고, 수원 종로의 예전 가게 자리 근처에 다시 문을 열어 영업함.

부천 약대동의 대우실업 가발공장 앞에 사료공장을 개조하여 장사를 시작함. 여공들을 대상으로 한 장사가 점차 잘되어 돈을 벌기 시작함.

1977년(42세)　　　　부천 북부역 쪽의 시내 쪽에 가서 가게를 얻어 장사를 계속했으며, 장사가 잘되었음.

1978년(43세) 6월 12일　모친이 79세로 사망함.

1978년(43세)　　　　장사가 잘되어 1500만원을 주고 부천에 방 8개의 2층집을 구입함.

1978(43세)　　　　자식들이 서대문구 미동국민학교에 다니기 때문에 학교 인근
~1981년(47세)　　　에 전세 독채를 얻음. 경제적 여유가 있어 두 아들은 태권도, 딸은 웅변을 시키며, 극성스러울 정도로 학교를 쫓아다니며 자식의 교육에 열중함.

1979년(44세) 5월 13일　부친이 80세로 사망함. 경제적 여유가 있어 꽃상여를 꾸려 장례를 정성껏 치름.

1982년(48세)　　　　자식들 교육 문제가 있어 서대문구 충정로 지역으로 가게를 옮
~1990년(56세)　　　김.

1990년(56세)　　　　용산구 청파동의 숙명여대 앞으로 가게를 옮기고 주로 숙대 교
~2000년(66세)　　　수와 학생들을 대상으로 장사를 함. 이후 다시 서대문구 충정로로 옮기며 장사를 계속함. 경쟁 상대가 많고 기성복이 나오기 시작해 장사가 잘되지 않아 1990년대에 오면서 점차 어려움을 겪음.

1991년(58세)	큰딸 결혼.
1996년(62세)	둘째 아들 결혼.
1998년(64세)	큰아들 결혼.
2000년(66세)	장사가 잘되지 않아 서울 중구 만리동에 작은 옷수선집을 시작함.
2002년(68세)	중구 만리동의 옷수선집을 그만둠.
2004년(70세)	남양주시의 평내에 아파트가 당첨되어 약 6개월간 거주함.
	아들이 증권 실패로 큰 빚을 지자, 일부 가진 돈을 털어 자식의 빚을 갚아 줌.
2005년(71세)	집안 일의 어려움에 마음을 달래려고 서초동 능인선원 일반부를 거쳐 경전연구반을 다님.
	덕소에 들어와 얼마 동안 쉬면서 술로 무력하게 지냄.
	1년 6개월 전에 덕소 구종점(남양주시 와부읍 도곡리)의 아파트 근처에 작은 옷수선집인 '핑크의상실' 을 다시 냄.
2007년(73세) 7월 현재	덕소에서 작은 옷수선집을 하며, 욕심 없이 소박하게 생활함.